W0361364

MANESSE BIBLIOTHEK DER WELTLITERATUR

Supervielle · Das Kind vom hohen Meer

JULES SUPERVIELLE

DAS KIND VOM HOHEN MEER

und andere Erzählungen

Übersetzung aus dem Französischen
von Friedhelm Kemp, Guido Meister
und Federico Hindermann
Nachwort von Gerda Zeltner

MANESSE VERLAG

Originaltitel der drei Bände, aus denen diese Auswahl getroffen wurde:
L'Enfant de la Haute Mer, 1931
L'Arche de Noé, 1938
Premiers pas de l'Univers, 1950
Alle drei Copyright © Editions Gallimard, Paris

ISBN 3-7175-1592-6 (Leinen)
ISBN 3-7175-1593-4 (Leder)

Copyright © 1980 by Manesse Verlag, Conzett + Huber, Zürich
Alle Rechte vorbehalten · Druck: Conzett + Huber AG, Zürich
Imprimé en Suisse · Printed in Switzerland

Inhalt

Das Kind vom hohen Meer

Wie war diese schwimmende Straße entstanden? Welche Seeleute hatten sie, mit Hilfe welcher Architekten, auf der Oberfläche des offenen Atlantiks erbaut, über einer Tiefe von sechstausend Metern? Diese lange Straße mit ihren Häusern aus rotem Backstein, der so verblichen war, daß ein grauer Schimmer darauf lag, diese mit Schiefer und Ziegeln gedeckten Dächer, diese unveränderlichen bescheidenen Läden? Und dieser Glockenturm mit seinem durchbrochenen Zierwerk? Und das da, das nichts als Meerwasser enthielt und doch wohl ein Garten sein wollte, von Mauern umschlossen, mit Flaschenscherben darauf, über die bisweilen ein Fisch sprang?

Und wie nur hielt sich das alles aufrecht, ohne daß es in den Wellen hin und her schwankte?

Und dieses zwölfjährige Mädchen, das da so ganz alleine in Holzschuhen sicheren Schrittes die flüssige Straße entlangging, als ob es festen Boden unter den Füßen hätte? Wie war das nur möglich...?

Wir wollen die Dinge eines um das andre sagen: wie wir sie sehen und erfahren. Und wenn manches dunkel bleiben muß, so ist das nicht unsere Schuld.

Wenn sich ein Schiff näherte, ja noch ehe es am Horizont sichtbar war, wurde das Mädchen von einem tiefen Schlaf befallen, und das Dorf verschwand vollständig in den Fluten. Und so kam es, daß kein Seemann jemals, auch nicht mit Hilfe eines Fernrohrs, das Dorf gesichtet oder sein Vorhandensein auch nur vermutet hatte.

Das Kind glaubte, es wäre das einzige kleine Mädchen auf der ganzen Welt. Aber wußte es überhaupt, daß es ein kleines Mädchen war?

Es war nicht besonders hübsch, seiner etwas auseinanderstehenden Zähne wegen, und weil es eine Stupsnase hatte; aber seine Haut war sehr weiß, hie und da mit ein paar Sommersprossen getupft. Und das ganze kleine Persönchen mit seinen bescheidenen, jedoch sehr leuchtenden grauen Augen, die es beherrschten, weckte ein großes Erstaunen, das vom Grunde der Zeiten kam und einem in den Leib fuhr, bis in die Seele.

Auf der Straße, der einzigen dieses Städtchens, blickte das Mädchen manchmal nach rechts und nach links, als erwartete sie, daß jemand ihr winke oder freundlich zunicke. Aber das sah nur so aus; sie wußte nichts davon, denn es war ja ganz ausgeschlossen, daß irgendwas oder irgendwer in dieses verlorene Dorf kam, das immer zu entschwinden drohte.

Wovon lebte sie? Vom Fischfang? Sicher nicht. Sie fand Lebensmittel im Küchenschrank und in der Speisekammer, und sogar etwas Fleisch alle zwei bis drei Tage. Auch Kartoffeln waren für sie da, Gemüse, und Eier von Zeit zu Zeit.

Die Vorräte entstanden von selbst in den Schränken. Und wenn das Mädchen Eingemachtes aus einem Topf nahm, so wurde sein Inhalt doch nicht weniger, als ob die Dinge eines Tages so gewesen wären und für alle Ewigkeit so bleiben müßten.

Morgens erwartete ein halbes Pfund frisches

Brot, in Papier eingewickelt, das Kind auf dem marmornen Ladentisch der Bäckerei, hinter dem es niemals jemanden gesehen hatte, nicht einmal eine Hand oder einen Finger, die ihm das Brot zugeschoben hätten.

Das Kind stand früh auf, schob den metallenen Rollvorhang der Läden hoch (hier las man: «Schankwirtschaft», und dort: «Schmiede» oder «Moderne Bäckerei», «Kurzwaren»), schlug an allen Häusern die Fensterläden zurück, hakte sie sorgsam fest, des Seewindes wegen, und je nachdem, wie das Wetter war, ließ sie die Fenster geschlossen oder öffnete sie. In ein paar Küchen machte sie Feuer, damit aus drei oder vier Dächern Rauch aufstieg.

Eine Stunde vor Sonnenuntergang begann sie in aller Einfalt die Fensterläden zu schließen. Und sie zog die Wellblechvorhänge herunter.

Das Mädchen verrichtete diese Arbeiten wie unter einer tagtäglichen Eingebung, die sie antrieb, überall nach dem Rechten zu sehen. In der schönen Jahreszeit ließ sie einen Teppich oder etwas Wäsche zum Trocknen aus einem Fenster hängen, als dürfte sie nichts versäumen, damit das Dorf einer wirklich bewohnten Ortschaft so ähnlich wie möglich sähe.

Und das ganze Jahr hindurch mußte sie sich um die Fahne kümmern, die auf dem Rathaus so sehr den Winden ausgesetzt war.

Nachts zündete sie Kerzen an oder nähte beim Schein einer Lampe. In manchen Häusern gab es auch elektrisches Licht, und mit anmutiger Selbstverständlichkeit machte das Kind die Schalter an und aus.

Eines Tages brachte es eine schwarze Kreppschleife an einem Türklopfer an. Es fand, das machte sich gut so.

Zwei Tage blieb die Schleife dort, dann versteckte es sie.

Ein andermal fällt es ihr ein, die Trommel zu schlagen, die Dorftrommel, als hätte sie eine Neuigkeit zu verkünden. Und sie verspürte ein heftiges Verlangen, etwas laut herauszuschreien, so daß man es von einem Ende des Meeres zum andern hätte hören können: aber ihre Kehle verschloß sich, kein Laut kam heraus. Sie machte so verzweifelte Anstrengungen, daß Hals und Gesicht fast schwarz davon wurden, wie bei den Ertrunkenen. Dann mußte die Trommel wieder weggeräumt werden, an ihren alten Platz in der linken Ecke, ganz hinten im großen Saale des Rathauses.

Den Glockenturm stieg das Kind über eine Wendeltreppe hinauf, deren Stufen Tausende von nie erblickten Füßen abgenutzt hatten.

Der Glockenturm, der gewiß fünfhundert Stufen hatte (dachte das Kind; es waren aber nur zweiundneunzig), ließ, soviel er nur konnte, den Himmel zwischen seinen gelben Ziegelsteinen hereinschauen. Und die Turmuhr wollte zufriedengestellt sein, indem man sie mit einer Kurbel aufzog, damit sie wirklich die Stunden schlüge, Tag und Nacht.

Die Krypta, die Altäre, die steinernen Heiligen, die einem schweigend ihre Anweisungen erteilten, all die unhörbar tuschelnden Stühle, die säuberlich in Reihen auf Kirchgänger jeglichen Alters warteten, diese Altäre, deren Gold alt geworden war und gerne noch älter würde, dies alles lockte das Kind an und hielt es zugleich in

Entfernung. Niemals betrat das Mädchen das hohe Kirchenschiff; sie begnügte sich damit, manchmal, wenn sie gerade nichts zu tun hatte, die gepolsterte Tür halb zu öffnen, um mit verhaltenem Atem einen raschen Blick in das Innere zu werfen.

In ihrer Stube stand ein Koffer, und in diesem Koffer befanden sich Familienpapiere, einige Postkarten aus Dakar, Rio de Janeiro, Hongkong; sie waren von einem Charles oder C. Lievens unterschrieben und nach Steenvoorde (Nord) adressiert. Das Kind vom hohen Meer kannte diese fernen Länder nicht, es wußte nichts von diesem Charles und diesem Steenvoorde.

In einem Schrank bewahrte es auch noch ein Photographiealbum auf. Eines der Bilder darin zeigte ein Kind, das große Ähnlichkeit hatte mit dem kleinen Mädchen vom Ozean, und sie betrachtete es oft mit demütigen Blicken: immer schien ihr, das Bild habe recht, es zeige die Wahrheit; die Kleine dort hielt einen Reifen. Das Mädchen hatte in allen Häusern des Dorfes nach einem solchen Reifen gesucht. Und eines Tages glaubte sie, ihn gefunden zu haben: es war der Eisenreifen von einem Faß; kaum aber hatte sie versucht, ihn auf der Meerstraße vor sich herzutreiben, als der Reifen das Weite suchte.

Eine andere Photographie zeigte das kleine Mädchen zwischen einem Mann im Matrosenanzug und einer knochigen Frau im Sonntagsstaat. Da das Kind vom hohen Meer noch nie einen Mann oder eine Frau gesehen hatte, hatte es sich lange Gedanken darüber gemacht, was diese Leute wollten, und dies sogar mitten in der

Nacht, wenn das Begreifen einen plötzlich überkommt, mit der Gewalt des Blitzes.

Jeden Morgen ging das Kind zur Gemeindeschule, mit einer großen Mappe unterm Arm; darin waren Hefte, eine Grammatik, ein Rechenbuch, eine Geschichte Frankreichs, ein Erdkundebuch.

Es hatte auch, von Gaston Bonnier, Mitglied des Institut de France, Professor an der Sorbonne, und Georges de Layens, Preisträger der Akademie der Wissenschaften, eine «Kleine Flora, enthaltend die gewöhnlichen Pflanzen sowie die Nutzpflanzen und die schädlichen Gewächse, mit 189 Abbildungen».

In der Vorrede stand zu lesen: «Nichts ist während der ganzen schönen Jahreszeit leichter, als in Wald und Feld sich die Gewächse in großer Menge zu verschaffen.»

Und die Geschichte, die Geographie, die Länder, die großen Männer, die Gebirge, die Flüsse und die Grenzen – wie soll sich jemand das alles erklären, der nichts kennt als die leere Straße eines Städtchens auf dem Ozean, wo er am allereinsamsten ist! Doch von dem Ozean selber, dem, den sie auf den Karten sah, wußte sie nicht, daß sie sich auf ihm befand, obwohl sie es einmal eine Sekunde lang geglaubt hatte. Aber sie hatte diesen Gedanken als närrisch und gefährlich sogleich wieder verscheucht.

Zuweilen lauschte sie mit ganzer Ergebenheit, schrieb ein paar Worte, lauschte wieder, begann abermals zu schreiben, als ob eine unsichtbare Lehrerin ihr diktierte. Dann schlug das Kind eine Grammatik auf und blieb lange mit verhaltenem Atem über Lektion CLXVIII auf Seite 60 gebeugt, die ihm die liebste war. Die Grammatik selber, schien es, ergriff dort das Wort, um das kleine Mädchen vom hohen Meer persönlich anzureden:

«- bist du? - denkst du? - sprichst du? - willst du? - muß man sich wenden? - geht vor? - beschuldigt man? - bist du fähig? - ist die Rede? - hast du dieses Geschenk? - beklagst du dich? (Setze anstelle der Gedankenstriche das passende Interrogativpronomen, mit oder ohne Präposition.)»

Manchmal fühlte das Kind sich unwiderstehlich getrieben, gewisse Sätze niederzuschreiben. Und es gab sich große Mühe dabei.

Unter vielen anderen schrieb es die folgenden Sätze:

«Laßt uns dies teilen, wollt ihr?»

«Hört gut zu! Setzt euch, zappelt nicht, ich bitte euch!»

«Wenn ich nur etwas Schnee von den hohen Bergen hätte, dann ginge der Tag schneller vorüber.»

«Schaum, Schaum ringsum, willst du nicht endlich etwas Hartes werden?»

«Um einen Ringelreihen zu tanzen, muß man mindestens zu dreien sein.»

«Zwei Schatten ohne Kopf gingen über die staubige Straße davon.»

«Die Nacht, der Tag, der Tag, die Nacht, die Wolken und die fliegenden Fische.»

«Ich glaubte, ein Geräusch zu hören, aber es war das Rauschen des Meeres.»

Oder das Mädchen schrieb einen Brief, in dem sie von ihrer kleinen Stadt und von sich selbst berichtete. Der Brief war an niemanden gerichtet, er schloß nicht mit Grüßen und Küssen, und auf dem Umschlag stand kein Name.

War der Brief geschrieben, warf sie ihn ins Meer - nicht, um ihn loszuwerden, sondern weil es sich so gehörte; vielleicht auch nach Art der schiffbrüchigen Seeleute, die den Fluten eine letzte Botschaft in einer verzweifelten Flasche anvertrauen.

Und keine Zeit verstrich über der schwimmenden Stadt: das Mädchen war immer zwölf Jahre alt. Vergeblich wölbte sie den kleinen Oberkörper vor dem Spiegelschrank in ihrem Zimmer. Eines Tages war sie es leid, mit ihren Zöpfen und ihrer freien Stirn immer nur der Photographie in ihrem Album zu gleichen; verärgert über sich selbst und ihr Bildnis, löste sie eilig ihr Haar auf, daß es ihr über die Schultern fiel, in der Hoffnung, ihr Alter dadurch aus der Fassung zu bringen. Vielleicht würde sogar das Meer ringsum dadurch verändert, und sie sähe große Ziegen mit weißen Schaumbärten aufsteigen, die neugierig näher kämen.

Aber der Ozean blieb leer, und niemand außer den Sternschnuppen kam zu Besuch.

Ein andermal war es, als hätte das Schicksal in einer plötzlichen Zerstreutheit einen Sprung bekommen und wüßte nicht mehr, was es wollte. Ein richtiges kleines Frachtschiff, unbeirrbar wie eine Bulldogge, das gut auf dem Wasser lag, obgleich es nicht sehr viel geladen hatte (unter der Wasserlinie leuchtete ein schöner roter Streifen in der Sonne), ein Frachtdampfer mit einer mächtigen Rauchfahne fuhr durch die Straße des Meerdorfes, ohne daß die Häuser in den Fluten verschwanden und das Mädchen in Schlaf sank.

Es war gerade zwölf Uhr mittags. Das Frachtschiff ließ eben seine Sirene ertönen, aber diese Stimme vermischte sich nicht mit der des Glokkenturms. Jede blieb für sich.

Das Kind, das zum erstenmal einen Laut vernahm, der von den Menschen zu ihm kam, stürzte ans Fenster und schrie aus Leibeskräften: «Zu Hilfe!»

Und es schwenkte dabei seine Schulmädchenschürze zu dem Schiff hinüber.

Der Mann am Steuer drehte nicht einmal den Kopf. Und ein Matrose, der Rauch aus seinem Mund aufsteigen ließ, ging über Deck, als ob nichts geschehen wäre. Die übrigen fuhren fort, ihre Wäsche zu waschen, während zu beiden Seiten des Vorderstevens die Delphine davonschwammen, um dem eiligen Frachtschiff Platz zu machen.

Die Kleine ging rasch auf die Straße hinab, bettete sich in die Kielspur des Schiffes und küßte sie so lange, bis da, als sie sich wieder erhob, nur noch etwas Meer übrig war, ohne Erinnerung und wie unberührt. Als es sein Haus wieder betrat, überkam das Kind ein großes Staunen, daß es «Zu Hilfe!» geschrien hatte. Jetzt erst begriff es den tiefen Sinn dieser Worte. Und dieser Sinn erschreckte es. Hörten die Menschen seine Stimme nicht? Oder waren diese Seeleute blind und taub? Oder grausamer als die Tiefen des Meeres?

Da hob eine Welle sich und kam auf das Mädchen zu: eine Welle, die sich, offensichtlich auf Abstand bedacht, immer in einer gewissen Entfernung von dem Dorf gehalten hatte. Es war eine mächtige Welle, die sich zu beiden Seiten ihrer selbst sehr viel weiter ergoß als die anderen. Oben trug sie zwei Augen aus Schaum, die wie echte Augen aussahen. Man hatte den Eindruck, daß sie gewisse Dinge verstand, doch nicht alles billigte. Obwohl sie sich hundertmal am Tag bildete und wieder zerfloß, vergaß sie doch niemals, sich immer wieder an der gleichen Stelle mit diesen beiden vortrefflich gelungenen Augen zu versehen. Wenn etwas sie interessierte, konnte man sie dabei überraschen, wie sie fast eine Minute lang mit aufgerecktem Kamm stand, uneingedenk ihrer Beschaffenheit als Welle und des Umstandes, daß sie sich alle sieben Sekunden erneuern mußte.

Seit langem schon hatte diese Welle für das Kind etwas tun wollen, aber sie wußte nicht was. Sie sah das Frachtschiff sich entfernen und begriff die Angst des Kindes, das zurückblieb. Da hielt es sie nicht länger, sie nahm das Kind und zog es wortlos beiseite, als führte sie es an der Hand.

Nachdem sie, wie die Wellen tun, sehr ehrerbietig vor dem Kind niedergekniet war, rollte sie es tief in sich ein, behielt es einen langen Augenblick und versuchte, es unter dem Beistand des Todes in sich aufzunehmen. Und das kleine Mädchen hielt den Atem an, um der Welle bei ihrem ernsten Vorhaben behilflich zu sein.

Da sie ihren Zweck nicht erreichte, schleuderte die Welle das Kind hoch in die Luft, bis es nicht viel größer als eine Seeschwalbe war, fing es wie einen Ball auf, warf es wieder empor, daß es mitten unter die Schaumflocken fiel, die so groß wie Straußeneier waren.

Als sie schließlich einsehen mußte, daß alles

nichts half, daß es ihr nicht gelingen würde, dem Kind den Tod zu geben, brachte die Welle es nach Hause zurück, unter einem ungeheuren Gemurmel von Tränen und Entschuldigungen.

Und das kleine Mädchen, das nicht einmal eine Schramme abbekommen hatte, mußte sich damit abfinden, weiterhin die Fensterläden zu öffnen und zu schließen, ohne jede Hoffnung, und für eine Weile im Meer zu verschwinden, sobald der Mast eines Schiffes am Horizont auftauchte.

Seeleute, die ihr auf hohem Meere träumt, die Ellbogen auf die Reling gestützt, hütet euch, in dunkler Nacht lange an ein geliebtes Antlitz zu denken. Wie leicht geschieht es sonst, daß ihr an ganz und gar öden Stätten einem Wesen zum Leben verhelft, das, mit aller menschlichen Empfindung ausgestattet, weder leben noch sterben, noch lieben kann, und das doch leidet, als lebte, als liebte es, als stünde es immer im Begriff zu sterben - einem in den Meereseinsamkeiten unendlich verlassenen Wesen, wie dieses Kind des Ozeans, das eines Tages entstand aus den Gedanken von Charles Lievens, aus Steenvoorde, einem Deckmatrosen des Viermasters «Le Hardi», der auf einer seiner Reisen seine zwölfjährige Tochter verloren hatte, und eines Nachts, auf 55 Grad nördlicher Breite und 35 Grad westlicher Länge, hatte er sehr lange an sie gedacht, mit einer schrecklichen Gewalt, zum großen Unglück dieses Kindes.

Der Ochs und der Esel im Stall zu Bethlehem

Auf der Straße nach Bethlehem trug der von Joseph geführte Esel die Jungfrau Maria: sie war keine schwere Last, so ausschließlich war sie mit der Zukunft in ihrem Schoße beschäftigt.

Der Ochse kam hinterdrein, ganz für sich alleine.

Als sie die Stadt erreicht hatten, begaben die Reisenden sich in einen verlassenen Stall, und Joseph machte sich sogleich an die Arbeit.

«Wie erstaunlich sind doch diese Menschen», dachte der Ochse bei sich. «Sieh mal einer an, was die mit ihren Händen und Armen alles zuwege bringen. Das ist wahrhaftig mehr wert als unsere Hufe und unsere Fesseln. Und unser Herr ist einfach unübertrefflich, wenn es sich darum handelt, zu basteln und Sachen herzurichten, das Krumme gerade zu biegen und das Gerade zu krümmen, ohne Bedauern noch Schwermut alles Erforderliche zu tun.»

Joseph geht hinaus, kommt jedoch schon gleich wieder und trägt auf seinem Rücken Stroh herbei, aber was für ein Stroh, so kräftig und durchsonnt, daß es schon der Ansatz zu einem Wunder ist.

«Was wird denn da vorbereitet?» fragt sich der Esel. «Es sieht so aus, als machten sie ein kleines Kinderbett.»

«Heute nacht werden wir euch vielleicht nötig haben», sagt die Jungfrau zum Ochsen und zum Esel.

Die Tiere schauen sich lange an und bemühen sich, zu verstehen, dann legen sie sich nieder.

Eine schwerelose Stimme, die jedoch eben den Himmel durchquert hat, weckt sie bald auf.

Der Ochs erhebt sich, stellt fest, daß in der Krippe ein nacktes Kind liegt, das schläft, und beginnt es genau und methodisch mit seinem Atem zu wärmen, ohne irgend etwas zu vergessen.

Die Jungfrau dankt ihm mit einem lächelnden Blick.

Beschwingte Wesen kommen und gehen und geben vor, die Wände gar nicht zu bemerken, die sie mit solcher Leichtigkeit durchqueren.

Joseph kehrt mit Windeln zurück, die eine Nachbarin geliehen hat.

«Es ist wunderbar», sagt er mit seiner Zimmermannstimme, die in Anbetracht der Umstände ein wenig zu laut dröhnt. «Es ist Mitternacht, und doch ist es taghell. Und es hat drei Sonnen statt einer. Aber sie suchen zusammenzukommen.»

Im Morgengrauen erhebt sich der Ochse; er setzt seine Hufe behutsam auf, weil er fürchtet, das Kind zu wecken, eine himmlische Blüte zu zertreten oder einem Engel weh zu tun. Wie wunderbar schwierig doch alles geworden ist!

Nachbarn kommen, um Jesus und die Jungfrau zu besuchen. Es sind arme Leute, die nichts zu schenken haben außer ihrem strahlenden Gesicht. Dann kommen andere, die Nüsse bringen, eine kleine Flöte.

Der Ochs und der Esel drücken sich ein wenig auf die Seite, um den Durchgang freizugeben, und fragen sich, welchen Eindruck sie selber wohl auf das Kind machen werden, das sie noch nicht erblickt hat. Es ist eben aufgewacht.

«Wir sind keine Ungeheuer», sagt der Esel.

«Aber verstehst du, mit unserer Gestalt, die so gar nicht wie seine ist oder wie die seiner Eltern, könnten wir es erschrecken.»

«Die Krippe, der Stall und sein Dach mit den Balken haben auch nicht seine Gestalt, und doch haben sie es nicht erschreckt.»

Aber der Ochse war nicht überzeugt. Er dachte an seine Hörner und sagte sich sinnend: «Es ist wirklich sehr hart, daß man sich denen, die man am meisten liebt, nicht nähern kann, ohne bedrohlich zu wirken. Ich muß immer auf der Hut sein, um niemanden zu verletzen; dabei liegt es mir von Natur aus fern, Menschen oder Dingen gegenüber ohne schwerwiegenden Grund ausfällig zu werden. Ich bin kein Schädling und kein giftiges Wesen. Aber wo immer ich hingehe, sind meine Hörner sogleich ebenfalls zur Stelle, und ich wache mit ihnen auf, und sogar wenn ich vor Schlaf umfalle und mich in Dunst auflöse, sind die beiden Spitzigen da, die beiden Harten, und lassen mich nicht in Ruhe.»

Der Ochse wurde von großem Schrecken gepackt, als er daran dachte, wie sehr er sich dem Kind genähert hatte, um es zu wärmen. Und wenn er es aus Versehen mit einem Horn gestoßen hätte!

«Du darfst dich dem Kind nicht zu sehr nähern», sagte der Esel, der die Gedanken seines Gefährten erraten hatte. «Laß es dir nicht im Traum einfallen, denn du könntest es verletzen. Außerdem könntest du ein wenig von deinem Geifer, den du nie recht zurückhältst, auf das

Kind tropfen lassen, und das wäre unappetitlich. Überhaupt, warum sabberst du eigentlich so, wenn du glücklich bist? Behalte das doch für dich. Du brauchst es nicht aller Welt zu zeigen.»

(Schweigen des Ochsen.)

«Ich hingegen will ihm meine beiden Ohren darbringen. Die bewegen sich, verstehst du, die wackeln in allen Richtungen, die haben keine Knochen und fühlen sich weich an. Sie flößen Furcht ein und beruhigen gleichzeitig. Genau was es braucht, um ein Kind zu belustigen, und zudem lehrreich für sein Alter.»

«Ja, ich verstehe, ich habe nie das Gegenteil behauptet. Ich bin schließlich kein Idiot.»

Aber da der Esel wirklich allzu befriedigt dreinschaute, fügte der Ochse hinzu: «Aber laß es dir nicht einfallen, ihm ins Gesicht zu iahen. Du würdest es umbringen.»

«Einfaltspinsel!» sagte der Esel.

Der Esel steht zur Linken der Krippe und der Ochse zur Rechten, an dem Platz, den sie im Augenblick der Geburt Jesu einnahmen und den der Ochse, der auf eine gewisse Förmlichkeit hält, besonders bevorzugt. Unbeweglich und ehrfürchtig verharren sie stundenlang so, als stünden sie irgendeinem unsichtbaren Maler Modell.

Das Kind schließt die Augenlider. Es möchte schnell wieder einschlafen. Ein leuchtender Engel erwartet es ein paar Schritte hinter dem Schlaf, um etwas mitzuteilen oder vielleicht auch etwas zu fragen.

Der Engel tritt ganz leibhaftig aus Jesu Traum und erscheint im Stall. Nachdem er sich vor dem eben Geborenen verneigt hat, malt er einen sehr reinen Nimbus um seinen Kopf. Und dann einen für die Jungfrau und einen dritten für Joseph. Dann entfernt er sich im blendenden Glanz von Flügeln und Federn, deren sich unablässig erneuerndes und rauschendes Weiß an das der Gezeiten erinnert.

«Für uns gibt es keinen Nimbus», stellt der Ochse fest. «Sicher hat der Engel seine Gründe. Wir sind zu gering, der Esel und ich. Und zudem, was haben wir schon getan, um diesen Heiligenschein zu verdienen?»

«Du hast einmal sicher nichts getan, aber du vergißt, daß ich die Jungfrau getragen habe.»

Der Ochse denkt bei sich: «Wie ist es nur möglich, daß die so liebliche und so leichte Jungfrau dieses schöne Kindlein in sich barg?»

Aber vielleicht hat er laut gedacht. Denn der Esel antwortet ihm: «Es gibt eben Dinge, die du nicht verstehen kannst.»

«Warum sagst du immer, daß ich nichts verstehe? Ich habe länger gelebt als du. Ich habe in den Bergen gearbeitet, in den Ebenen und nahe am Meer.»

«Darum geht es nicht», versetzt der Esel.

Und dann: «Es ist nicht nur der Nimbus. Ich bin sicher, Ochse, daß du gar nicht bemerkt hast, in was für einer Art wunderbarem Staub das Kind badet, oder eigentlich ist es etwas Besseres als Staub.»

«Es ist viel zarter», sagt der Ochse. «Es ist wie ein Licht, ein goldener Dunst, der von dem kleinen Körper ausgeht.»

«Gewiß, aber das sagst du jetzt, um den Anschein zu erwecken, du hättest ihn gesehen.»

«Hatte ich ihn etwa nicht gesehen?»

Der Ochse zieht den Esel in eine Ecke des Stalls, wo der Wiederkäuer zum Zeichen der Anbetung ein Zweiglein ausgelegt und sinnreich mit Strohhalmen umrahmt hat, die trefflich die Ausstrahlungen des göttlichen Fleisches darstellen. Es ist die erste Kapelle. Dieses Stroh hatte der Ochse von draußen hereingebracht. Das aus der Krippe getraute er sich nicht anzurühren: da es lecker war, hatte er eine abergläubische Furcht davor.

Der Ochs und der Esel sind hinausgegangen, um bis zum Einbruch der Nacht zu weiden. Obwohl die Steine im allgemeinen sehr lange brauchen, um zu begreifen, gab es auf den Feldern schon viele, die Bescheid wußten. Sie begegneten sogar einem Kiesel, der sie durch eine kleine Veränderung der Farbe und der Form benachrichtigte, daß er auf dem laufenden war.

Es gab auch wissende Wiesenblumen, die verschönt werden mußten. Es war ein mühseliges Unterfangen, auf dem Land zu weiden, ohne einen Frevel zu begehen. Und das Essen kam dem Ochsen immer überflüssiger vor. Das Glück sättigte ihn.

Auch bevor er trank, fragte er sich: «Ob dieses Wasser weiß?»

Im Zweifel zog er es vor, nicht davon zu trinken, sondern ging etwas weiter weg zu einem schlammigen Wasser, welches offenkundig noch keine Ahnung hatte.

Und zuweilen wurde er durch nichts anderes aufgeklärt als eine unendliche Süße in seiner Kehle, wenn er das Wasser hinunterschluckte.

«Zu spät», dachte der Ochse, «ich hätte nicht davon trinken sollen.»

Er wagte kaum zu atmen, die Luft schien ihm etwas Geheiligtes zu sein, das ganz genau auf dem laufenden war. Er fürchtete, einen Engel einzuatmen.

Der Ochse schämte sich, weil er sich nicht immer so sauber fühlte, wie er gewünscht hätte.

«Nun gut, ich muß eben sauberer sein als früher. Ganz einfach. Ich muß nur aufpassen. Schauen, wo ich meine Füße hinsetze.»

Der Esel fühlte sich wohl.

Die Sonne fiel in den Stall, und die beiden Tiere stritten sich um die Ehre, dem Kind Schatten zu spenden.

«Ein bißchen Sonne würde ihm vielleicht auch nicht schaden», dachte der Ochse, «aber der Esel wird wieder behaupten, ich verstünde nichts davon.»

Das Kind schlief weiter, und zuweilen dachte es in seinem Schlafe nach und runzelte die Brauen.

Eines Tages drehte der Esel den Kleinen mit der Schnauze sachte zu sich herum, während die Jungfrau unter der Tür die tausend von zukünftigen Christen gestellten Fragen beantwortete.

Aber als Maria zu ihrem Sohn zurückkehrte, packte sie ein großer Schrecken: sie suchte beharrlich das Gesicht des Kindes dort, wo sie es zuletzt gesehen hatte.

Als sie merkte, was vorgefallen war, gab sie dem Esel zu verstehen, daß es sich gehörte, das Kind nicht anzurühren. Der Ochse pflichtete mit einem Schweigen von außerordentlicher Güte bei. Er verstand es, seinem Stummbleiben einen Rhythmus aufzuprägen – Schattierungen, eine

Interpunktion. An kalten Tagen konnte man seine Gedankengänge unschwer an der Länge der Dampfsäule verfolgen, die aus seinen Nüstern aufstieg. Und gar manches daraus herauslesen.

Der Ochse hielt sich nur für befugt, dem Kind mittelbare Dienste zu erweisen, indem er etwa die Fliegen im Stall anlockte (jeden Morgen rieb er sich an einem wilden Bienenstock) oder Insekten an der Wand zerdrückte.

Der Esel lauerte auf die Geräusche von draußen, und wenn ihm etwas verdächtig vorkam, versperrte er den Eingang. Sogleich stellte der Ochse sich als Verstärkung hinter ihn. Sie machten sich beide möglichst schwer: solange die Gefahr dauerte, füllten ihr Kopf und ihr Leib sich mit Blei und Granit. Aber ihre Augen leuchteten wachsamer denn je.

Der Ochse stellte verblüfft fest, daß die Jungfrau die Gabe besaß, das Kind zum Lächeln zu bringen, sooft sie an die Krippe trat. Joseph gelang dies trotz seinem Bart ohne Mühe, sei es durch seine bloße Gegenwart oder indem er etwas auf der Flöte spielte. Der Ochse hätte auch etwas spielen mögen. Im Grunde genügte es ja, zu blasen.

«Ich will dem Alten nichts Böses nachreden, aber ich meine, daß er mit seinem Atem das Jesuskind nicht zu erwärmen vermocht hätte. Und was die Flöte angeht, so müßte ich nur einmal mit dem Kleinen alleine sein: dann schüchtert er mich nämlich nicht mehr ein. Er wird wieder zu einem schutzbedürftigen Wesen. Und ein Ochse ist sich schließlich seiner Stärke bewußt.»

Wenn sie gemeinsam auf den Feldern weideten, kam es häufig vor, daß der Ochse den Esel verließ.

«Wo gehst du denn hin?»

«Ich komme gleich wieder.»

«Aber wo gehst du denn hin?» beharrte der Esel.

«Ich will nur schnell schauen, ob ihm nichts fehlt. Man kann nie wissen.»

«Aber so laß ihn doch in Ruhe!»

Der Ochse ging. Es gab im Stall eine Art Guckloch – was aus eben diesem Grunde später ein Bullauge genannt werden sollte –, das dem Tier von außen hereinzuschauen erlaubte.

Eines Tages stellte der Ochse fest, daß Maria und Joseph abwesend waren. Er sah die Flöte auf einer Bank, in Reichweite seines Mauls und zudem nicht zu weit vom Kind entfernt und auch nicht zu nahe bei ihm.

«Was könnte ich ihm wohl vorspielen?» fragte sich der Ochse, der sich Jesu Ohr nur dank diesem musikalischen Vermittler zu nähern wagte. «Das Lied des Landmanns? Das Kriegslied des tapferen kleinen Stiers oder die verzauberte Färse?»

Oft tun die Ochsen dergleichen, als seien sie mit Wiederkäuen beschäftigt, während sie im Grunde ihres Gemüts singen.

Der Ochse blies sachte in die Flöte, und es ist durchaus nicht erwiesen, daß ein Engel ihm geholfen hat, so reine Töne hervorzubringen. Das Kind richtete Kopf und Schultern ein wenig aus seinem Lager auf, um ihn zu sehen. Indessen war der Flötenspieler mit dem Ergebnis unzufrieden. Aber er war fest überzeugt, daß ihn wenigstens niemand draußen gehört hatte. Doch er täuschte sich.

Er entwich schnell, aus Furcht, irgend jemand und vor allem der Esel könnte hereinkommen und ihn allzu nahe bei der kleinen Flöte ertappen.

«Komm und schau es dir an», sagte die Jungfrau eines Tages zum Ochsen. «Warum näherst du dich meinem Kind jetzt nie mehr, nachdem du es doch so schön gewärmt hast, als es noch ganz nackt war?»

Ermutigt trat der Ochse ganz nahe an Jesus heran, der sein Maul mit beiden Händen faßte, um ihm alle Befangenheit zu nehmen. Der Ochse hielt seinen nunmehr unnötigen Atem zurück. Jesus lächelte. Die Freude des Ochsen war stumm. Sie hatte ganz und gar die Gestalt seines Körpers angenommen und erfüllte ihn bis in die Spitzen seiner Hörner.

Das Kind schaute abwechselnd den Esel und den Ochsen an, den ein wenig zu selbstbewußten Esel und den Ochsen, der sich unbeschreiblich dicht und undurchlässig fühlte neben diesem Gesicht, das sachte von innen erleuchtet wurde, als sähe man hinter leichten Vorhängen eine Lampe in einer sehr kleinen und fernen Wohnstatt von einer Stube in eine andere gleiten.

Als das Kind den düsteren Ausdruck des Ochsen gewahrte, mußte es schallend lachen.

Das Tier konnte sich dieses Lachen nicht recht deuten und fragte sich, ob der Kleine sich nicht etwa lustig machte. Sollte er inskünftig mehr Zurückhaltung an den Tag legen? Oder sogar fortgehen?

Da lachte der Kleine von neuem, und zwar mit einem so strahlenden und, wie ihm vorkam, so söhnlichen Lachen, daß der Ochse einsah, daß er recht gehabt hatte, zu bleiben.

Die Jungfrau und ihr Sohn schauten sich häufig aus nächster Nähe an. Und sie wetteiferten darin, aufeinander stolz zu sein.

«Mir scheint, daß alles eitel Freude sein sollte», dachte der Ochse; «nie gab es eine reinere Mutter oder ein schöneres Kind. Aber zuweilen machen sie alle beide ein so ernstes Gesicht!»

Der Ochs und der Esel schickten sich eben an, in den Stall zurückzukehren. Nachdem der Ochse noch einmal genau hingeschaut hatte, um sicher zu sein, daß er sich nicht täuschte, sagte er: «Sieh doch den Stern, der über den Himmel herankommt, er ist ausnehmend schön und erwärmt mir das Herz.»

«Laß doch dein Herz aus dem Spiel, es hat nichts mit den großen Ereignissen zu schaffen, denen wir in letzter Zeit beiwohnen.»

«Du kannst sagen, was du willst, meiner Ansicht nach bewegt der Stern sich auf uns zu. Schau nur, wie niedrig er am Himmel steht. Man möchte meinen, daß er geradenwegs zu unserem Stall kommt. Und darunter befinden sich drei Personen, die über und über mit Edelsteinen geschmückt sind.»

Die Tiere gelangten auf die Schwelle des Stalles.

«Und was meinst du, Ochs, was jetzt geschehen wird?»

«Da bin ich überfragt, Esel. Ich begnüge mich damit, zu sehen, was ist. Das ist schon viel.»

«Ich habe eine Idee.»

«Nun kommt schon», sagte Joseph und öffnete die Tür. «Seht ihr denn nicht, daß ihr den Eingang versperrt und diese Herren am Eintreten hindert?»

Die Tiere rückten beiseite, um die Weisen aus dem Morgenland durchzulassen. Es waren ihrer drei, und einer, der völlig schwarz war, vertrat Afrika. Anfänglich behielt der Ochse ihn unauffällig im Auge. Er wollte sehen, ob der Neger dem Neugeborenen gegenüber wirklich nur gute Absichten hegte.

Als das Gesicht des Schwarzen, der wohl ein bißchen kurzsichtig war, sich vorneigte, um Jesus ganz aus der Nähe zu sehen, warf es wie ein glatter und glänzender Spiegel das Bild des Kindes zurück, und zwar mit einer solchen Ehrerbietung und einer so großen Selbstvergessenheit, daß das Herz des Ochsen von sanftem Wohlbehagen erfüllt wurde.

«Das ist ein ganz edler Mann», dachte er. «Keiner der beiden andern hätte das je fertiggebracht.»

Und nach ein paar Augenblicken dachte er auch noch: «Er ist sogar der Beste von den dreien.»

Der Ochse hatte die weißen Könige eben dabei ertappt, wie sie mit größter Sorgfalt in ihrem Gepäck ein Hälmchen Stroh verschwinden ließen, das sie gerade aus der Krippe entwendet hatten. Der schwarze Weise hatte nichts nehmen wollen.

Auf einem notdürftigen, von Nachbarn geliehenen Lager schliefen die drei Könige ein.

«Wie sonderbar», dachte der Ochse, «seine

Krone zum Schlafen aufzubehalten. Dieses harte Ding muß noch viel unbequemer sein als Hörner. Und mit all diesen schimmernden Edelsteinen auf dem Kopf muß es schwierig sein, den Schlaf zu finden.»

Sie schliefen fromm wie auf Grabmälern ruhende Statuen. Und ihr Stern leuchtete über der Krippe.

Kurz vor Morgengrauen erhoben alle drei sich gleichzeitig und mit den genau gleichen Bewegungen. Sie hatten im Traum eben denselben Engel gesehen, der ihnen empfohlen hatte, unverzüglich aufzubrechen und nicht zu Herodes zurückzukehren, dem Mißgünstigen, um ihm zu sagen, daß sie das Jesuskind gesehen hatten.

Sie gingen fort und ließen den Stern weiter über der Krippe leuchten, auf daß jedermann wisse, daß es dort war.

GEBET DES OCHSEN

«Du darfst mich nicht nach meiner verdutzten und begriffsstutzigen Miene beurteilen, Himmlisches Kind. Könnte ich nicht eines Tages aufhören, einem kleinen, sich fortbewegenden Felsblock zu gleichen?

Diese Hörner, das mußt du auch noch wissen, nicht wahr, sind eher ein Zierat als sonst etwas, und ich will dir sogar gestehen, daß ich mich ihrer noch nie bedient habe.

Jesus, erhelle ein wenig mit deinem Licht alle die Armseligkeiten und Verwirrungen, die in mir herrschen. Lehre mich ein wenig von deiner Zartheit, du, dessen Füßchen und Händchen so zierlich an deinem Körper befestigt sind. Sagst du mir vielleicht, mein kleiner Herr, warum es mir eines Tages genügt hat, den Kopf umzuwenden, um dich ganz zu erkennen? Wie danke ich dir dafür, daß ich vor dir knien und so im vertrauten Umgang mit den Engeln und den Sternen leben darf, du wunderbares Kind! Manchmal frage ich mich, ob du nicht etwa falsch unterrichtet worden bist, ob wirklich *ich* hier sein sollte; es ist dir vielleicht nicht aufgefallen, daß ich eine große Narbe auf dem Rücken trage und daß mir auf der Seite Haar fehlt, was ziemlich häßlich wirkt. Schon in meiner eigenen Familie hätte man ohne weiteres meinen Bruder bestimmen können, um meinen Platz einzunehmen, oder einen meiner Vettern, die viel stattlicher aussehen als ich. Wäre nicht der Löwe angezeigter gewesen oder der Adler?»

«Schweig», sagte der Esel, «was hast du bloß derart zu seufzen; siehst du denn nicht, daß du ihn mit all deinem Sinnieren am Schlafen hinderst?»

«Er hat recht», sagte sich der Ochse, «man muß es verstehen, zur gegebenen Zeit zu schweigen, auch wenn man ein so großes Glück verspürt, daß man nicht weiß, wohin damit.»

Aber auch der Esel betete:

«Ihr Zugesel und Packesel, nun wird ein schönes Leben sich unter unseren Hufen ausbreiten, und die kleinen Eselein werden auf fröhlichen Weiden die Ereignisse abwarten. Dank dir, du kleiner junger Mann, werden die Steine am Wegrand bleiben, dort, wo sie hingehören, und es wird nicht mehr vorkommen, daß wir sie abkriegen. Noch etwas. Warum sollte es denn auf unserem Wege immer noch Hügel und sogar Berge geben? Wäre überall Ebene nicht für alle die beste Lösung? Und warum trägt der Ochse, der stärker ist als ich, nie jemanden auf dem Rükken? Und warum sind meine Ohren so lang und habe ich kein Haar auf meinem Schwanz und sind meine Hufe so klein und ist meine Brust so schmal und hat meine Stimme die Farbe des Unwetters? Aber vielleicht ist das alles gar nicht unabänderlich?»

Während der nachfolgenden Nächte war es bald an diesem, bald an jenem Stern, Wache zu halten. Und zuweilen an ganzen Sternbildern. Um das Geheimnis des Himmels zu wahren, befand sich immer eine Wolke an der Stelle, wo die abwesenden Sterne sich aufhalten sollten. Und es war wunderbar, zu sehen, wie die Unendlich Fernen sich ganz klein machten, um über der Krippe ihren Platz zu beziehen, und wie sie ihr Übermaß an Wärme ganz für sich behielten und nur soviel abgaben, wie nötig war, um den Stall zu erwärmen und zu erleuchten und einem Kind keine Angst zu bereiten. Erste Nächte der Christenheit... Die Jungfrau, Joseph, das Kind, der Ochs und der Esel waren damals auf ganz außerordentliche Weise sie selber. Ihre Selbstentsprechung, die sich tagsüber ein wenig zerstreute und unter den Besuchern verzettelte, gewann nach Sonnenuntergang eine wunderbare Geballtheit und Sicherheit.

Durch die Vermittlung des Ochsen und des Esels baten mehrere Tiere darum, das Jesuskind kennenzulernen. Und eines schönen Tages beauftragte der Ochse mit Josephs Einverständnis ein für seine Geselligkeit und Schnelligkeit bekanntes Pferd, gleich am folgenden Tage alle diejenigen einzuladen, die kommen wollten.

Der Esel und der Ochs fragten sich, ob man die reißenden Tiere würde eintreten lassen, und auch die Dromedare, Kamele, Elefanten, lauter Tiere, die ihrer Buckel, Rüssel und allgemeinen Überfülle an Knochen und Fleisch wegen ein bißchen verdächtig waren.

Die Frage stellte sich auch für die abscheulichen Insekten wie die Skorpione, die Taranteln, die großen Vogelspinnen, die Vipern, für alle männlichen und weiblichen Wesen, die in ihren Drüsen am Tag so gut wie in der Nacht Gift erzeugten, ja sogar im Morgengrauen, wenn alles rein ist.

Die Jungfrau zögerte nicht.

«Ihr könnt sie alle hereinlassen, mein Kind ist in seiner Krippe ebenso sicher geborgen wie am höchsten Punkt des Himmels.»

«Und eines nach dem andern!» fügte Joseph in beinahe militärischem Ton hinzu. «Ich will nicht, daß zwei Tiere aufs Mal zur Tür hereinkommen, sonst gibt es ein Durcheinander.»

Man begann mit den giftigen Tieren, weil jedermann das Gefühl hatte, man sei ihnen diese Genugtuung eigentlich schuldig. Was besonders auffiel, war das taktvolle Benehmen der Schlangen, die es vermieden, die Jungfrau anzublicken, und so weit wie möglich von ihr entfernt vorbeizogen. Und sie gingen mit ebensoviel Ruhe und Würde wieder hinaus, als wären sie Tauben oder Wachthunde.

Es gab auch so winzige Tierchen, daß sich nur schwer feststellen ließ, ob sie schon drinnen waren oder noch draußen verharrten. Eine ganze Stunde wurde den Atomen gewährt, um ihre Aufwartung zu machen und die Krippe zu umkreisen. Nach Ablauf der Frist hieß Joseph die nächsten Tiere sich vorstellen, obschon er am leichten Prickeln der Haut merkte, daß noch nicht alle andern den Raum verlassen hatten.

Die Hunde konnten nicht umhin, ihrem Erstaunen Ausdruck zu geben: es war ihnen nicht gestattet worden, wie der Ochs und der Esel im Stall Wohnung zu nehmen. Zum Trost wurden sie von allen gestreichelt. Da zogen sie sich, von sichtbarer Dankbarkeit erfüllt, zurück.

Als nun aber am Geruch merkbar wurde, daß der Löwe sich näherte, war es dem Ochsen und dem Esel doch nicht recht wohl. Und zwar um so weniger, als dieser Geruch ohne die geringste Rücksicht den Duft von Weihrauch und Myrrhen durchdrang, und alle andern Wohlgerüche, die von den drei Weisen so reichlich verbreitet worden waren.

Der Ochse wußte die großzügigen Überlegungen zu würdigen, auf die Joseph und die Jungfrau ihr Vertrauen gründeten. Aber ein Kind, dieses zarte Licht, einem Tier aussetzen, dessen Atem es auf einen Schlag ausblasen konnte...

Die Besorgnis des Ochsen und des Esels wurde nun noch dadurch verstärkt, daß es sich geziemte, wie sie wohl einsahen, in Gegenwart des Löwen völlig gelähmt dazustehen. Sie konnten es sich ebensowenig einfallen lassen, ihn anzugreifen, wie etwa den Donner oder den Blitz. Und der vom Fasten geschwächte Ochse fühlte sich überdies eher ätherisch als streitlustig.

Der Löwe kam herein mit seiner Mähne, die

nichts anderes je gekämmt hatte als der Wüstenwind, und schwermütigen Augen, die besagten: «Ich bin der Löwe, ich kann nichts dafür, ich bin nur der König der Tiere.»

Man merkte, daß sein Hauptanliegen darin bestand, im Stall möglichst wenig Platz einzunehmen, was gar nicht einfach war, zu atmen, ohne ringsum etwas umzupusten, und seine einziehbaren Krallen und seine von überaus mächtigen Muskeln betätigten Kiefer zu vergessen. Er kam mit gesenkten Lidern heran, verbarg seine prächtigen Zähne wie eine schändliche Krankheit und bewies mit seiner großen Bescheidenheit, daß er offenkundig zu jenem Löwengeschlecht gehörte, das sich später einmal weigern sollte, die heilige Blandine zu verzehren. Die Jungfrau hatte Mitleid und wollte ihn mit einem jener Lächeln trösten, die sie ihrem Kind vorzubehalten pflegte. Der Löwe schaute unverwandt geradeaus und schien mit einem noch verzweifelteren Ton als vorher zu sagen: «Was habe ich denn getan, um so groß zu sein und so stark? Ihr wißt genau, daß ich stets nur vom Hunger und der frischen Luft getrieben gegessen habe. Und ihr versteht gewiß auch, daß ich für die jungen Löwen sorgen mußte. Wir haben alle mehr oder weniger versucht, Pflanzenfresser zu sein. Aber das Gras ist nicht für uns gewachsen. Es rutscht nicht hinunter.»

Und nun neigte sich sein großer Kopf wie eine Explosion von Haar und Mähne und legte sich traurig auf den harten Boden, und der Pinsel an der Schwanzspitze schien ebenso niedergeschlagen wie sein Kopf, während ein tiefes Schweigen herrschte, das allen weh tat.

Als der Tiger an der Reihe war, preßte er sich platt auf den Boden, bis er vor lauter Kasteiungen und Sittenstrenge zu Füßen der Krippe ein richtiger Bettvorleger wurde. Dann nahm er in Sekundenschnelle mit unglaublicher Genauigkeit und Geschmeidigkeit wieder seine vollständige Gestalt an und ging hinaus, ohne noch etwas hinzuzufügen.

Die Giraffe zeigte eine gute Weile ihre Füße unter der Tür, und alle waren sich darin einig, daß «das galt», als hätte sie der Krippe ihren Besuch abgestattet.

So ging es auch mit dem Elefanten: er begnügte sich damit, vor der Schwelle niederzuknien und mit seinem Rüssel gewissermaßen ein Weihrauchfaß zu schwingen, was von allen hoch geschätzt wurde.

Ein Schaf mit gewaltig dicker Wolle begehrte auf der Stelle geschoren zu werden: man ließ ihm jedoch sein Fell und dankte ihm für die gute Absicht.

Die Känguruhmutter wollte Jesus unbedingt eines ihrer Jungen schenken und versicherte, sie mache dieses Geschenk von Herzen gern, es sei gar kein Opfer für sie, denn daheim habe sie noch mehr kleine Känguruhs. Aber Joseph ließ nicht mit sich reden, und sie mußte ihr Kleines wieder mitnehmen.

Der Strauß aber hatte mehr Glück: er nutzte einen Augenblick der Unaufmerksamkeit, um in einem Winkel sein Ei zu legen und sich dann unauffällig zurückzuziehen. Das Andenken wurde am nächsten Morgen gefunden. Der Esel entdeckte es. Er hatte noch nie ein so großes und so hartes Ei gesehen und glaubte an ein Wunder.

Joseph suchte ihm das so gut wie möglich auszureden: er machte ein Omelett daraus.

Die Fische, die nicht persönlich erscheinen konnten, weil ihre Atmung außerhalb des Wassers so kläglich versagt, hatten eine Möwe abgesandt, um sie zu vertreten.

Die Vögel gingen fort und ließen ihre Lieder zurück, die Tauben ihr Lieben, die Affen ihre Schalkhaftigkeit, die Katzen ihren Blick, die Turteltauben ihr sanftes Gurren.

Und auch alle anderen Tiere hätten gerne kommen mögen, die noch nicht entdeckt sind und im Schoße der Erde oder des Meeres darauf warten, benannt zu werden, in so abgründigen Tiefen, daß sie von immerwährender Nacht umgeben sind, ohne Sterne noch Mond, noch Jahreszeiten.

Man spürte in der Luft den Flügelschlag der Seele all derer, die nicht hatten kommen können oder sich verspätet hatten, und anderer, die am Ende der Welt wohnten und sich dennoch auf den Weg gemacht hatten, auf ihren so winzigen Insektenfüßchen, daß sie höchstens einen Meter in einer Stunde hätten zurücklegen können, und deren Leben so kurz war, daß sie nicht hoffen konnten, mehr als fünfzig Zentimeter hinter sich zu bringen – und auch das nur mit sehr viel Glück.

Es gab auch Wunder: die Schildkröte beeilte sich, der Leguan mäßigte seinen Gang, das Rhinozeros machte anmutige Kniebeugen, die Papageien schwiegen.

Kurz vor Sonnenuntergang kam es zu einem Zwischenfall, der alle bekümmerte. Joseph, der den ganzen Tag über die Parade der Tiere geleitet hatte, ohne die geringste Nahrung zu sich zu nehmen, war jetzt müde und zerdrückte in einem Augenblick der Zerstreutheit eine Giftspinne mit dem Fuß, weil er vergaß, daß sie gekommen war, um dem Kind zu huldigen. Und das fassungslose Gesicht des Heiligen versetzte alle eine ganze Weile in Bestürzung.

Gewisse Tiere, von denen man größere Bescheidenheit erwartet hätte, säumten lange im Stall: der Ochse mußte den Marder, das Eichhörnchen und den Dachs hinausbefördern, weil sie nicht freiwillig gehen wollten.

Ein paar Nachtfalter nutzten die Ähnlichkeit ihrer Farbe mit jener der Dachbalken, um die ganze Nacht oberhalb der Krippe zu verbringen. Aber der erste Sonnenstrahl verriet sie am nächsten Morgen, und da Joseph niemanden bevorzugen wollte, vertrieb er sie ungesäumt.

Die Fliegen, die ebenfalls gebeten wurden zu verschwinden, leisteten der Aufforderung nur widerstrebend Folge, um dadurch klarzumachen, daß sie schon immer dagewesen waren, und Joseph wußte nicht, was er ihnen entgegnen sollte.

Die übernatürlichen Erscheinungen, in deren Gesellschaft der Ochse jetzt lebte, raubten ihm häufig den Atem. Da er sich angewöhnt hatte, seinen Atem anzuhalten wie die asiatischen Asketen, begann er, Gesichte zu haben, und obzwar er sich in der Erhabenheit weniger zu Hause fühlte als in der Demut, erlebte er Zustände echter Verzückung. Indessen blieb ihm stets ein Bedenken und hinderte ihn daran, sich

Engel oder Heilige einzubilden. Er sah sie nur, wenn sie sich wirklich in der Nähe befanden.

«Ich armer Tropf», dachte er, von den ihm verdächtig vorkommenden Erscheinungen erschreckt, «ich armer Tropf, ich bin ja nur ein Lasttier oder vielleicht sogar der Leibhaftige. Warum habe ich Hörner wie er, obwohl ich nie etwas Böses getan habe? Und wenn ich nur ein Zauberer wäre?»

Joseph entgingen die Sorgen des Ochsen nicht, der zusehends abmagerte.

«Geh doch hinaus und friß!» rief er. «Du bist uns hier den ganzen Tag im Weg und bestehst bald nur noch aus Haut und Knochen.»

Der Esel und der Ochs gingen hinaus.

«Du bist wirklich mager», sagte der Esel. «Deine Knochen sind so spitz geworden, daß dein ganzer Körper bald von Hörnern bedeckt sein wird.»

«Red mir nicht von Hörnern!»

Und der Ochse sagte zu sich selbst: «Er hat recht, gewiß, man muß leben. Schau, nimm doch dieses schöne Büschel Grün. Und das dort? Bildest du dir etwa ein, es sei giftig? Nein, ich bin nicht hungrig. Wie schön dieses Kind doch ist! Und die erhabenen Gestalten, die ein und aus gehen und mit ihren unablässig schlagenden Flügeln atmen. All diese vornehmen Himmelsbewohner, die in unseren bescheidenen Stall eintreten, ohne sich zu beschmutzen. Los, so friß doch, du Ochse, was schert dich das alles. Übrigens darfst du dich auch nicht von dem Glück aufwecken lassen, das dich mitten in der Nacht an den Ohren zupft. Und auch nicht neben der Krippe so lange auf einem Knie bleiben, bis es dir weh tut. Dein Ochsenleder ist an den Knochengelenken schon ganz abgeschabt; es geht nicht mehr lang, und die Fliegen werden sich dort niederlassen.»

Eines Nachts war das Sternbild des Stieres an der Reihe, in einem Feld schwarzen Himmels über der Krippe Wache zu halten. Das rote Auge Aldebarans leuchtete ganz nahe, großartig und flammend. Und die Hörner und Flanken des Stieres schmückten sich mit riesigen Edelsteinen. Der Ochse war stolz, das Kind so gut bewacht zu sehen. Alle schliefen friedlich, der Esel mit gesenkten und vertrauensseligen Ohren. Der Ochse aber fühlte in sich eine unendliche Schwäche, obschon ihn die übernatürliche Gegenwart dieses verwandten und befreundeten Sternbildes stärkte. Er dachte an seine dem Kind dargebrachten Opfer, sein nutzloses Wachen, seinen lachhaften Schutz.

«Ob das Sternbild des Stieres mich gesehen hat?» fragte er sich. «Weiß dieses große, rote, gestirnte Auge, das so furchterregend schimmert, daß ich da bin? Diese Sterne, sie sind so hoch, sie sind so weit weg, daß man gar nicht weiß, wohin sie blicken.»

Joseph, der sich schon ein Weilchen unruhig auf seinem Lager wälzte, erhebt sich plötzlich mit zum Himmel gereckten Armen. Er, der in seinen Gebärden und Worten gewöhnlich so maßvoll ist, weckt jetzt wahrhaftig alle auf, sogar das Kind.

«Der Herr ist mir im Traum erschienen. Wir müssen sofort ausziehen. Herodes, ja, seinetwegen, er hat es auf Jesus abgesehen.»

Die Jungfrau nimmt ihren Sohn in die Arme,

als stünde der König der Juden bereits da unter der offenen Tür, mit einem riesigen Fleischermesser in der Hand.

Der Esel steht auf.

«Und der da?» sagt Joseph zur Jungfrau und zeigt auf den Ochsen.

«Mir scheint, er ist recht schwach, um uns zu begleiten.»

Der Ochse jedoch will beweisen, daß das nicht stimmt. Er unternimmt eine gewaltige Anstrengung, um sich zu erheben, aber er hatte noch nie dermaßen das Gefühl, an den Boden gefesselt zu sein. Nun blickt er hilfeflehend zum Sternbild des Stieres empor. Er hofft nur noch darauf, um die Kraft zum Aufbruch zu finden. Der himmlische Stier rührt sich nicht, sein Auge ist unverändert gleich rot und flammend, und er zeigt sich dem Ochsen unverändert im Profil.

«Er hat seit mehreren Tagen nicht gefressen», sagt die Jungfrau zu Joseph.

«Ach! Ich sehe wohl, daß sie mich hier zurücklassen werden», denkt der Ochse. «Es war zu schön, es konnte nicht von Dauer sein. Überdies wäre ich auf den Landstraßen nur ein hemmendes Knochengespenst gewesen. Alle meine Rippen sind meiner Haut überdrüssig und verlangen nur noch danach, es sich unter dem Himmel bequem zu machen.»

Der Esel tritt zum Ochsen und reibt sein Maul an dem des Wiederkäuers, um ihn wissen zu lassen, daß die Jungfrau ihn eben einer Nachbarin anempfohlen hat und daß es ihm nach ihrem Wegzug an nichts mangeln wird. Aber der Ochse, der seine Lider halb geschlossen hat, scheint vollkommen niedergeschmettert.

Die Jungfrau streichelt ihn und ruft: «Aber nein, natürlich gehen wir nicht auf die Reise! Wir wollten dir bloß Angst machen!»

«Ganz klar, wir kommen gleich wieder», fügt Joseph hinzu. «Man zieht doch nicht mitten in der Nacht einfach so ins Weite!»

«Es ist eine so schöne Nacht», fährt die Jungfrau fort, «und wir nutzen sie, um den Kleinen ein wenig an die Luft zu bringen, er ist in den letzten Tagen ein bißchen blaß.»

«Das ist die pure Wahrheit», sagt der heilige Mann.

Dies ist die fromme Lüge. Der Ochse sieht das ein; um die Aufbrechenden nicht in ihren Vorbereitungen zu stören, gibt er vor, in einen tiefen Schlaf zu sinken. Dies ist seine Art zu lügen.

«Er ist eingeschlafen», sagt die Jungfrau; «wir wollen das Stroh aus der Krippe ganz nahe neben ihn legen, damit ihm nichts fehlt, wenn er aufwacht. Wir wollen ihm auch die Flöte in Reichweite seines Atems lassen», fährt sie leise fort, «er spielt gern, wenn er allein ist.»

Sie schicken sich an, wegzugehen. Die Stalltür kreischt.

«Ich hätte sie ölen sollen», denkt Joseph, der den Ochsen zu wecken befürchtet; aber dieser gibt immer noch vor, zu schlafen.

Die Türe wird behutsam geschlossen.

Während der Esel des Stalls zu Bethlehem nach und nach zum Esel der Flucht nach Ägypten wird, verharrt der Ochse, mit dem Blick auf dieses Stroh geheftet, auf dem vorhin noch das Jesuskind lag.

Er weiß genau, daß er es niemals anrühren wird, sowenig wie die Flöte.

Das Sternbild des Stieres kehrt mit einem Satz an den Scheitel des Himmels zurück und verankert sich mit einem einzigen Hornstoß an dem Platz, den es nie wieder verlassen sollte.

Als die Nachbarin kurz nach Tagesanbruch eintrat, hatte der Ochse aufgehört zu sinnieren.

Die Unbekannte der Seine

«Ich glaubte, man bliebe am Grund des Flusses, aber da steige ich schon wieder nach oben», ging es dieser neunzehnjährigen Ertrunkenen durch den Sinn, die sich in der Strömung zu behelfen suchte.

Ein wenig hinter dem Pont Alexandre hatte sie eine große Angst auszustehen, als die lästigen Vertreter der Wasserpolizei sie mit Stangen auf die Schulter schlugen, während sie vergeblich versuchten, sie an ihrem Kleid festzuhalten.

Zum Glück kam die Nacht, und sie bedrängten sie nicht weiter.

«Wieder aufgefischt zu werden», dachte sie, «und vor diesen Männern daliegen zu müssen, auf dem Brett eines Leichenschauhauses, ohne sich durch die geringste Bewegung verteidigen oder zurückziehen, ja ohne den kleinen Finger rühren zu können. Zu fühlen, daß man tot ist und jemand einem das Bein streichelt. Und keine Frau, keine einzige Frau zu haben, die einen abtrocknet und zum letztenmal herrichtet.»

Endlich hatte sie nun Paris hinter sich gelassen und schwamm jetzt zwischen baumbestandenen Ufern und Viehweiden dahin; tagsüber versuchte sie in einer Flußwindung Aufenthalt zu finden, um nur nachts weiterzuziehen, wenn Mond und Sterne allein kommen und sich an den Schuppen der Fische reiben.

«Wenn ich doch das Meer erreichen könnte, ich, die jetzt die allerhöchste Welle nicht fürchtet.»

Sie schwamm dahin, ohne zu wissen, daß auf ihrem Gesicht ein zitterndes Lächeln glänzte, das doch sehr viel fester war als das Lächeln einer Lebenden, dem jeder Zufall zum Verhängnis werden konnte.

Das Meer erreichen, diese drei Worte leisteten ihr nun Gesellschaft im Fluß.

Mit gesenkten Lidern, geschlossenen Füßen, die Arme im Wasser schwankend, von den Falten belästigt, die einer ihrer Strümpfe unterhalb des Knies bildete, mit der Brust noch immer ein wenig Kraft vom Leben erbittend, so zog sie dahin, ohne Aufhebens von sich zu machen, und wußte von nichts als von dem alten Flusse Frankreichs, der in immer gleichen Krümmungen blind zum Meer wanderte.

Einmal, als sie durch eine Stadt kam («Bin ich in Mantes, bin ich in Rouen?»), hielt ein Strudel sie kurze Zeit auf, der sich an einem Brückenpfeiler gebildet hatte, und es bedurfte eines Schleppkahns, der nahe genug vorbeikam und das Wasser aufwühlte, damit sie ihren Weg fortsetzen konnte.

«Nie, nie werde ich das Meer erreichen», dachte sie mitten in ihrer dritten Nacht im Wasser.

«Aber du bist ja schon angekommen», sagte ganz nahe ein Mann, der, wie ihr schien, sehr groß und nackt war und der einen kleinen Bleiklotz an ihrem Knöchel befestigte. Dann nahm er sie bei der Hand, mit so viel Autorität und Überredung, daß sie ihm vermutlich auch nicht mehr Widerstand entgegengesetzt hätte, wenn sie etwas anderes gewesen wäre als eine kleine Tote.

«Vertrauen wir uns ihm an, ich bin ja selber ganz hilflos.»

Und der Körper des jungen Mädchens sank tiefer und tiefer.

Als sie den Sand erreicht hatten, der unten am Meeresboden wartet, näherten sich ihnen mehrere phosphorleuchtende Wesen, aber der Mann – es war «der Große Feuchte» – verscheuchte sie mit einer Bewegung.

«Hab Vertrauen in uns», sprach er zu dem jungen Mädchen. «Sieh, das Verkehrte ist, daß du immer noch atmen willst. Du sollst auch nicht erschrecken, wenn du ein Herz in dir fühlst, das fast niemals mehr schlägt, oder nur, wenn es sich täuscht. Und presse doch die Lippen nicht so zusammen, als hättest du Angst, etwas Meerwasser zu schlucken. Es ist jetzt für dich das gleiche, was früher das Süßwasser war. Du hast nichts mehr zu fürchten, hörst du, gar nichts mehr zu fürchten. Fühlst du, wie deine Kräfte wiederkehren?»

«Ach, gleich werde ich ohnmächtig werden.»

«Nie und nimmer. Um dich hier rascher einzugewöhnen, laß einmal etwas von dem feinen Sand zu deinen Füßen aus einer Hand in die andere rinnen. Rasche Schritte sind hier nicht nötig. So, ja. Bald wirst du dein Gleichgewicht zurückgewonnen haben.»

Ihre Ohnmacht war schon vergangen. Aber plötzlich hatte sie doch wieder große Angst. Was bewirkte, daß sie diesen Mann der Meerestiefen verstand, ohne daß er ein einziges Wort gesprochen hatte in all diesem Wasser? Aber ihr Erschrecken war nicht von Dauer: sie gewahrte, daß der Mann sich allein durch die Phosphoreszenzen seines Körpers ausdrückte. Auch ihre eigenen Arme, die nackten, leichten, sandten zur Antwort schwache Lichtsignale aus wie die Leuchtkäfer. Und die «Rieselnden» ringsum machten sich alle auf diese Weise verständlich.

«Und jetzt würde ich gerne erfahren, woher du kommst», sagte der Große Feuchte, der sich ihr immer nur im Profil zeigte, wie es der Brauch der Rieselnden forderte, wenn ein Mann zu einem jungen Mädchen sprach.

«Ich weiß nichts mehr von mir, nicht einmal meinen Namen.»

«Nun, so sollst du ‹die Unbekannte der Seine› heißen, ganz einfach. Sei überzeugt, auch wir hier sind über uns nur sehr ungenau im Bilde. Doch mußt du wissen, daß dies eine große Siedlung der Rieselnden ist und daß du hier nicht unglücklich sein wirst.»

Sie flatterte rasch mit den Lidern, wie wenn ein allzu starkes Licht einen belästigt, und der Große Feuchte bedeutete allen Fackel-Fischen, sich zurückzuziehen. Ja, solche Fische gab es da, welche die Tiefen erhellten und sich meist nicht vom Fleck rührten.

Leute jeden Alters kamen neugierig näher. Sie waren nackt.

«Hast du einen besonderen Wunsch?» fragte der Große Feuchte.

«Ich möchte mein Kleid anbehalten.»

«Du wirst es behalten, junges Mädchen, nichts einfacher als das.»

Und in den Augen, in den langsamen und höflichen Gebärden dieser Bewohner der Tiefen las man das Verlangen, sich der Neuangekommenen gefällig zu erweisen.

Der Bleiklotz an ihrem Bein war ihr lästig. Sie

wollte ihn loswerden oder zumindest den Knoten lockern, sobald sie keiner mehr sah. Der Große Feuchte erriet ihre Absicht.

«Rühre ja nicht daran, ich bitte dich; du würdest das Bewußtsein verlieren und an die Meeresoberfläche zurücktauchen, vorausgesetzt, es gelänge dir, die große Schranke der Haifische zu durchqueren.»

Das junge Mädchen ergab sich in sein Schicksal, und wie die anderen ringsum wehrte es mit den Händen die Algen und die Fische ab. Es gab da sehr viele kleine vorwitzige Fische, die wie Mücken oder Fliegen ihr Gesicht und ihren Körper umschwärmten und ihr ganz nahe kamen.

Ein oder zwei Dienstboten- oder Wächterfische (selten drei) gaben jedem der Rieselnden das Geleit und erwiesen ihm kleine Gefälligkeiten: so trugen sie verschiedene Gegenstände in ihrem Maul, oder sie säuberten einem den Rükken von den Meergewächsen, die dort haftenblieben. Ein Wink genügte, schon waren sie da; manchmal auch, ohne daß man gewinkt hätte. Ihre Beflissenheit konnte einem auf die Nerven gehen. In ihren Augen las man eine runde, einfältige Bewunderung, die dennoch Vergnügen machte. Und niemals sah man sie die kleinen Fische fressen, die wie sie vom Dienst waren.

«Warum habe ich mich überhaupt ins Wasser gestürzt?» dachte die Neuangekommene. «Ich weiß nicht einmal, war ich dort oben eine Frau oder ein junges Mädchen. Mein armer Kopf ist nur noch von Algen und Muscheln bevölkert. Und mir ist ganz danach zumute, das sehr *traurig* zu finden, obwohl ich nicht mehr ganz sicher weiß, was dieses Wort bedeutet.»

Bei dem Anblick ihrer Trübsal kam ein anderes junges Mädchen näher, das vor zwei Jahren bei einem Schiffbruch ertrunken war und das man «die Natürliche» nannte.

«Du wirst sehen», sprach sie, «der Aufenthalt in den Tiefen wird ein großes Vertrauen in dir wecken. Aber man muß dem Fleisch Zeit lassen, sich neu zu bilden, genügend fest zu werden, damit der Körper nicht mehr an die Oberfläche hinaufsteigt. Man darf nicht glauben, man müsse essen und trinken. Diese Kindereien gehen rasch vorüber. Und ich denke, es dauert nicht mehr lange, dann werden dir echte Perlen aus den Augen fallen, wenn du am wenigsten darauf gefaßt bist; das ist dann das Zeichen, daß die Eingewöhnung nicht mehr fern ist.»

«Was tut man hier?» fragte die Unbekannte der Seine nach einer Weile.

«Tausend Dinge; hier langweilt sich niemand, glaube mir. Man besucht den Meeresgrund, um die Verstreuten einzusammeln und sie hierher zu bringen, daß sie das Ansehen unserer Kolonie erhöhen. Wie aufregend ist es, wenn man jemand entdeckt, der sich zu einer ewigen Einsamkeit in unserem großen kristallenen Kerker verdammt glaubt! Wie er wankt und sich an den Meergewächsen festklammert! Wie er sich versteckt! Überall glaubt er Haifische zu sehen. Und da kommt ein Mensch wie er daher und trägt ihn in seinen Armen davon – wie ein Sanitäter nach der Schlacht –, in Gegenden, wo er nie mehr etwas zu fürchten hat.»

«Und die Schiffe, die untergehen, seht ihr die häufig?»

«Ein einziges Mal habe ich Tausende und

Abertausende von Dingen auf den Meeresgrund sinken sehen, die für die Oberfläche bestimmt waren. Das purzelte alles im Wasser auf uns herunter: Koffer, Geschirr, Takelwerk und sogar Kinderwagen. Man mußte denen zu Hilfe eilen, die in den Kabinen blieben, vor allem, ihnen die Rettungsgürtel abschnallen. Baumstarke Rieselnde schwangen ihre Äxte, um die Ertrunkenen zu befreien. Und dann versteckten sie die Äxte und beruhigten sie nach besten Kräften. Die Vorräte aller Art wurden in den Lagerräumen verstaut, die sich unter unserer Erde hier, der unter dem Meer, befinden.»

«Aber da man ihrer doch gar nicht bedarf?»

«Wir tun so, als benötigten wir sie, damit die Zeit uns leichter ist.»

Ein Mann näherte sich, der ein Pferd am Halfter führte. Das schimmernde Tier, das sich ein wenig schräg hielt, strahlte von einer Hoheit, einer Höflichkeit, einer Hinnahme des Todes, die lauter Wunder waren. Und all diese Quecksilberblasen rings um seinen Körper!

«Wir haben sehr wenige Pferde», sagte die Natürliche. «Die sind hier ein großer Luxus.»

Neben der Unbekannten der Seine brachte der Mann das Pferd zum Stehen. Es trug einen Damensattel.

«Das schickt dir der Große Feuchte», sagte er.

«Oh, er möge es mir nicht verübeln, aber ich fühle mich noch nicht kräftig genug.»

Und das schöne verweigerte Pferd entfernte sich wieder mit all seiner Stattlichkeit und seinem Glanz, als ob nichts auf der Welt imstande wäre, es noch zu verändern oder aus der Fassung zu bringen.

«Ist der Große Feuchte der, welcher hier befiehlt?» fragte die Unbekannte, die dessen gewiß war.

«Ja, er ist der Stärkste von uns allen, und er kennt die Gegend am besten. Und er ist so kräftig, daß er fast bis an die Oberfläche aufsteigen kann. Einige sind sogar so einfältig, zu behaupten, er habe Nachrichten von der Sonne, von den Sternen und von den Menschen. Aber das stimmt nicht. Und es ist schon etwas sehr Schönes, wenn einer so aufsteigen kann, um sich der ziellos treibenden Ertrunkenen anzunehmen. Ja, es gibt Wesen, die niemand auf Erden kennt und die unterm Meer einen großen Ruf erlangt haben. In der Geschichte, wie man sie dort oben lehrt, findest du keine Spur von dem französischen Admiral Bernard de la Michelette oder von Pristine, seiner Frau, oder von unserm Großen Feuchten, der mit zwölf Jahren als einfacher Schiffsjunge ertrunken ist und sich in diesem Unterwasser-Milieu so wohl fühlt, daß er zu ganz erstaunlicher Größe heranwuchs und ein Riese unserer Fauna wurde.»

Die Unbekannte der Seine legte ihr Kleid nicht ab, nicht einmal zum Schlafen; das war alles, was sie von ihrem früheren Leben behalten hatte. Sie nutzte die Falten und die Durchnäßtheit des Gewandes, die ihr eine wunderbare Eleganz verliehen unter all diesen entblößten Frauen. Und die Männer hätten gerne gewußt, wie ihre Brust geformt war.

Damit man ihm sein Kleid verzieh, hielt das junge Mädchen sich abseits, mit einer vielleicht etwas zu betonten Bescheidenheit, und es verbrachte seine Tage damit, Muscheln für die Kinder zu sammeln oder für die Unansehnlichsten und die am meisten Verstümmelten unter den Ertrunkenen. Sie grüßte immer als erste und entschuldigte sich oft, auch wenn gar kein Grund vorlag.

Jeden Tag kam der Große Feuchte sie besuchen, und dann blieben sie mit ihren phosphorleuchtenden Körpern, wie zwei Stücke Milchstraße, keusch nebeneinander ausgestreckt.

«Wir müssen nicht weit von der Küste entfernt sein», sagte sie eines Tages. «Wenn ich doch den Fluß hinaufschwimmen und einige Stadtgeräusche hören könnte, oder nur das Läuten einer Trambahn, die sich in der Nacht verspätet hat.»

«Armes Kind, schlechtes Gedächtnis, hast du vergessen, daß du tot bist und daß du Gefahr liefst, dort oben in dem allerabscheulichsten Kerker eingesperrt zu werden? Die Lebenden schätzen es nicht, wenn wir frei umherwandern, und bestrafen uns bald für unser Vagabundieren. Hier bist du frei und geschützt.»

«Und ihr, denkt ihr denn niemals an die Dinge dort oben? Sie kommen oft zu mir, eines nach dem andern, und ohne jede Ordnung, was mich sehr unglücklich macht. Jetzt zum Beispiel ist da ein Eichentisch, schön poliert, aber ganz allein. Dann verschwindet er, und nun kommt das Auge eines Kaninchens. Und jetzt ist es der Abdruck eines Ochsenhufs im Sand. Das alles scheint wie eine Gesandtschaft vorzutreten und sagt mir doch nichts anderes als seine Anwesenheit. Und wenn die Dinge paarweise zu mir kommen, dann passen sie nicht zusammen. Hier sehe ich eine Kirsche, welche im Wasser eines Sees schwimmt. Und was soll ich mit dieser Möwe in einem Bett anfangen, mit dieser Schnepfe auf dem Glas dieser großen blakenden Lampe? Ich kenne nichts Ärgeres. Diese leblosen Lebensreste, das also ist es, was man den Tod nennt?»

Und für sich fügte sie hinzu: «Und du selber da, neben mir, im Profil, wie ein Krieger, den man aus einer Eisbank ausgehauen?»

Eine um die andere weigerten sich die Mütter, ihre Töchter mit der Unbekannten der Seine verkehren zu lassen: dieses Kleides wegen, das sie Tag und Nacht trug.

Eine Ertrunkene, die auch nach dem Tode noch nicht wieder recht bei Verstand war und keinen Frieden fand, sagte: «Aber sie lebt ja. Ich sage euch, das ist eine lebendige Person. Wenn sie wie wir wäre, so wär' es ihr gleichgültig, kein Kleid zu tragen. Die Toten brauchen sich nicht mehr zu putzen.»

«So schweig doch, du bist nicht recht bei Trost», sagte die Natürliche. «Wie sollte sie denn lebendig sein, unter Wasser?»

«Ja, das ist wohl wahr, daß man im Wasser nicht leben kann», erwiderte die gemütskranke Närrin, als ob sie sich plötzlich einer Lektion erinnerte, die man ihr vor langer Zeit beigebracht hatte.

Doch das hinderte sie nicht, nach einer Weile wieder mit der Behauptung daherzukommen: «Aber ich sage euch, die ist lebendig!»

«Willst du uns wohl in Ruhe lassen mit deinem Gefasel», fuhr die Natürliche sie an. «Ein starkes Stück, das sollte verboten sein, so was zu behaupten!»

Aber eines Tages näherte auch diese, die immer die beste Freundin der Unbekannten gewesen war, sich ihr mit einem Gesicht, in dem zu lesen stand: «Auch mir ist das gar nicht recht.»

«Warum nur legst du solchen Wert auf ein Kleid, am Grund des Meeres?» fragte die Natürliche.

«Mir scheint, es schützt mich vor allem, was ich noch nicht begreife.»

Worauf eine der Frauen, die ihr schon öfters Vorwürfe gemacht hatte, ausrief: «Die hat es ja darauf abgesehen, was Besonderes zu sein! Die ist ja nur ein kleines Luder. Und ich, das versichere ich euch, ich bin doch auch eine Mutter mit Kindern auf Erden gewesen, und wenn ich meine Tochter hier bei mir hätte, keinen Augenblick würde ich zögern, ihr zu sagen: ‹Gleich ziehst du dein Kleid aus, hörst du mich!› Und auch du, zieh dein Kleid aus!» sagte sie zu der Unbekannten in einem demütigenden Befehlston. (Der auf dem Meeresgrund als eine der schlimmsten Beleidigungen gilt.) «Oder nimm dich vor der da in acht, Schätzchen», sagte sie und drohte ihr mit einer Schere, die sie dem jungen Mädchen zuletzt wütend vor die Füße schleuderte.

«Mach, daß du fortkommst!» rief die Natürliche, von soviel Bosheit angewidert.

Allein geblieben, verbarg die Unbekannte, so gut es ging, ihren Schmerz im schweren und schwierigen Wasser.

«Ist das nicht das», dachte sie, «was man auf Erden Neid nennt?»

Und als sie aus ihren Augen traurig schwere Perlen rollen sah: «Nein, niemals!» sprach sie.

«Ich kann und ich will mich nicht eingewöhnen!»

Und sie entfloh in öde Gegenden, so schnell, wie der Bleiklotz, den sie an ihrem Fuß nachschleppte, es ihr erlaubte.

«Gräßliche Fratzen des Lebens», dachte sie, «laßt mich in Frieden. Aber so laßt mich doch in Frieden! Was soll ich mit euch noch anfangen, wenn alles übrige dahin ist!»

Als sie alle Fackel-Fische weit hinter sich gelassen hatte und als sie sich im tiefen Dunkel befand, durchschnitt sie den Stahldraht, der sie an den Meeresgrund fesselte, mit der schwarzen Schere, die sie, ehe sie die Flucht ergriff, an sich genommen hatte.

«Endlich ganz und gar sterben», dachte sie, während sie im Wasser aufstieg.

In der Meernacht leuchtete ihr Phosphorschimmer stärker und stärker, dann erlosch er auf immer. Da kehrte auch das Lächeln der Ertrunkenen, die sich treiben ließ, auf ihre Lippen zurück. Und ihre Lieblingsfische zauderten nicht, sie zu begleiten, das heißt, den Erstikkungstod zu sterben, je mehr sie sich seichten Gewässern näherte.

Die Hinkenden des Himmels

Die Schatten der ehemaligen Bewohner der Erde fanden sich in einem weiten himmlischen Raum versammelt; sie schritten durch die Luft, wie sie es als Lebende auf Erden getan hätten.

Und einer, der ein vorgeschichtlicher Mensch gewesen war, sagte sich: «Was wir haben müßten, versteht sich, wäre eine ordentliche, geräumige Höhle, an gut geschützter Lage, und ein paar Steine, um ein Feuer zu entfachen. Aber welch ein Elend! In unserer Umgebung gibt es überhaupt keinen festen Körper, lauter Schemen und Leere.»

Und der Familienvater aus der heutigen Zeit führte behutsam das, was er für seinen Schlüssel hielt, ins Schlüsselloch ein und gab vor, die Tür sorgfältig hinter sich zu schließen.

«So, jetzt bin ich wieder daheim», dachte er. «Wieder ein Tag vorbei; jetzt will ich gemütlich zu Abend essen und mich dann schlafen legen.»

Am nächsten Tag tat er dergleichen, als wäre sein Bart über Nacht gewachsen, und seifte sich umständlich mit einem Nebelpinsel ein.

Ja, das alles, Häuser, Höhlen, Türen, und sogar die Gesichter der behäbigen Bürger, die ehemals einen kupferigen Teint hatten, waren jetzt nichts anderes mehr als graue Schatten, die sich erinnerten, an ihrem ganzen Körper schwer Versehrte, Schemen von Leuten, Städten, Flüssen, Kontinenten: denn man fand dort oben ein ätherisches Europa wieder, ein vollständiges Frankreich mit seinem Cotentin und seiner Bretagne, den Halbinseln, von denen es sich nicht hatte trennen wollen, und ein Norwegen, dem auch nicht ein einziger Fjord fehlte.

Alles, was auf Erden geschah, spiegelte sich in diesem Teil des Himmels, sogar wenn in irgendeiner bescheidenen Gasse ein Pflasterstein ersetzt wurde.

Man sah die Seelen in Fahrzeugen aller Jahrhunderte vorbeiziehen, Einspänner der Schattenkönige, Wägelchen und motorisierte Lieferwagen, Omnibusse, Sänften.

Und wer nie ein anderes Transportmittel gekannt hatte als seine eigenen Füße, bediente sich lediglich seiner Füße.

Es gab Leute, die noch nicht an die Elektrizität glaubten, andere sagten sie für eine nahe Zukunft voraus, wieder andere drehten an erdachten Schaltern und bildeten sich ein, nachher besser zu sehen.

Von Zeit zu Zeit verkündete eine Stimme, die einzige, die sich in diesen unermeßlichen Räumen zwischen den Gestirnen vernehmen ließ und von der niemand wußte, woher sie kam, einem jeden in das, was einmal sein Gehörgang gewesen war: «Vergeßt außerdem nicht, daß ihr nur Schatten seid.»

Aber ein jeder verstand den Sinn dieser Worte nur vier oder fünf Sekunden lang, und dann war es wieder, als hätte niemand etwas gesagt. Die Schatten glaubten von neuem an alles, was sie taten, und folgten ihrer Einbildung.

Man war der Sprache beraubt, ja sogar des Murmelns.

Aber die Seele war so durchscheinend, daß es genügte, um eine Unterhaltung zu beginnen, sich gerade vor den *Gesprächspartner* hinzustellen, wenn wir uns so ausdrücken dürfen.

Man konnte eine Mutter dabei überraschen, wie sie vor ihrem kleinen Jungen stand und dachte, als hätte er sich wirklich in Gefahr befunden: «Paß auf, du fällst gleich noch herunter und brichst dir das Genick!»

Und dann gegenüber einer Nachbarin: «Gestern ist er mir mit ganz aufgeschundenen Knien aus der Schule heimgekommen.»

Um seine Gefühle zu verbergen, war man gezwungen, eilends davonzulaufen, sich abzusondern, wenn dies möglich war. Aber die meisten Leute nahmen die Gewohnheit an, keine geheimen Gedanken zu haben und sich auf eine vollkommen höfliche Weise auszudrücken.

Alle sahen unverändert gleich alt aus, aber das hinderte die Eltern nicht, ihre Kinder zu fragen, was sie später einmal werden wollten, und festzustellen, daß sie gewaltig, aber wirklich gewaltig gewachsen waren und ganz prächtig gediehen. Wenn jedoch die jungen Leute sich küßten, taten sie es voller Gleichgültigkeit.

Die Blinden sahen genauso gut wie alle andern und gingen grundsätzlich ohne Stock, aber ihr Kopf blieb stark nach hinten gezogen, als wollten sie Hindernissen ausweichen, die unseligerweise nicht vorhanden waren.

Und der Mann, der auf Erden eine große Liebe erlebt hatte, wechselte häufig den Gehsteig in der Hoffnung, auf dem gegenüberliegenden dann glücklicher zu sein. (Dies war der Fall von Charles Delsol, wie wir gleich sehen werden.)

Manchmal rissen sich die Neuankömmlinge, ohne im geringsten zu leiden, das Herz heraus, eine graue, zuckende Masse, die sie vor sich hin warfen und lange betrachteten und mit Füßen traten, und dann nahm das bescheidene und unveränderte Herz ganz ruhig erneut seinen Platz in der Brust des körperlosen Menschen ein, dem es nicht gelungen war, Schmerz zu empfinden oder zu weinen.

Man tröstete die Neuen, die noch nicht wußten, was sie mit ihrem Schatten anfangen sollten, und sich nicht getrauten, einen Fuß vor den andern zu setzen oder die Hand zum Gruß zu heben oder die Beine unterzuschlagen, zu rennen, mit oder ohne Anlauf zu springen, lauter Dinge, die den Alten keinerlei Schwierigkeiten bereiteten. Sie schauten sich die ganze Zeit um und betasteten sich, als hätten sie ihre Brieftasche verloren.

«Das geht vorbei, das wird schon einmal ein Ende nehmen.»

Einmal ein Ende nehmen.

«Ihr seid nicht zu bedauern», wurde ihnen gesagt. «Es gibt Unglücklichere.» Und mit dem Zeigefinger wiesen sie auf den Ort, wo sich die Erde in diesem Augenblick befinden mußte, die unsichtbare Erde. Die ganz Kleinen, auch die Neugeborenen, wußten genau, wo sie sich befand, sogar wenn man sie mitten in der Nacht aus dem Schlaf aufschreckte, um ihnen diese Frage zu stellen.

Man vernahm keinerlei Geräusch, aber wie spitzte man die Ohren! Wie belauerte man die grauen Lippen der Männer und der Frauen, wie beugte man sich über die Wiegen, immer hoffend, endlich werde ein Ton daraus hervordringen!

Man versammelte sich bald bei diesem, bald bei jenem, um ein bestimmtes Stück zu *hören*, das auf einem körperlosen Cello gespielt wurde, oder um einem jeden zu erlauben, je nach seiner Laune und seinem Geschmack einem Kammermusik-Quartett zu lauschen oder der Stimme der großen Orgel oder einem Flötensolo oder dem Rauschen des Windes in den Tannen, im strömenden Regen.

Ein Mann, der ein großer Pianist gewesen war, setzte sich eines Tages an sein nicht vorhandenes Klavier und lud seine Freunde ein, ihn spielen zu sehen. Jedermann begriff, daß es Bach sein würde. Man dachte, daß man in Anbetracht des Genies des Ausführenden wie des Komponisten vielleicht etwas hören würde. Und die Gäste wandten ihre Köpfe, von einer großen Hoffnung bewegt, nach rechts und nach links. Einzelne hatten gemeint, es sei Bach persönlich. In der Tat, er war es. Er spielte die Tokkata und Fuge. Man verfolgte leidenschaftlich das Spiel des Künstlers, und ein jeder vermeinte, ihn wirklich zu hören. Als das Stück zu Ende war, klatschten alle begeistert in die Hände, aber es wurde klar, daß kein Laut daraus hervordrang. Da sah man ein, daß kein Wunder geschehen war, und kehrte hastig so schnell wie möglich wieder heim.

Aber die große Traurigkeit der Schatten rührte vor allem daher, daß sie nichts greifen konnten. Rings um sie schien alles sich in einem Zustand der Abstraktion zu befinden. Ein Stückchen Fingernagel, ein Haar, ein Brotbrocken, irgend etwas zu eigen besitzen, wenn es nur stofflich war!

Eines Tages entdeckten ein paar Bummler auf dem nach allgemeinem Dafürhalten als Markt geltenden Platz ein längliches Kistchen aus wirklichem, wirklich rohem Holz. Die Schatten waren so oft von ihren Wünschen betrogen worden, daß sie die Bedeutung des Fundes nicht sogleich erkannten und glaubten, es handle sich um eine Sinnestäuschung, um ein etwas besser als sonst imitiertes Kistchen. Aber man war baß erstaunt, als ein für seinen Scharfsinn bekannter Packer sich nach allen Seiten wandte, um den Ungläubigen gerade gegenüberzustehen, und erklärte, es handle sich da um rohes Holz, Holz wie auf der Erde.

Da ballte sich eine riesige Volksmasse aus allen Zeiten um das Kistchen - Goten, Ziegen, Wölfe, und auch Westgoten, Hunnen, Protestanten, Bisamratten, Füchse und Knäkenten, Katholiken, Römer mit umfassendem Geist, Favoriten, sie alle untermischt mit Romantikern und Klassikern, Pumas, Adlern und Marienkäfern, und umgaben es mit einem derart gewaltigen Schweigen, daß es zu knacken anfing.*

«Es wird anders, irgend etwas wird jetzt anders! Das Leben war auch wirklich unmöglich geworden! Da wir hier ein Kistchen aus richtigem rohem Holz haben, wird vielleicht auf einmal die Sonne wieder anfangen zu scheinen und ein für allemal dieses jämmerliche Licht ersetzen, von dem man nicht weiß, woher es kommt, und das immer gleich bleibt und weder ein rechtes Tageslicht noch eine rechte Nacht ist, sondern eine Art Schmutz am Himmel. Gewiß, den Vögeln gelingt es hie und da, sich in diesem

* Die Durchsichtigkeit all dieser Schatten erlaubte sogar den Kleinkindern, von jeglichem Platz aus zu sehen, ohne sich auf die Fußspitzen stellen zu müssen.

Himmel zu erheben, aber man muß gesehen haben, wie sie jeden Augenblick gezwungen sind, sich erschöpft im Leeren niederzulassen, und wenn sie auf ihrem Vorhaben beharren, kommt es manchmal vor, daß ein dickes Büschel toter Federn sich von ihnen löst, und dann stürzen sie, stürzen in alle Ewigkeit.»

Da es niemandem gelang, den Deckel des Kistchens zu lüften, gab es über hunderttausend, die sich darum bewarben, ringsum Wache zu stehen, damit... oder aus Angst, daß... oder weil... Die Hypothesen ermangelten der Wahrscheinlichkeit, sie verloren sich wie Ätherbächlein in der Sahara des Himmels.

«Nicht so hastig, wir wollen uns keinen törichten Illusionen hingeben», sagten diejenigen, die auf Erden ein hohes Alter erreicht hatten. «Nur wegen eines gewöhnlichen Kistchens, das außerdem vielleicht leer ist!»

Aber die Hoffnung griff um sich. Ein von irgendwoher gekommener Schatten behauptete, am folgenden Sonntag (man sagte «Sonntag», aber bisweilen gab es heftige Diskussionen, um zu entscheiden, ob es auch wirklich Sonntag war) werde man einen richtigen Stier sehen, und er werde vor allen Leuten Gras fressen, und gegen Ende der Vorstellung werde man ihn vielleicht sogar brüllen hören.

«Es soll ein schöner schwarzer mit ein paar weißen Tupfen sein.»

«Lieber als einen Stier möchte ich einen englisch-arabischen Hengst sehen, der vor uns her trabt, und wäre es nur fünf Minuten lang. Danach würde ich mich von Ewigkeit zu Ewigkeit glücklich schätzen.»

Wir freuen uns über Ihr Interesse, das Sie unserer Manesse-Bibliothek entgegenbringen, und hoffen, daß Sie aus der Lektüre Freude und Gewinn ziehen werden. Wenn Sie uns diese Karte mit Ihrer Adresse einsenden, werden wir Sie gerne laufend über unsere Neuerscheinungen orientieren.

Absender

Vorname / Name (wenn notwendig Vorname abgekürzt)

Straße / Hausnummer

PLZ Ort

Land

MANESSE BIBLIOTHEK
DER WELTLITERATUR
UND DER
WELTGESCHICHTE

Manesse Verlag
Badergasse 9
CH-8001 Zürich

«Und ich meinen Foxterrier, wie er im Departement Seine-et-Marne durchs Land streift, und zwar mit mir.»

«Ach! Mit Ihnen?»

Ein Gerücht ging um, demzufolge die Schatten bald ihren Körper so sehen würden, wie er auf Erden gewesen war, mit seiner ehemaligen Farbe und seinem genauen Gewicht.

«Hören Sie, ich bin sicher, daß man mir demnächst wird zuschauen können, wie ich die Stufen der Metrostation Châtelet hinunterzugehen pflegte, um mich in mein Büro zu begeben.»

«Und der Tag», dachte ein anderer, «an dem ich angelaufen kam und ohne die Gefälligkeit des Stationsvorstehers, der absichtlich ein bißchen zu spät pfiff, ganz gewiß meinen Zug nach Lissabon verpaßt hätte.»

Die Freunde sahen die Möglichkeit voraus, sich gegenseitig einzuladen, um zu betrachten, wie man am Tage der Hochzeit ausgesehen hatte oder als man das Telegramm mit der Nachricht vom Tode des Vaters erhielt oder an irgendeinem andern Tag.

«Unsinn, das wollen Sie uns doch nicht weismachen.»

«Warum auch nicht? Ich bin der Meinung, daß dies alles sehr wohl möglich ist. Es kann nicht immer alles gleichbleiben. So überlegen Sie doch nur ein bißchen, ich bitte Sie.»

«So ein Theater um ein armseliges Kistchen aus rohem Holz!»

«Aber das ist doch ungeheuer viel! Denken Sie nur an die Milliarden Schatten, für die es bisher keinen einzigen festen Körper gab!»

Indessen ereignete sich kein weiteres Wunder,

und das Kistchen lag unter einer immer weniger zahlreichen Aufsicht noch wochen- und monatelang auf dem Marktplatz. Zuletzt blieb es ganz allein.

Als Folge dieser großen enttäuschten Hoffnung begannen die Schatten sich zu meiden, um ihre fürchterliche Entmutigung voreinander zu verbergen. Noch nie hatten sie so unter ihrer eigenen Leere gelitten. Sie gingen einsam umher, und der Bruder mied den Bruder, der Mann seine Frau, die Freundin den Freund.

Charles Delsol wußte nicht, wie lange er schon tot und im eigentlichen Sinne sein eigener Schatten geworden war. Er hatte Marguerite Desrenaudes ein paar Tage vor seinem Sterben aus den Augen verloren und wußte nicht, ob sie noch am Leben war. Er erinnerte sich an den Tag, an dem er sie zum erstenmal in der Bibliothek der Sorbonne erblickte. Sie saß ihm gegenüber. Ein wie ein Pinselstrich rascher Blick belehrte ihn, daß sie brünett war. Dann, nach einer Viertelstunde Arbeit (er studierte Philosophie) ein weiterer Blick, um die eigentliche Farbe ihrer Augen festzustellen. Zehn Minuten Arbeit, und ein letzter Blick, um die Handgelenke und die Hände des jungen Mädchens zu mustern. Und ein wenig Besinnlichkeit, um diese verschiedenen Fragmente zu einem lebendigen Ganzen zu vereinen.

Jeden Tag setzte er sich ihr gegenüber, richtete aber kein Wort an sie, weil er seines Hinkens wegen sehr schüchtern war. Er brach immer vor ihr auf, und zwar trotz allem recht behende. Einmal erhob sie sich, um ein Buch zu holen. Sie hinkte ebenfalls.

«Jetzt werde ich mehr Mut haben», sagte sich Charles Delsol zuerst.

Dann schien der Gedanke ihm seiner und ihrer unwürdig.

«Jetzt werde ich sie erst recht nicht anreden», dachte er.

Marguerite Desrenaudes wurde unwirsch, sobald sie den Blick dieses Stummen so auf sich ruhen spürte. Und dazu dieser Austausch von Hinkereien, den er ihr anzutragen schien!

Als sie eines Tages im März das Fenster weit geöffnet hatte, hörte sie, wie Delsols Nachbar leise zu ihm sagte: «Aber wenn Ihnen doch kalt ist, bitten Sie einfach um die Erlaubnis, das Fenster zu schließen. Das ist nur natürlich, um so mehr, als Sie eben krank waren.»

«Oh! Ich finde es zum Ersticken heiß», sagte er, «da ist gar kein Problem.» Und er hatte sich nicht gerührt.

Indessen hatte er sich bemüht, gegen die Kälte anzukämpfen, und zunächst einmal versucht, die noch in ihm vorhandene Wärme zu bewahren, indem er ein paar beinahe unmerkliche Bewegungen machte, die Muskeln der Schultern oder Beine straffte oder die Hand unter die Weste schob, um sich die Brust zu reiben. Aber die Studentin hatte ihm einen gereizten Blick zugeworfen, als hinderte er sie am Arbeiten. Daraufhin hatte er sich nicht mehr gemuckst und nur gespürt, wie der Tod in eigener Person seine Schultern abtastete, seine Brust, seine Beine, und ihn als brauchbare Beute erklärte. Er hatte beim Heimkommen nicht einmal mehr die Kraft gefunden, ein Feuer anzuzünden. Und drei Tage später war er gestorben.

Nach seiner Ankunft dort oben hatte Charles Delsol ungesäumt seine Studien in der mitten in den Himmel verpflanzten Bibliothek der Sorbonne fortgesetzt.

Eines Tages sah er seinem gewöhnlichen Platz gegenüber einen Schatten sitzen, dessen Gestalt ihn ausnehmend an Marguerite Desrenaudes erinnerte.

Er dachte: «Die gleiche Art, ihre Mappe zu halten und mit einer gewissen Schroffheit zu öffnen. Aber was ist aus ihrem Gesicht geworden? Sie trägt ein kleines Cape wie in Paris und schenkt mir ebensowenig Beachtung wie auf Erden. Aber warum macht sie nie mehr das Fenster auf?»

Er vergaß, daß alles, was er dachte, in seiner durchsichtigen Seele abzulesen war, und das graue junge Mädchen sagte ihm, näher tretend, in der lautlosen Art der Toten: «Sagen Sie, Monsieur, es ist doch nicht etwa, weil ich damals das Fenster nicht geschlossen habe...»

«O nein! Ich bin von einem Taxi überfahren worden.» Und er wandte sich ab, um seine Gedanken zu verbergen.

Ein paar Tage später verließen sie gemeinsam die Bibliothek. Und ihre Kollegen sagten: «Was ist bloß in die beiden gefahren, so wie Verliebte herumzulaufen; man muß schon ein Hinkefuß sein, um auf solche Ideen zu verfallen! Als ob das hier den geringsten Sinn hätte.» Und obwohl die ausnehmend umfangreiche Mappe seiner Freundin leichter war als die leichteste aller Federn, anerbot Delsol sich, sie ihr zu tragen. Und sie lachte, er aber sprach ganz im Ernst.

Schließlich fand sie sich bereit, sie ihm zu

überlassen, obschon sie die ganze Geschichte ein wenig lächerlich fand, besonders bei einem Studenten, der schon seit geraumer Zeit tot war und demzufolge reiche Erfahrung besaß.

Aber kaum hatte er die Mappe aufgenommen, spürte er, wie sie unter seinem Arm an Gewicht zunahm. Und eine Art Wohlbefinden stieg in das auf, was seine Hände gewesen waren. Charles Delsols Körper war zwar noch grau, aber von einem schimmernden und beinahe leuchtenden Grau, einem rosigen und gewissermaßen listigen Grau. Und ihm schien, daß ihm Hände erwuchsen, aber er sputete sich, diese beiden beunruhigenden Dinger, die unbedingt jedes fünf Finger haben wollten, unter seinen Schattenkleidern zu verbergen.

«Sie kommen mir heute seltsam vor», dachte Marguerite Desrenaudes. «Sie sind doch nicht etwa krank?»

«Sie wissen genau, daß dies nicht möglich ist.»

Und während er eine abwehrende Bewegung machte, spürte er einen heftigen Schmerz in seinem Handgelenk, und nun entglitt die Mappe seinen Händen, und richtige Wörterbücher von Quicherat und Goelzer fielen mit ihrem ganzen Gewicht und ihren numerierten Seiten heraus.

Die Studentin war fassungslos, und ihre Wimpern begannen zu zucken, richtige Wimpern eines jungen Mädchens der Erde. Und ihre Augen waren blau wie damals in dem sonst noch vom Leben verlassenen Gesicht. Sie stand unbeweglich da, wie nach einer übermenschlichen Anstrengung, dann tauchten sehr rasch hintereinander die Nase auf, die Lippen, die Wangen, nur daß sie ein wenig rosiger waren als auf

Erden. Und sie war auch keineswegs nackt, sondern so gekleidet wie ein junges Mädchen des Jahres 1919, ihres Todesjahres.

Es herrschte eine leichte, trockene Kälte, und aus der Nase des jungen Mannes und des jungen Mädchens, das ganz normal atmete, stieg die Atemluft in wunderschönen Säulen auf.

Ohne sich im geringsten um die paar Schatten in ihrer nächsten Umgebung zu kümmern, verbanden sie lange ihre wiedergefundenen Lippen. Dann begaben sie sich, von neuen und fröhlichen Kräften getrieben, zum Marktplatz, wo sich das Kistchen aus rohem Holz befand. Es zu öffnen war ein Kinderspiel. Es genügte, den Deckel einfach mit den Händen abzuheben, die nichts von ihrer früheren Geschicklichkeit eingebüßt hatten. Sie fanden mehrere Gegenstände darin, die ihnen auf Erden gehört hatten, und vor allem eine wunderbar deutliche und farbige Karte des Himmels, die sie um so mehr zum Reisen verlockte, als sie lebendig wurde und sich mit Ermahnungen und Ratschlägen anfüllte, wo der Blick der jungen Leute darauf verweilte.

Rani

Obwohl er als einziger seines Klans in einer großen Stadt aufgewachsen war, hatte man ihn doch nur darum zum Kaziken erwählt, weil er aus dem Fasten-Wettstreit als Sieger hervorgegangen war. Von allen Mitbewerbern, die einer um den andern den Kampf aufgegeben hatten, war Rani am neunten Tag als einziger übriggeblieben: hingestreckt wie dürres Holz lag er zwischen Ochsenhäuten.

Gleich zu Beginn der Prüfung war die Zeit für ihn zu einer großen Uhr geworden, mit sechs Mädchengesichtern rings um das Zifferblatt. Es waren die gleichen Mädchen, die ihm alle vier Stunden etwas Wasser und Kokablätter brachten, an denen er kaum lutschte, nachdem die Kraft, sie zu zerkauen, ihn verlassen hatte. Aber er verlängerte die Prüfung, weil er hoffte, noch einmal bis zu dem Zeitpunkt durchzuhalten, an dem Yara, seine Verlobte, wieder erschien. Mit einem Blick sprach sie ihm Mut zu: «Wunderbare Dinge werden geschehen.»

Als die Nacht näherkam, glaubte er, den Hufschlag ferner Reiterscharen zu vernehmen, immer im gleichen Abstand, trotz ihrer verzweifelten Anstrengungen, bis zu ihm zu gelangen. Und die hohen Gestalten des Fastens betraten das Zelt mit ihren schimmernden Körben. Die eine zog die Lider des Indianers sanft herab, und die andere schob sie wieder hinauf. Einige bemächtigten sich seiner Leber und drückten ihr allen Saft aus, oder sie bohrten ihm mit der Umständlichkeit eines Chirurgen Nadeln aus Leere in die Nieren. Dann traten sie alle flüsternd zusammen, um vor Ranis Augen die schwachen Sperlinge des Todes vorbeischwirren zu lassen.

In den ersten Stunden der zehnten Nacht sah er, ihm zu Häupten hingekauert und sein sandiges Zahnfleisch bleckend, das große Dromedar des letzten Schlafes, das zwanzigmal hintereinander den Versuch machte, sich auf seinen schon fast entfleischten Pfoten aufzurichten. Da, aus Furcht davor, den Annäherungsversuchen der Tiere nachzugeben, die in uns und um uns nur darauf warten, ihrerseits auf unsere Kosten zu leben, gab der Indianer mit schwachen Lippen, deren eine weiß und deren andere schon violett war, ein Zeichen, daß er bereit sei, sein Fasten abzubrechen.

Einige Tage später wollte der neue Kazike, der noch sehr geschwächt war, sich Yara nähern, die bei den Feuern des Klans stand. Aber der Schwindel ließ ihn in die Glut fallen, wo er sich das Gesicht bis auf den Knochen verbrannte. Alle senkten jetzt den Kopf und wichen beiseite, wenn dieses halb verzehrte Angesicht vorbeikam, das noch zu brennen schien, wie von einem Dämon geschürt. Rani dachte, daß auch Yara sich vor ihm versteckte, als er seine Verlobte (aber war sie es noch?) unbeweglich, mit einem starren Blick auf ihn, vor ihrem Zelt stehen sah. Wehrlos gegen eine so große Hoffnung, ging er alsbald hin, eine Last von Scheiten zu suchen, und ließ sie von seinen Schultern dem jungen Mädchen vor die Füße rollen, als Liebeserklärung. Das ängstlich fragende Poltern der beiden letzten Scheite, die im Fallen ein wenig hinter den anderen kamen, beschämte den Indianer. Als er den Kopf hob und die heilgebliebenen Lider aufschlug, war Yara verschwunden, und er hörte ihre Schreckensschreie, als ob sie von einem ganzen feindlichen Haufen vergewaltigt würde.

Anderntags traten die sechs Mitglieder des Rates der Alten auf das Verbrannte Antlitz zu und wandten ihm alle gleichzeitig den Rücken, um ihm durch ihre Haltung und ihr Schweigen kundzutun, daß er nicht länger damit rechnen dürfe, ihr Kazike zu sein.

Lange Wochen hindurch hielt er sich im Wald versteckt. Er beschäftigte sich gerne mit den Federn, mit den Vogeleiern, mit den Moosen und Farnen, mit all jenen zarten Dingen, die seine Anwesenheit nicht erschreckte und die vor ihm nicht ihr Gesicht veränderten. Eier in den Farben der Morgenröte, Federn der gescheckten Wolke, die wie ein Pferd über den Himmel trabt, Farne der schwarzen und frischen Nacht, in die er für einen Augenblick das Angesicht betten wollte, um auszuruhen von seinem Unglück.

Wenn der Vogel tot war, lebte das Gefieder fort, sein Glanz blieb, und die Fäulnis konnte ihm nichts anhaben. Und Rani liebte die Federn, weil sie die Verteidigung des Stolzes und der Hoffnung übernahmen. In ihren dünnen hornigen Röhren, in ihrem Flaum forschte er nach Worten. Sicher, nicht gesehen zu werden, legte er diese ganze Leichtheit vor sich aus, auch Blätter von seltenen Bäumen und blitzende Steine, als wäre ihm etwas ganz Besonderes gelungen. Manchmal sagte er: «Oh, wie stimmt das alles; wie ist es genau das, was ich suchte.»

Oder aber - wenn er dieser Erbärmlichkeit müde war, die noch an die Farbe und Gestalt der Dinge glaubte, in dem großen Wald ohne Fenster und Türen, betrachtete er den Himmel. Wie eine sehr alte, sehr brüchige und kaum zu entziffernde Urkunde. «Aber ich habe ja Zeit; wer drängt mich denn?» dachte er.

Was man da oben hörte, in den dichten, aufgeregten Finsternissen, war das ein schwaches Miauen oder das Herz eines Menschen, das sich in die Wipfel der Bäume hinauf verloren hatte? Wie soll man seinen Weg am Himmel erkennen, wo es kein Rechts und Links mehr gibt, kein Vorher und Nachher, nur lauter Tiefe? Ohne einen anderen Führer, ohne eine andere Stütze als den Schwindel.

Was zu entdecken nahm er sich vor in den Kieseln dort oben und hier auf der Erde? Was weckte ein Verlangen in ihm, sich den Bauch aufzuschlitzen, um bis in das Geheimste seines Leibes nach einer Antwort zu forschen?

«Werde ich eines Tages etwas weniger häßlich sein?»

Ja, nur diese Geringfügigkeit trachtete er zu entdecken, und er wunderte sich, das nicht früher begriffen zu haben. Als ob seine Hände ihn nicht genugsam unterrichtet hätten, wenn er damit über sein zerrissenes Gesicht strich.

Und er begann die Schlangen zu lieben, die in ihren mannigfachen Windungen nur noch auf sich selbst zählen und immer den Tod in ihrem Maul bereithalten.

Rani wollte seinen Klan wiedersehen. Im Gestrüpp versteckt, verstand er es, unsichtbar zu bleiben, selbst für die Seele der anderen, alles an sich zu bewahren, was aus unseren Augen und durch unsere Haut hinaus will, um zu gestehen, daß wir da sind. Aus seinem schwarzen Erdloch im Gras betrachtete er das Feuer, das man entzündet hatte, um die Raubtiere fernzuhalten, und dachte: «Heute hat Guli-Ya das Feuer gemacht. Ich erkenne seine Art, es zu richten. Aber was kümmert mich das?»

Und wie er seine Gefährten hin und her gehen sah, ehe sie sich niederlegten für die Nacht: «Was wollt ihr mir, hagere oder feiste Männer, Brüste, Bäuche und Füße in dem, was einmal mein Klan war? Warum nehmt ihr diese verschiedenen Gestalten an, wo ihr doch nichts mehr seid als Erinnerungen an Ausgespienes?»

Und er bestahl seine ehemaligen Gefährten, damit er Opfergaben hätte, sie darzubringen den Bäumen und Steinen, allem, was nicht durch den Gebrauch des Wortes verunreinigt ist. Eines Nachts, das Gesicht von Lianen und Blättern umgeben, schlich er sich in Yaras Zelt, ihren Spiegel zu rauben. In einer anderen Nacht, trunken von Chicha, wollte er einen Baum berauscht machen, den er vor allen anderen liebte, und schließlich opferte er ihm zwei seiner Finger, die er mit den Zähnen abbiß.

Als das Blut zu fließen aufgehört hatte und Rani begann, etwas klarer in sich zu sehen: «Ich war also immer noch nicht häßlich genug.»

Und er betrachtete seine verstümmelte Hand und verglich sie mit der anderen, die ihm jetzt sehr schön vorkam. Uneingedenk des Verbots, das er sich selbst erteilt hatte, in einem Spiegel zu untersuchen, wie es um ihn bestellt war, blickte er lange in Yaras Spiegel, beim Schein einiger entscheidender Flammen des Feuers. Und er sah, daß sein Gesicht das gleiche war, wie er es seinerzeit in den entsetzten Augen der Menschen seines Klans zurückgelassen hatte.

Rani ernährte sich nur noch von Wurzeln. Eine seltsame, langsame und grausame Kraft kam über ihn. Erst leichtflüssig, dann zäh und schwer, bemächtigte sie sich seines Kopfes und seines Körpers, um sich bis in die Zehen zu verteilen, die er bösartig werden spürte.

Das war schlimmer als die Lust am Gemetzel.

Seine Rechte aufreckend, an der zwei Finger fehlten, nahm das Verbrannte Antlitz Aufstellung mitten in seinem Klan und rief mit seiner hell gebliebenen Stimme, zwischen seinen zerfetzten Lippen: «Ich bin zurückgekommen, schert euch fort!»

Alle Indianer ringsum erstarrten, und einer, der gerade dabei war, einen Baum zu fällen, blieb mit erhobener Axt stehen. Zwei oder drei Männer gedachten Ranis Herz mit ihren Pfeilen zu durchbohren, aber ehe sie auch nur ihr Ziel ins Auge fassen konnten, entwich alle Entschlossenheit aus ihren Armen.

Wider Willen ganz seinem Bann ausgeliefert, schleppten die Frauen und Mädchen des Klans sich zu dem Verbrannten Antlitz, umklammerten seine Beine, die sie aus Begier und Verzweiflung zerkratzten. Eine, die Mais in der Küche zerstampfte, kam mit dem Mörser in der Hand; eine andere verließ ihren Gefährten, um mit einem Zittern, das man von weitem hörte, sich diesem Gesicht zu nähern, das an die höchsten Zweige des Gräßlichen reichte. Alle drei bis vier

Schritte klammerten sie sich an die Baumstämme oder an die Wurzeln, um nicht weitergehen zu müssen, doch es half nichts. Yara verloren unter den übrigen Weibern.

Der Indianer wiederholte: «Schert euch fort!»

Und da fand jeder die Kraft, zu entfliehen.

Rani blieb zwischen den Zelten, den Lebensmitteln, den Pfeilen, so vielen Dingen, die langsam merkten, daß sie einen anderen Herrn bekommen hatten. Und weil nun alles gut war, kam die Schlange-der-Tage-die-uns-zu-lebenbleiben zu dem Indianer, dem tausendmal tausendfach einsamen, und umschloß ihn mit ihren Ringen.

Das Mädchen mit der Geigenstimme

Es war ein junges Mädchen wie jedes andere auch, vielleicht öffneten sich ihre Augen ein wenig zu weit, aber doch nur so wenig, daß man sich fragte, ob man derartige Augen nicht schon oft gesehen hätte.

Seit ihrer Kindheit hatte sie aus einer gewissen Verschwörung der anderen begriffen, daß man ihr etwas verbarg. Der Grund dieses betulichen Geflüsters blieb ihr verborgen, und sie beunruhigte sich nicht weiter darüber; sie nahm an, das wäre immer so, wenn ein junges Mädchen im Haus ist.

Als sie eines Tages von einem Baum fiel, gewahrte sie, wie außergewöhnlich seltsam der Schrei klang, den sie ausstieß: unmenschlich und wie Musik. Von nun an überwachte sie ihre Stimme, und es schien ihr, als glitten unter den alltäglichen Worten leise Geigentöne hin, manchmal sogar ein Es oder Fis, oder sonst eine Ungehörigkeit... Und wenn sie zu sprechen anhob, da blickte sie einen voller Einfalt an, als wollte sie diesen absonderlichen Eindruck verwischen.

Eines Tages sagte ein Junge zu ihr: «Laß doch mal deine Geige spielen!»

«Ich habe keine.»

«Da, da», sagte er und versuchte seine Hand in den Mund des Kindes zu stopfen.

Es war wirklich keine Kleinigkeit, so mit einer Geigenstimme zu den Leuten zu kommen, auf einen Tee oder ein Picknick eingeladen zu sein und dabei in der Kehle immer diese seltsame Stimme mit sich herumzutragen, die alle Augenblicke aufklingen konnte, selbst wenn sie nur «Danke» oder «Macht nichts» sagte.

Und nichts war ihr so peinlich, als wenn die andern dann ausriefen: «Was für eine wunderbare Stimme sie hat!»

«Was geht da nur in mir vor?» dachte sie. «Diese unerwarteten Akkorde verraten mich viel zu sehr. Als ob ich plötzlich mitten im Gespräch anfinge, mich auszuziehen... ‹Und hier ist meine Bluse, nehmen Sie auch noch die Strümpfe... Sind Sie jetzt zufrieden? Nun habe ich nichts mehr an!›»

Weil ihr nichts so sehr gefiel, als sich von den anderen nicht zu unterscheiden, so schwieg sie meistens und kleidete sich mit besonderer Schlichtheit und Unauffälligkeit, und immer trug sie ein breites, völlig graues Band um ihre musikalische Kehle.

«Eigentlich braucht man gar nicht zu reden», dachte sie.

Aber selbst wenn sie nichts sagte, konnte man diese Stimme nicht vergessen, die immer da war und gleich erklingen konnte. Eine ihrer Gefährtinnen, die ein besonders feines Gehör hatte, behauptete sogar, sie schweige niemals vollständig, ihr Schweigen sei nicht imstande, die schwachen Akkorde und sogar recht vernehmliche Melodien ganz zu verbergen: man brauche nur ein wenig aufmerksamer hinzuhorchen. Und wenn dies auch einige ihrer Freundinnen entzückte, so beunruhigte es doch die anderen; sie begannen, für sich selbst zu fürchten. Und schließlich fand sie sich von allen verlassen.

«Ja, wenn nicht einmal mein Schweigen mir selbst gehört!»

Die Familie ließ einen befreundeten Chirurgen holen, daß er diese Kehle, diese Stimmbänder einmal untersuchen möchte. Sicher war eine Operation nötig, aber woran?

Er beugte sich über diesen offenen Mund wie über einen Brunnen, in dem es nicht recht geheuer ist, und nahm von einem Eingriff Abstand.

«Wenn sie wüßten, wo ich herkomme», sagte sie eines Tages zu sich selbst, als sie sich im Eßzimmer neben ihren Eltern niederließ, die sie wegen ihrer Verspätung zurechtwiesen. «Sie ahnen nicht, was ich getan habe, der Vater da mit seinem langen Gesicht, auch du nicht, Mutter, scheinbar zwar weniger zornig, aber dann legst du plötzlich los und schleuderst mir drei Sätze zu, ganz voller Stacheln und Gift. Ihr guten Leute, so laßt mich doch in Frieden mit eurem Gerede von der Suppe, die ganz kalt wird. Was macht mir das heute schon aus, ob ich ein paar Minuten zu spät gekommen bin!»

Während der ganzen Mahlzeit schwieg sie, aber dann mußte sie ihrem Vater doch eine Frage beantworten.

Und ganz erstaunt blickten die Eltern sich an: die Stimme ihrer Tochter war eine Stimme wie alle anderen geworden.

«Bitte, wiederhole deine Worte», sagte der Vater so sanft wie möglich, «ich habe nicht recht verstanden.»

Aber das Mädchen errötete und sagte nichts.

Nach dem Essen kamen die Eltern in ihrem

Zimmer zusammen, und der Vater ergriff das Wort: «Aber wenn sie wirklich nicht mehr diese sonderbare Stimme hat, dann muß man die Familie davon in Kenntnis setzen; vielleicht sogar ein kleines Fest im engsten Kreise veranstalten, natürlich ohne den Grund zu dieser Lustbarkeit anzugeben.»

«Warte noch ein paar Tage.»

«Gewiß, wir müssen mindestens noch acht Tage warten. Es ist Vorsicht geboten.»

Der Vater beschloß, sich alle Morgen von seiner Tochter die Zeitung vorlesen zu lassen. Er kostete genießerisch die Schwingungen dieser neuen Stimme wie einen Leckerbissen aus einer anderen Welt. Liebte er nicht sogar den leichten Schwindel, der ihn ergriff, wenn er sich vorstellte, seine Tochter könnte unversehens wieder ihre ehemalige Stimme zurückgewinnen?

Eines Tages, als sie so einen langen Artikel über Auslandspolitik vorlas, bemerkte das junge Mädchen seinerseits - aber nun war es eine junge Frau -, daß ihre Stimme der ihrer Genossinnen glich. Und sie konnte nicht umhin, ihrem Freund zu zürnen, daß er diese seltsamen Akkorde in ihr zerstört hatte.

«Wenn er mich wirklich geliebt hätte...», dachte sie.

«Aber was hast du denn? Du weinst ja», sagte ihr Vater. «Sollte das wegen deiner Stimme sein, so hättest du eher allen Grund, dich zu freuen, mein Kind...»

Die Folgen eines Rennens

Sir Rufus Flox, Gentleman-rider, warum hatten Sie Ihrem Pferd Ihren Namen gegeben? Sie kleiner Mann mit den roten, an ein blutiges Beefsteak gemahnenden Backen, wer hatte Sie nur dazu getrieben, sich ganz und gar in dieses langgestreckte graue Tier versetzen zu wollen, das die Erde kaum zu berühren schien?

Aber gerade weil es Ihnen so wenig glich, hatten Sie gedacht, es sich leichter zu eigen, Ihnen hörig zu machen, indem Sie ihm Ihren Namen wie feurige Banderillas aufsetzten.

Sie hielten es auch nicht wie andere Besitzer, die sich ihren Pferden nur auf dem Wiegeplatz nähern. Sie zögerten nicht, die Nacht vor einem Rennen im Stall, an Ihr Reitpferd geschmiegt, zu verbringen und ihm, ehe es einschlief, genaue Ratschläge für den folgenden Tag in die samtige Öffnung seiner überaus empfindlichen Ohren zu flüstern.

Welche Wonne, vor den Augen einer zahllosen Menge auf der Rennbahn ganz mit ihm zu verschmelzen, als Jockei in der grauen Jacke, ein Pferdegrau, das von leichten Schauern überlaufen wurde, genau wie das Fell seines Rennpferdes.

Sir Rufus hatte in Auteuil den Großen Preis der Amateure von Anfang bis zum Ende an der Spitze des Rennens ausgetragen und mit sechs Längen gewonnen, dann war das Tier durchgegangen und im gestreckten Galopp weitergerast, den Boulevard Exelmans hinunter und den Viadukt von Auteuil entlang, dessen Bogen sich kaum weiter spannten als die Sätze des Pferdes. Und man konnte sehen, wie die beiden Sir Rufus sich in die Seine stürzten, wo der Reiter sein Pferd unter sich wegschmelzen spürte. Der Augenblick, da sogar die Ohren verschwanden! Und der Jockei kam alleine am gegenüberliegenden Ufer an Land. Ihm blieb von seinem Tier – so vermeinte er wenigstens – nichts als eine Handvoll Haare in der Hand und ein wenig Blut an den Sporen.

Am folgenden Tag, als der Gentleman zum Mittagessen in die Stadt fuhr, entdeckte er verblüfft in der Scheibe seines Taxis, daß er genau die Augen seines Pferdes hatte. Und er vernahm in sich eine Stimme: «Was soll das, schämst du dich nicht, seelenruhig zum Essen in die Stadt zu gehen, während ich deinetwegen nur noch ein verrecktes Pferd auf dem Grund der Seine bin? Du hast mich feige ertränkt, weil du unfähig warst, mich zu bändigen.»

«Aber hör mal, du selber hast mich doch in die Seine mitgerissen.»

«Sag das noch einmal, wenn du dich getraust!»

«Warum redest du in diesem Ton mit mir?» fragte Sir Rufus-Mensch schüchtern.

«Bei meinen großen schwarzen Augen! Ich schwör' es dir, daß du noch an mich denken wirst.»

Ehe der Gentleman-rider aus dem Taxi stieg, vergewisserte er sich, daß seine Menschenaugen ihren gewohnten Platz zwischen den Wimpern wieder eingenommen hatten, und da er kein

Feigling war, zahlte er munter seinen Fahrer und klingelte bei seinen Freunden. Es stimmt, daß er ein wenig auf dieses Mittagessen rechnete, um auf andere Gedanken zu kommen.

Aber er war nur eingeladen worden, um von dem Rennen zu reden. Kaum hatten sie Platz genommen, beugten drei Damen und zwei Herren sich so begierig zu ihm vor, daß der Tisch beinahe krachte.

«Nun, mein lieber Herr, berichten Sie uns doch bitte haargenau, was geschehen ist! Die Zeitungen veröffentlichen die verschiedensten Versionen.»

«Wenn Ihnen daran gelegen ist, daß wir gute Freunde bleiben, wollen wir nicht mehr davon reden», sagte der Gentleman-rider. «Außerdem gestatte ich mir, Ihnen mitzuteilen, daß ich nie mehr reiten werde, weder an einem Rennen noch sonst. Sollen doch die Pferde auf der einen Seite bleiben und die Menschen auf der anderen!»

Und er lachte, völlig beruhigt durch den Spiegel der Anrichte, in der seine kleinen Menschenaugen schalkhaft schimmerten.

Diese Worte, und vor allem der Ton, in dem Sir Rufus sie ausgesprochen hatte, kamen allen Tischgenossen merkwürdig vor; man hielt indessen dafür, daß es aus Gründen, die man nicht genau hätte bestimmen können, die man jedoch einhellig für schwerwiegend hielt, nicht angezeigt war, weiter in ihn zu dringen. So spricht man bei einem Kranken von etwas anderem, wenn man einen hohen Fieberanfall feststellt, den man sich nicht erklären kann.

Das Ende der Mahlzeit verlief sehr fröhlich. Man hatte das Pferd völlig vergessen; aber als Sir

Rufus sich bei der Dame des Hauses für ihren so reizenden Empfang bedankte, und zwar mit den ausgesucht liebenswürdigen Manieren, die stets beeindruckten, bekam sie plötzlich Zustände, als sie in Sir Rufus' Rücken den grauschwarzen Schweif seines Reittieres bemerkte, der fröhlich fuchtelnd sein Haar mit einem unerträglichen Geräusch über die Jacke scheuern ließ und sichtlich den Wunsch hegte, sich am Gespräch zu beteiligen.

Sir Rufus entfloh, ohne sich von den Gästen zu verabschieden. Auf der Straße war er wieder restlos Mensch. Und dabei blieb es ein paar Tage. Dann, an einem Sonntag, fühlte er sich von Brechreiz geplagt und fürchterlich durcheinander, bis in seine Leber und seine Milz hinein unmenschlich. Der große dreiteilige Spiegel, den er kurz zuvor angeschafft hatte, zeigte ihm indessen gar nichts Besonderes.

Er ging aus, um seine Braut zu besuchen, eine Amerikanerin, weder reich noch arm, die er bis dahin innig geliebt hatte. Aber sooft er an diesem Tage einer Stute begegnete, konnte er es nicht lassen, ihr mit den Blicken zu folgen, und so verzichtete er schließlich auf seinen Besuch und zog es vor, sich in eine große Stallung zu begeben. Zwölf oder fünfzehn Stuten standen dort. Wenn seine Braut auch an diesem schönen und so reinlichen Ort bei ihm gewesen wäre und neben ihm auf einem Strohhaufen gesessen hätte, mit welcher Freude hätte er dann in der Geborgenheit dieses warmen und leicht beißenden Stallgeruchs ihre Hände gehalten!

Der folgende Tag fing schlecht an: anstatt zu klingeln, um sich das Frühstück bringen zu lassen, wieherte er auf einmal nach der Zimmerfrau, und als sie mit dem Brett erschien, bat er unter tausend anmutigen Mätzchen und Artigkeiten um ein «Zühückerchen», wie ein dressiertes Pferd dies getan hätte – obschon die volle Zuckerdose zu seiner Verfügung stand.

Auf der Straße vermied er sorgsam die Gehsteige und schlängelte sich mit verdächtigem Genuß zwischen den Autos durch.

«Wie pferdisch wird doch die Welt in letzter Zeit!» dachte er. Damit hoffte er sich einzureden, daß alle Vorübergehenden ihm glichen.

Ein gewaltiges Verlangen, alles zu gestehen, und zwar lauthals, überkam Sir Rufus. Er mußte unbedingt seiner Braut genau erzählen, was er empfand.

«Sie möchten ein Pferd werden?» sagte die Amerikanerin. «Da ist doch nichts weiter dabei! Warum auch nicht? Man soll seinen Neigungen keinen Zwang antun. Gerade diese Hemmung macht Sie krank. Werden Sie doch kurzerhand ein Pferd, wir können trotzdem genau wie vorher im Bois de Boulogne spazierengehen. Nur erscheine ich dann vorsichtshalber als Amazone. Kommen Sie, lassen Sie mich Ihre Nüstern küssen!» rief sie lachend und warf sich ihm an den Hals. «Und bis morgen also, in der Allée du Ranelagh.»

Da ihm jetzt nichts mehr im Wege stand, wurde Sir Rufus noch in derselben Nacht zum Pferd. Kurz vor Tagesanbruch ging er möglichst leise die Treppe hinunter und drückte unten höchst anmutig mit dem Kopf auf die Türklinke. Aber ein Pferd ohne Sattel und Halfter ist auf der Straße ebenso verdächtig wie ein splitternackter Mann. Und wohin sollte er gehen? Es war für sein Stelldichein viel zu früh. Den ganzen Rest der Nacht suchte er wie ein Übeltäter die Polizisten zu meiden, und sogar die Passanten, die immer so albern sind, daß sie kein Pferd in Freiheit sehen können, ohne sogleich die Polizei zu rufen.

Es gelang ihm, den Bois de Boulogne zu erreichen, und dort schickte er sich an, Gras zu fressen. Er hegte schon seit langem den Wunsch, diesen Geschmack einmal kennenzulernen. Die Gelegenheit war günstig.

«Im Grunde ist mir jetzt viel wohler», dachte er. «Was habe ich schon zu fürchten?»

Eine Ameise kam heran und kletterte an seinem Bein hoch.

«Die ist genauso unverschämt, wie wenn ich ein Mensch wäre.»

Eine Hirschkuh kam und beäugte ihn ganz aus der Nähe.

«Wenn ich wüßte! Aber ich will ihr lieber nichts sagen. Und wie soll man sich mit einer Hindin verständigen, wenn man nicht einmal sicher ist, ein Pferd zu sein!»

Die Hirschkuh musterte ihn kokett, dann beschnupperte sie ihn. Hielt sie ihn für einen Hirsch? Doch nein, sie schien eher mißtrauisch zu sein. Beschnuppern die Tiere sich gegenseitig, um ganz sicher zu gehen, daß sie es nicht mit Menschen zu tun haben?

Die Hirschkuh entfernte sich rücklings.

Endlich tauchte die Amerikanerin in der Allée du Ranelagh auf, und ihre Überraschung war nun doch beträchtlich, als sie ihren Bräutigam in ein so vollendetes Pferd verwandelt sah.

Ein Aufseher des Bois de Boulogne kam in der Nähe vorbei, und das Pferd sagte sich: «Schön, jetzt werde ich gleich ausschlagen müssen!»

Aber der Aufseher hatte es nicht bemerkt.

Ein armer Mann kam daher; er trug kein Hemd, nur eine zerschlissene Jacke; er hatte ein Seil unter dem Arm und suchte ganz offenkundig einen Baum, um sich aufzuknüpfen.

Das Pferd wieherte auf das Seil zu, um die Aufmerksamkeit der jungen Frau darauf zu lenken.

«Wo wollen Sie denn mit dem Seil hin, guter Mann?» fragte sie.

«Geht das *Sie* etwas an?» entgegnete der Landstreicher in plötzlichem Zorn.

«Natürlich nicht, aber ich dachte, daß vielleicht...», sagte sie mit ihrer sanftesten Stimme.

«Dann hatten Sie eben unrecht, zu denken, daß vielleicht... Lassen Sie mich meinen Baum suchen.»

«Tun Sie das nicht, lieber Herr», sagte die junge Frau, um dem Unbekannten Vertrauen einzuflößen. «Ich kaufe Ihnen Ihr Seil ab.»

«Sie müßten es schön teuer bezahlen und wären bestohlen, Madame, es hat bis dahin noch kein Glück gebracht.»

Mit dem angedeuteten Lächeln, das sich jetzt in seinen struppigen Bart einschleichen wollte, sah der Mann elender aus denn je.

Ein paar Augenblicke später waren Frau und Pferd, Seil und dem Erhängen entgangener Mann unterwegs zu einer Stallung bei der Porte Dauphine. Der Mann führte das Pferd an seinem Seil, das ihm nun auf einmal wohltuend die Handfläche zu erwärmen begann.

Sir Rufus wurde ohne jegliche Schwierigkeit ein Zugpferd. Er führte seine Braut regelmäßig spazieren, und so verflossen gemächlich die Tage der beiden.

«In den Bois, mein Freund», sagte sie zu ihm, als spräche sie mit ihrem Kutscher. «Sei so gut und geh durch die Avenue Bugeaud. Ich muß noch schnell zur chemischen Reinigung. Aber es dauert nicht lange. Dann fahren wir mal um Longchamp, und du gehst durch die Akazienallee wieder heim.»

Daraufhin stieg sie in den Wagen, ohne sich weiter um die Route zu kümmern.

Eines Tages war die Amerikanerin nicht mehr allein im Tilbury. Ihr junger Begleiter hatte eine höchst demütigende Art, dem Pferd Brotstücke zu geben, die er, mit Tabakkrümeln überzogen, aus der Tasche fischte.

Der Eindringling war auf allen Spazierfahrten dabei. Das Pferd war so sehr damit beschäftigt, den Gesprächen der jungen Leute zuzuhören, daß es darob vergaß, die Vorderhufe zu heben. Dabei war ihm klar, daß der junge Mann nur ein unwichtiger Kamerad war, den man im Bois de Boulogne spazierenfährt, und damit basta.

Eines Tages, als Sir Rufus in einer Wegbiegung ungeschickt gegen den Randstein fuhr, hörte er, wie der Bursche zornig ausrief: «Meiner Treu! Ich habe noch nie einen größeren Hornochsen gesehen! Du hast recht, wir wollen ihn bei nächster Gelegenheit kastrieren lassen. Der Kerl weiß viel zuviel über uns beide, mit seinen argwöhnischen Ohren, die sich kein Wort entgehen lassen.»

Wie das Pferd dies hört, stürzt es sich in ein Gebüsch und schmettert das Pärchen gegen eine Platane; dort liegen sie nun, der Knabe mit geborstenem Schädel, das junge Mädchen übers Gras hingestreut, ein paar Meter von seinem Freund entfernt, auf den es im Sterben einen reizenden und noch immer verliebten Zeigefinger richtet.

Wieder Mensch geworden, stand Sir Rufus in einem nagelneuen grauen Anzug, der dem Kleid des Pferdes glich, unbeweglich unter dem Kumt und dem Zaumzeug seines Geschirrs und betrachtete zwischen den Deichseln die Tragödie. Er versuchte, die Kandare und die Kinnkette zu entfernen, aber so in Riemen und Zügel verwikkelt, war das wirklich nicht einfach, besonders weil seine Bewegungen noch ein bißchen pferdehaft waren, und weil...

Der Pfad und der Weiher

Auf dem Pfad, der mitten durch die Öde der Pampa führt, wandert, ganz allein, ein Mann dahin, mit zwei Packtaschen, die ihm an Riemen über die Schultern hängen, und ein Köfferchen tragend. Unerachtet der Weite der Landschaft, die seine Züge etwas verwischt, erkennt man, daß es sich um einen orientalischen Typus handelt und daß er sein Land erst vor kurzem verlassen haben muß: von Zeit zu Zeit blickt er hinter sich, als ginge ihm jemand nach. Seine kleine eigensinnige Pfeife umgibt ihn mit einer ambulanten Intimität von schwankender Bauart.

Man hat ihm von einem Gehöft erzählt, wohin es noch einige Meilen weit ist, und seit der Frühe ist er zu dem blicklosen Horizont unterwegs. Ihm zu Füßen die unzählbaren Spuren des Weges: er erkennt die Abdrücke von Schafs-, von Rinder- und Pferdehufen, eine Wüste von Spuren, eine reglose Welt, die einmal Bewegung war, voll einer postumen Starre.

So zieht er seit Tagen von Rancho zu Rancho. Nachts wählt er sich einen geeigneten Platz, damit der Körper eines Fremden, der den ganzen Tag unterwegs war, sich dort ausstrecken könne. Und wenn er keinen Schlaf findet, so hört er die Vögel, die zu Wächtern über die schlummernde Erde bestellt sind, die Käuzchen und die Eulen, auch andere noch, die wir niemals kennenlernen werden, weil sie in den Lüften nisten, und sie zeigen ihm die Stunden an, mit dem Einverständnis des Mondes.

Auf dem Hof von San Tiburcio, zu dem der Mann unterwegs ist, werden die Mutterschafe in einem Schuppen geschoren. Die Lider der Tiere schließen sich unter dem kalten Anhauch der Scheren, die ihnen rasch über den wolligen Bauch fahren, als wollten sie im Vorbeigehn die zarten Euter mitnehmen. Ein Tier schnuppert unaufhörlich an einem Rest seines Vließes, das ihm zufällig vor das Maul geraten ist. Die Augen aller Schafe sehen aus, als wären sie aus Glas und auswechselbar, wie die Angst ihrer Körper unter dem Druck.

Der ambulante Türke setzt seinen Weg fort. In der Finsternis seines Gurtes ist es fünf Uhr auf seiner warmgewanderten Nickeluhr, doch in seinem Kopf ist es schon sehr viel später: er beschleunigt den Schritt, als werde er seit geraumer Zeit erwartet und als habe man schon einen Stuhl für ihn in die Mitte des Zimmers gerückt.

Die Schafschur im Schuppen von San Tiburcio nimmt ihren Fortgang.

Juan Pecho, den Sie da links hocken sehen, muß der Bauer sein. Sein Messer im Gürtel, unter der Weste, die von der Arbeit hochgerutscht ist, ist länger als das der Peonen. Ein großer, dikker Mann, er schert langsam; eine ungeheure Trägheit wandert in seinem Körper umher, unterredet sich vertraulich mit ihm, auch wenn er so tut, als arbeite er. Gleich nach dem Aufwachen ist sie da, und sie verläßt ihn erst abends, um sich ein wenig in der Nachbarschaft umzutun, wenn Pecho einschläft und ihrer wirklich nicht mehr bedarf. Ein farbloser Zigarettenstummel an seiner Unterlippe scheint dort seit fünf oder sechs Jahren zu kleben.

Er schert schlecht und zerstreut. Von Zeit zu Zeit verirren sich grobe Schimpfworte in das Haar seines schütteren Bartes.

Die Schafe, die es mit ihm zu tun haben, vergessen den schweren Schatten dieses über sie gebeugten Körpers nicht, und nicht die Verletzungen und sein Schnaufen wie das eines Ochsen. Er würde sie lieber abschlachten. Das geht rascher, und ist das Blut nicht die einzige Zerstreuung der Pampa für einen Gaucho, der seiner Verlobten treu ist?

Das erste Hundegebell drängt sich dem Türken ins Ohr. Bisher war er stundenlang nur für den Steppenwind ein Mensch gewesen, und noch dazu ein wunderlicher Mensch, weil er zu Fuß ging in einem Land, wo jedermann sich zu Pferde fortbewegt. Juan Pecho und die Kinder haben ihn erblickt. Sie statten ihn mit einem Vaterland aus, mit Gefühlen, mit einem Charakter.

Das ist der Hausierer, dessen Schachteln es einem angetan haben. In der ganzen Welt sind Männer, Frauen, Kinder in die Schachteln verliebt. Das ist ein Bedürfnis des Planeten; eine der Stellen, wo das Schicksal entsteht, sich versteckt hält und seine Ränke spinnt.

Die Gelegenheit scheint einem Juan Pecho zu günstig; er erhebt sich und besteigt sein Pferd, das immer gesattelt neben ihm steht, nicht etwa, weil er sich davor fürchtet, die Zukunft warten zu lassen, sondern weil er noch niemals fünfzehn Schritte hintereinander getan hat.

Während er sich eine Zigarette rollt, reitet er dem Unbekannten entgegen.

«*Buenas tardes*, wollen Sie die Waren eines Händlers auf der Durchreise sehen, der Ihnen ganz zu Diensten steht?» versucht der Türke auf spanisch zu sagen. «Ich bin der Vertreter mehrerer bedeutender ausländischer Firmen für die Republik Argentinien.»

«Der Vertreter?» sagt der Bauer mit einem bösen Lächeln, während er die Packtaschen des Mannes betrachtet.

Der Türke schlägt die Blicke über seiner Lüge nieder. Der Hunger, das Wandern an der freien Luft haben ihn erfinderisch gemacht.

«Folgt mir», sagt Pecho und wendet dabei sein Pferd.

Er weiß noch nicht, soll er den Fremden zum Schuppen führen oder in die Küche. Der Anblick seiner Schwester Florisbela, die ernst und breit in der Hoftür steht, verhilft ihm zu einer Entscheidung.

«Hier bringe ich einen Türken, der die Nacht über bleiben wird. Nach dem Abendessen wollen wir sehen, was er bei sich hat, aber bis dahin zeigt er nichts.»

Und mit leiser Stimme setzt er hinzu: «Achtung, er hat lange Finger.»

Der Händler bittet Florisbela um Wasser und verschwindet hinter den Disteln.

Wie er zurückkommt, ist er gewaschen und parfümiert; er nimmt auf einem Schemel Platz, unweit von Florisbela, die Maté trinkt, und schaut in den Sonnenuntergang.

Da sitzen die beiden und sagen kein Wort, weil der Abend, der herabsinkt, sie einschüchtert. Die vom Tageslicht noch verstörten Sterne stellen sich blind. Die Mutterschafe, welche die Arbeiten der Schur von den Lämmern getrennt hatten, kehren zu ihnen in den Pferch der Dämmerung zurück, und ringsum, von der Erde bis zum Himmel, ist alles nur ein einziges Blöken, darin hie und da ein Stern oder ein Leuchtkäfer funkelt.

Der Türke begann seine Müdigkeit zu spüren. Wie ein verirrter Pfeil - von wem nur abgeschnellt? - ging ein Gedanke ihm durch den Sinn. Und er vergewisserte sich, daß sein Revolver in seiner Tasche steckte. Da hörte man schon Juan Pechos Stimme. Er kehrte zum Rancho zurück; hinter ihm die drei Kinder Florisbelas, von denen der Älteste, der zwölfjährige Horacio, schon wie ein Mann blickte und schwerfällig hinkte. Hunde umrahmten die kleine Gruppe.

«Nein! Nein!» sagte der Bauer mit einer leisen ausweichenden Stimme. «Erst nach dem Abendessen! Der Türke wird seine Sachen auf dem Tisch ausbreiten, und wir werden Zeit genug haben, uns alles anzuschauen.»

Florisbela nickte zustimmend. Der Händler hätte seine Waren lieber gleich ausgelegt, aber da er nicht gut spanisch konnte, begriff er den Sinn dieses Satzes erst nach einiger Zeit, nachdem er die Worte in seinen Ohren insgeheim miteinander verglichen hatte.

Nun betraten alle den großen Raum, der als Küche und Eßzimmer diente.

«Hierher», sagte Juan Pecho zu dem Fremden und verwies ihn in eine Ecke.

Einer um den andern kamen die acht Bastardhunde der Estancia näher; sie beschnupperten den Eindringling und versuchten, das Hinterbein über sein Gepäck zu heben. Aber er hinderte sie daran, mit respektvollen Gebärden.

Im Rancho sprach man nur mit gedämpfter Stimme: Florisbela und ihr alter Vater, ein weißbärtiger, ungewöhnlich distinguiert aussehender Gaucho, hätten es gar zu gerne gesehen, wenn der Türke mit ihnen am Familientisch gesessen hätte, und die Kinder tuschelten alle: «Ja! ja! ja! ja!»

«Er ißt in der Ecke dort, auf den Knien», schnaubte Juan Pecho.

Und er dachte: «Das ist schon allerhand, daß ich ihn überhaupt hereingelassen habe, diesen Gringo, diesen Landstreicher, der von Glück sagen kann, daß er noch auf Erden wandert, dieses Gespenst, das, um sich wichtig zu machen, gleich bei seiner Ankunft nach Wasser verlangt hat, um sich zu säubern. Und er hat sich sogar die Füße im Freien gewaschen, als ob es sich nicht schickte, so was für sich zu behalten.»

Juan Pecho hatte die Verrichtungen des Türken vom Schuppen aus beobachtet, und er hatte sein rotgestreiftes Handtuch gesehen, während er sich in den letzten Strahlen der Sonne abtrocknete.

Als das Fleisch gar war, ließen der Bauer und die Seinen sich um den Tisch nieder, und in einer Ecke der Türke mit den sauberen, knochigen und traurigen Füßen. (Wenn das Gesicht genötigt ist, aus beruflichen Erfordernissen zu lächeln, so muß unsere menschliche Traurigkeit zusehen, wo sie unterkommt.)

Bei dem Duft des gerösteten Fleisches gestand der Fremde sich, daß dieses Nomadenleben ihm doch gefiel, und gleichzeitig fand er seinen Namen wieder: Ali ben Salem, die Liebe zu seinen Eltern und zu seinem Heimatland, auch einige andere weniger deutliche Tugenden und das Wesentliche seiner Biographie.

Die Müdigkeit in den Beinen und im Rücken, die sich verklärte, leistete ihm Gesellschaft.

Am Tisch unter dem Vorsitz von Juan Pecho wollte man seines Daches und des morgigen Tages sicher scheinen, des Landstreichers wegen. Sichtlich mit Vorbedacht bediente man sich der Gabeln, weil er nur sein Messer hatte und sich sein Fleisch vor dem Munde abschnitt. Von ihrem Platz aus hörten Florisbelas Kinder nicht auf, die Kiefer des Türken zu betrachten.

Nach dem Essen und den zusätzlichen fünf Minuten des Schweigens, weil es doch nicht so aussehen sollte, als habe man es eilig, sprach Juan Pecho endlich: «Zeigt nun her, was Ihr da habt!»

Die Kinder liefen hinaus, um die Peonen zu holen, und bald standen alle mit ihnen, der alte Vater, Florisbela und Pecho, alle reglos, streng wie die Wüste, um die Reichtümer des Händlers versammelt.

Auf dem Tisch, in kleinen Pappschachteln, lagen Broschen, Armbänder, Ohrringe, Amulette, allerlei vergoldete Leichtgläubigkeiten und lächelten ihnen zu, im Verein und Einverständnis mit Ali ben Salems Lippen. Der steinerne Bann der Betrachter vermenschlichte sich endlich und ließ sie ein paar Bewegungen tun.

Dieser Goldglanz drang langsam in sie ein, überzog ihr Inneres. Links und rechts wurden allerlei Toilettegegenstände ausgelegt, Bänder und

Flakons in hellen Farben, die auf dem Tisch so etwas wie einen städtischen und abwechslungsreichen Frühlingsflor bildeten.

«Man darf alles anfassen», sagte der Türke.

Da sah man die braunen Bauernhände sich ausstrecken, wie Karpfen nach einem Stück Brot schnappen.

Juan Pecho sagte immer noch nichts, obwohl manch rascher Blick sich oft zu ihm wandte.

Da, während sein Bart nachlässiger denn je sein Gesicht umrahmte, öffnete er eine Schachtel mit einem Rasierapparat und ließ sich, indes alle ringsum verstummten, dessen Handhabung erklären. Er dachte, wieviel daran gelegen wäre, wenn er nächsten Sonntag glattrasiert bei Esther Llanos, seiner Versprochenen, erschiene.

«Was kostet der Rasierapparat?»

«Drei kleine Piaster. Der ist wie Seide.»

«Drei Piaster! Ich gebe einen dafür», sagte Pecho mit polternder Stimme.

Sehr sanft wiederholte der Türke: «Unmöglich, leider ganz unmöglich», durch hundert Lächeln, die eins das andere zerstörten, und wer weiß, ob seine struppige Brust unterm Hemd auf ihre Weise nicht auch liebedienerte.

Den Blick auf den Apparat geheftet, dachte der Bauer: «Drei Piaster! Der Preis eines Hammels mitsamt seiner Wolle für dieses Stück blankes Metall!» Unterdessen kauften Florisbela, der Alte, die Peonen diesen oder jenen Gegenstand, und man sah Silberstücke aus einer Tasche in die andere wandern, beim Schein der Lampe, die gleichmütig fortbrannte.

Juan Pechos wortloser Zorn begann die Luft zu vergiften.

Die Peonen verließen den Raum. Sie saßen auf ihren Nachtlagern und warteten.

Der Türke packte seine Waren wieder ein, mit Ausnahme des Rasierapparates, der sich ihm, wie er spürte, unter dem heftigen Verlangen des Bauern entzog.

Der Alte, der kein einziges Wort gesagt hatte, die Frau, die Kinder, alle standen wie leblos.

«Was habt ihr denn, daß ihr mich so anstarrt?» schrie der Bauer sie an.

Ein Scharren von Stühlen, die man fortschob, Gesichter wurden zu Rücken, die einer um den andern durch die offene Tür in die schwarze Nacht verschwanden.

Niemand ist noch in der Küche, außer Juan Pecho, dem Rasierapparat und dem Türken.

Der Kreole fragt sich, ob er den Türken nicht davonjagen soll, aber da müßte er Gründe vorbringen oder wenigstens Worte zusammensuchen... Es scheint ihm bequemer, einen Schritt zurück zu tun und sein Messer in den Nacken zu stoßen, den er vor sich hat.

Der Türke fällt mit dem Kopf vornüber, die Arme ausgestreckt, als wollte er sich nicht weh tun, wie er da unversehens in den Tod stürzt.

Ein Hund kommt herein, ein Nachtgeist, der einen Auftrag hat; er beschnüffelt den Körper, stellt das Ableben fest und verläßt den Raum, gerade über seinen Schatten weg.

Pecho ergreift den Rasierapparat, öffnet das Köfferchen und wählt eine Seife; dann schließt er die Tür, löscht die Lampe aus, um die Blutspuren zu tilgen.

Im Nebenzimmer rasiert er sich sorgfältig und ist ganz erstaunt über dieses neue Gesicht, das der Spiegel ihm herstellt, wie das Gesicht eines fast vergessenen Verwandten, der von Übersee zurückgekommen ist. Von Zeit zu Zeit wendet er sich zu der Tür zurück, hinter welcher der Leichnam bereits alle Vorkehrungen für die reglose Reise trifft. Wie er fertig ist, nähert er sich dem Körper. Die aufgeknöpfte Weste läßt einen breiten Gurt aus neuem Leder sehen. Juan Pecho runzelt plötzlich die Brauen: es ist seine Pflicht, dessen Inhalt zu untersuchen. Und wie er die Schnalle löst, rollen Goldmünzen mit schepperndem Geräusch, als läute ein schlecht erstickter Wecker unter Wolldecken. Pecho zählt zwanzig Pfund Sterling auf den Tisch. Dieser Betrag da mißfällt ihm sehr: dafür hat er ihn nicht umgebracht, er ist kein Dieb. Die verschiedenen Gegenstände, die sich im Gepäck des Türken befinden, zählen nicht: allerlei Tand für Augen und Hände, zum äußeren Gebrauch.

Er will diese Münzen nicht, diese Vermittler zwischen dem Verstorbenen und unbekannten Leuten, die vielleicht anfangen, unruhig zu werden in der Nacht: sie wälzen sich in ihrem Bett, zünden die Lampe an, schauen auf die Uhr und begreifen, daß da irgendwo in der Welt etwas Bedenkliches vorgeht und daß sie Nachrichten einholen müssen.

Ein Gedanke kommt ihm: er wird eine gute Tat tun mit diesem Gold.

Eins um das andere steckt er die Pfundstücke in die Sparbüchse seines Neffen, des Krüppels. Das geläuterte Gold rollt nun auf die Seite der Engel.

Das Geld, das der Türke von Florisbela und den Peonen erhandelt hatte, läßt er in seiner

Hosentasche. Erleichterten Gewissens betrachtet er das Köfferchen und die Packtaschen mit dumpfer Sympathie. Dann leert er sie gänzlich auf den Tisch aus und bildet mehrere Haufen.

«Für meine teure Schwester Florisbela», so schreibt er mit ungelenker Hand auf ein Stück Papier.

«Für die schelmische Mariquita.»

«Für meinen kleinen Neffen Juan Albertito.»

«Für meinen geschätzten Vater.»

«Für Juan Pecho.»

Ein langer Lederriemen wird am Hals des Türken befestigt, und schon schwingt sich Pecho aufs Pferd; er reitet durch die Nacht, die schamhaft vor ihm zurückweicht. Er wird den Leichnam in einen nahegelegenen Weiher werfen. Zwei Wildenten fliegen dem Kreuz des Südens zu.

Auch den Stein hat er nicht vergessen, den man am Hals befestigen muß. Juan Pecho kehrt zum Rancho zurück. Aus dem Schlaf, in den er alsbald versinkt, scheuchen ihn erst um die Dämmerung die Vögel, die seinen letzten Alptraum zerpicken.

Durchfroren, als hätte er am Grund des Wassers geschlafen, sieht er die Sonne über dem Weiher aufgehen und will sich einreden, der Türke habe sich dort ertränkt.

«Dann habe ich seine Sachen unter uns verteilt, statt sie ins Wasser zu werfen, wo niemand etwas davon gehabt hätte.

Und ich habe wohl daran getan.»

Florisbela hatte den Körper fallen gehört. Sie streute über den besudelten Boden des Rancho etwas Erde, die nachts unter dem Himmel gelegen hatte. Dann wandte sie den Rücken und begann zu beten.

Allmählich verwunderte Juan Pecho sich, daß er die Peonen nicht zum Schuppen gehen sah. Ohne sich den Lohn für die Schur auszahlen zu lassen, hatten alle drei sich vor Morgengrauen davongemacht.

Vier Tage später näherte Florisbela sich ihrem Bruder und sagte ihm ins Ohr: «Er schwimmt oben.»

Der Mann zuckte zusammen, als müsse er den Türken ein zweites Mal umbringen.

Mit riesigem Bauch, den Kopf zurückgeworfen, anmaßend und grünlich bleich, schwamm der Türke an der Oberfläche des Weihers.

Mit einem weiteren, schwereren Stein um den Hals und vor allem einem kräftigen Messerstich in den Bauch, damit das Gas entwich, versank der Orientale aufs neue zu unsichtbaren Abenteuern.

Als er zum Rancho zurückkehrte, bemerkte Pecho zum erstenmal seit dem Verbrechen, daß da überall Zahnbürsten, Kämme, Haarnadeln, Seifen, Stoffe, Fingerhüte, allerlei Schmuckstücke und Büchsen mit Schuhwichse am Boden herumlagen.

«Wollt ihr das wohl gleich zusammensuchen und fortschaffen!» schrie er seine Neffen an. «Ihr kleinen Totschläger!»

«Schau nach, ob er oben schwimmt», sagte Horacio zu Mariquita.

«Geh doch selber.»

«Ich bin aber eben erst dort gewesen. Geh du jetzt.»

Man hatte eine Inspektionsrunde zu dem Weiher einrichten müssen. Acht Tage vergingen, ohne daß Ali ben Salem einen neuen Ausflug an die Erdoberfläche unternommen hätte.

Am neunten erschienen zwei berittene Polizeiagenten am Hoftor des Rancho. Ruhig und hager, ihr hängender Schnauzbart sah aus, als wäre er nachgemacht; die Gleichartigkeit ihres Auftrags verlieh ihnen eine gräßliche Ähnlichkeit.

«Los, Freundchen», sagte der Brigadier, der die Handschellen hielt.

Als man in der Kalesche des Kommissars an dem Weiher vorbeifuhr, sah Pecho, daß der Türke nicht wieder nach oben gekommen war. Was also mochte die Polizei auf seine Fährte gebracht haben...? Die Anzeige konnte nicht von den Peonen stammen, die zu stolz waren, um einen Mann zu beschuldigen, bei dem sie gearbeitet hatten, auch nicht von Florisbela oder den übrigen Bewohnern des Rancho.

Und als der Kommissar den Kreolen gefragt hatte, ob denn kein Zeuge zugegen gewesen sei, als er das Verbrechen beging, da erinnerte er sich mit einem Mal: «Doch, Señor, ein Hund.»

Die Arche Noah

Als ein Schulmädchen aus der Zeit vor der Sintflut seine Aufgaben mit dem Löschblatt trockgnen wollte, hatte es dieses völlig durchnäßt gefunden. Welch ein triefendes Blatt, das seinem Wesen nach doch immer durstig zu sein hatte! Das Kind sagte sich (es war bei weitem die beste Schülerin der Klasse), daß das Löschblatt vielleicht an irgendeiner wundersamen Krankheit litt. Da es zu arm war, um sich ein anderes zu kaufen, legte es das rosarote Stück Papier an die Sonne zum Trocknen; doch dem Fließblatt gelang es nicht, diese grämliche Feuchtigkeit loszuwerden. Und auch die Tinte, mit der die Schulaufgaben geschrieben waren, weigerte sich nun ihrerseits zu trocknen!

Da trat das Mädchen voller Scham darüber, daß es zum Gegenstand eines allem Anschein nach sinnlosen Wunders geworden war, tief bekümmert vor das Pult der Lehrerin und hielt in der einen Hand das Löschblatt, in der andern das auf der widerspenstigen Seite aufgeschlagene Heft. Sich deutlicher zu erklären, war dem Kind nicht mehr beschieden. Und die Lehrerin mußte es mit ansehen, wie die untröstliche Schülerin vor ihren Augen verschwand und sich ihr ganzes Wesen in Tränen verwandelte.

Weiteres Unheil erfüllte die kleine Stadt Judäa und deren Umgebung mit Trauer. Das Feuer der Menschen, das sich bis dahin als der wackerste Feind des Wassers erwiesen hatte, begann ganz offensichtlich zu wanken. Seines Kammes und seines Heißmuts beraubt, trocknete es nun nicht mehr das aus, was man in seine Nähe brachte. Da und dort begannen Leute zu sterben, weil sie Wasser im Kopf oder im Leibe hatten. Das winzigste Bläschen am Finger deutete auf eine umfassende Überflutung des menschlichen Körpers hin durch ein gefährliches Wasser, welches den bisher dem Blute zugewiesenen Raum einnahm.

Diese Art von entfesseltem Wasserwahn griff rasch auf das Pflanzenreich über. Gräser und Laub, Zweige und Baumstämme schwitzten ihr Wassergewicht mehrmals im Tag aus. Alles tat hier mit, sogar die Sandkörner in der Wüste. Es bestand kein Zusammenhang mehr zwischen Behälter und Inhalt, so groß war Gottes Zorn.

Die Honoratioren der Stadt, deren ständige Schweißausbrüche sich nicht aufhalten ließen, begannen schließlich Verdacht zu schöpfen, ob diese Folge von Erscheinungen sich nicht auf die ja seit langem schon angekündigte Sintflut beziehen mochte. Der Volksmund indessen wiederholte unermüdlich: «Solang kein Regen fällt, sich die Hoffnung hält.» Endlich fiel eines Tages ein Wassertropfen auf den Kopf des dortigen Bürgermeisters, der vor lauter Hinaufstarren und Den-Himmel-Befragen kahl geworden war, und wohl oder übel mußte man erkennen, daß nun alles ein Ende nahm. Zwar regnete es keineswegs besonders stark an jenem Tag, aber der Regen besaß an mehreren Orten eine solche netzende Kraft, daß schon ein paar Tropfen genügten, einen Bauern samt seinem Wagen und seinem Roß unterwegs zu ertränken.

Noah hatte nicht die Sintflut abgewartet, um

seine Arche zu bauen; er stellte sie mit so viel Umsicht und List auf, daß der Regen ihre Nähe mied, als ob gegen sie nicht das Geringste auszurichten oder auch nur zu versuchen wäre.

Die Tiere, die in Noahs Boot vertreten sein sollten, trafen je zu zweit und oft aus weiten Entfernungen ein. Und all die Paare, indem sie den Steg zur Arche erklommen, riefen vor Freude, daß sie der großen Schwemme entgangen waren: «Und nun, es lebe das Unbekannte!»

Droben roch es ziemlich stark nach nassem Fell; dicht aneinander gedrängt stand man an Deck, und es galt, sich um die Wette dünn zu machen. Man fragte sich, durch welches Wunder der Elefant in jener Ecke Platz hatte, in der unter gewöhnlichen Umständen kaum ein Neufundländer hätte untergebracht werden können. Und wo man sich auch immer hinwandte, überall gewahrte man die erbaulichsten Schauspiele: ein Krokodil wiegte in seinem zärtlichen Rachen den Kopf eines tief in Schlummer versunkenen Spanferkels, rötliches Fell und weiße Wolle wohnten traulich und lässig beisammen wie Jugendfreunde, die sich zwar nichts mehr zu erzählen haben, aber sich dennoch über die Nähe freuen. Und wenn es dem Löwen passierte, daß er das Lämmchen leckte, dann sah doch niemand darin eine den Appetit fördernde Absicht. Was das Lämmchen anbelangt, so hielt es, da es nichts Besseres wußte, im Maul ein Büschelchen Kräuter, dem es allerlei höchst behutsame Schmeicheleien erwies. Während die Freude bei den Tieren sonst undurchsichtig und verborgen bleibt wegen all dem Fell, den Federn und Schuppen, die ihren Glanz zurückhalten, strahlten nun alle Geschöpfe, frei und gelöst im Licht, vom Kopf bis zum Ende des Schwanzes.

Am Kai suchten viele, die nicht mitreisen durften, Noah zu erweichen. «Laß uns einsteigen! Wir schwören dir, daß wir niemandem den Platz wegnehmen!» Doch Noah erwiderte ihnen: «Wenn die Arche aber unterginge?» – «Sie wird nicht untergehen! Wir schwören es dir bei unserm Kopf!» riefen Tausende zurück, die zum Tod verurteilt waren. «Gehabt euch wohl!» war Noahs Antwort.

Andere stellten es feiner an, um sich an Bord aufnehmen zu lassen. Da war zum Beispiel eine Familie von Akrobaten in rosaroten Turnleibchen, die im Regenwetter ihre Farbe verloren hatten. Sie konnten nun, die einstmals in der ganzen Gegend hohes Ansehen genossen (doch was gilt schon der Ruhm in einem überschwemmten Land!), nur noch auf ihre gefährlichen Kunststücke zählen, um das Herz der Glücklichen dieser Welt zu rühren, die jetzt in der Arche ins Weite ziehen würden. Vor den so mannigfaltigen Köpfen der Passagiere an der Reling bildeten sie, sich immer wieder voneinander lösend und dann aufs neue sich einend, eine menschliche Pyramide; zuoberst krönte sie ein dreijähriges Mädchen, das schon ebenso geschickt war wie sein Großvater, der dem ganzen Gebäude als Stütze diente.

Und bei den Rufen «Hopp», «Rasch» oder «Langsam» folgten einander halsbrecherische Sprünge und die unglaublichsten, aber vollendet ausgeführten Purzelbäume. Und was hätte man zu dem klatschnassen Taschentuch sagen können, das sie sich gegenseitig zuwarfen und mit dem sie sich den Anschein gaben, als ob sie ihre triefenden und dennoch sicheren Hände daran trockenrieben.

Und immer lag dabei auf den Lippen dieser so verschieden gewachsenen Athleten ein Lächeln von vollendeter Höflichkeit, das nicht im geringsten wie das von Bettlern sich aufdrängte, sondern den rein beruflichen Ausdruck wahrte.

«Sie sollen aufsteigen! Sie sollen mitkommen! Das wird uns auf der Reise unterhalten!» tönte es überall. «Schaut euch die Kleine an, wie entzückend sie ist!» Noah spürte, wie sogar die Balken der Arche, die er wegen ihrer Härte ausgewählt, allmählich unter seinen Füßen nachgaben, doch war nunmehr an Bord nur noch Platz für das Leid und die Wehklage über das Verlorene und für deren unermeßliches Gewicht. So gab er denn, das Herz voller Tränen und trockenen Auges, Befehl, die Taue zu lösen, und ließ die unermüdlichen Mitglieder der sehnigen Familie, die im erlangten Schwung weiterhin ihre Sprünge durcheinander wirbelnd vollführte, an Land zurück. Das Wasser des Himmels sollte sie alsbald gnädig erlösen: zum mindesten löschte es sie allesamt mit einem einzigen Wogenschlag aus der Liste der Lebenden. Aber lange noch glaubten all die Reisenden, die sich über die Reling beugten, zu sehen, wie sie tief unter Wasser ihre Figuren schlangen und wieder lösten.

Da gewisse Tiere auf der Arche nicht vertreten sein sollten, hatte Noah nicht gezögert, ihnen eine falsche Abfahrtszeit anzugeben. Die Landungsbrücke war schon hochgezogen, als ein Megatherium sich zur Stelle meldete.

«Wenn man schon Noah heißt, vergißt man

niemanden an Land!» brüllte es im Bewußtsein seiner gewaltigen Kraft.

«Ich habe Sie nicht vergessen», sagte der Vater der Arche traurig. «Ihr Schicksal ist, ein vorsintflutliches Wesen zu sein. Nun ist die Sintflut aber angebrochen: wer vermöchte das Gegenteil zu behaupten?»

«Ich soll nicht unter den Tieren der Arche vertreten sein, ich, das allerwichtigste? Das ist ein Skandal. Durch deine Schuld, Noah, wird man einst nicht einmal wissen, daß es mich gegeben hat!»

«Beruhigen Sie sich, lieber Riesenfreund, man wird Sie an Ihren Wirbelknochen wiedererkennen.»

Mit geschlossenen Luken entfernte sich die Arche und übertraf an Geschwindigkeit das Megatherium, das sie ein Stück weit verfolgte und das die blinde Wut, mehr noch als seine ungeheuerliche Plumpheit, rasch in die Tiefe der Wogen versinken ließ.

Eine Gruppe vorsintflutlicher Geschöpfe tat sich nun zusammen, um Noahs Boot übel mitzuspielen, das sie vergeblich umzukippen gedachten. Sie forderten den Walfisch auf, sich ihnen anzuschließen, doch dieser entfernte sich, dem Althergebrachten treu, rechtgläubig und gewiß, daß er die Sintflut überleben würde, mit seinen Jungen, denen er in einem fort einschärfte: «Wendet euch nicht zurück, das sind Anarchisten.»

Noah blieb eine große Anzahl lebender Wesen und tüchtiger Schwimmer übrig, die mit ihren Hilferufen die fahrende Arche umringten. In der brüderlichen Eintracht der Todgeweihten sah man da bunt durcheinander Tiere und grünliche Menschenwesen, halbwegs noch obenauf schwimmende Eilande im Sog der gewaltigen letzten Strudel. Ein etwa sechzigjähriges Weib schwamm – zum erstenmal in seinem Leben – nicht weit von einem Zehnender-Hirsch; drei Juden schrien auf einem vorüberprustenden Flußpferd. Ohne sichtbare Ursache bekamen die Boote Schlagseite: die Sintflut packte sie von unten herauf mit ihrer Regenwasserfaust und leerte sie im Nu.

Und ein Kolibri fing an zu schluchzen:

«Ich bin ein Insel-Vogel,
Nun aber schwinden die Inseln dahin.
Ach!, was soll aus mir denn werden?»

«Platz da, die Bahn frei! Ich bin Vater von zwölf Kindern», rief von seinem Floß ein Mann, der noch an Gerechtigkeit glaubte.

«Na, na, seid doch vernünftig», schrie Noah hinunter, über die Reling gebeugt.

«Was heißt das, vernünftig?» erwiderten mehr als tausend Stimmen.

Als sie darauf keine Antwort erhielten, verlangten die schwimmenden Tiere den Löwen ans Geländer. Dieser streckte nun seinen Kopf über die Reling.

«So sprich doch, erklär uns die Sache», brüllte man ihm von allen Seiten entgegen. «Warum ihr und nicht wir?»

Der König sämtlicher Tiere, die am Ertrinken waren wie auch der übrigen, sagte mit traurig bewegter, aber fester Stimme: «Wenn es sein muß, dann muß es sein.»

«Was muß sein? Komm herunter und sag es uns hier im Wasser, wenn du ein bißchen Mut hast.»

«Bin ich denn nicht mehr wert als die Schlange, die sich an Bord befindet?» sagte eine Taube, die der Zorn einem Tiger in der Vollkraft seines besten Alters ähnlich machte.

«Wenn es sein muß, dann muß es sein», wiederholte der Löwe und schämte sich, daß er über kein anderes Argument verfügte.

Die Erbärmlichkeit selbst einer solchen Redekunst nahm den Fragenden schließlich jeden Mut. Das war Schicksal. Man mußte sich darein schicken und von dem finsterfarbigen Wasser trinken, das allenthalben heranflutend grausam seine Dienste darbot.

Lange noch blieb das Meer von solchen Bittstellern verseucht, und Noah errötete bei dem Gedanken, daß er den Schlaf erst wieder finden sollte, wenn sich kein Lebewesen mehr heil um die Arche befände.

Der letzte Überlebende war zweifellos jener Schwimmer, ein Riese von Kopf zu Fuß, der die Arche auf offener See einholte. Noah wollte sich schon die Ohren zuhalten, als der Mann herüberrief: «Macht euch keine Sorgen meinetwegen, ich werde mich schon aus der Klemme ziehen. Wissen Sie, von mir aus kann ich es wochenlang im Wasser aushalten. Bis jetzt ist mir noch alles gut gelungen, und es wird wohl nicht das bißchen Regen sein, was mir den Glauben nehmen soll, daß ich unter einem guten Stern geboren bin. Und immer frohen Muts, nicht wahr. Ach, ihr tut mir leid in eurem Käfig da. Und ich sage euch: Es lebe die Freiheit!» Und bei diesen

Worten schlug er mit seinen Beinen heftig im Wasser aus, um ja recht deutlich zu zeigen, daß es jedenfalls nicht der Platz war, was ihm dort unten fehlte.

«Schließlich», begann man auf der Arche einander ins Ohr zu flüstern, «warum sollte er denn nicht davonkommen? Er hat es wohl verdient. Niemand aus Noahs Familie kann ihm das Wasser reichen, was seine körperlichen oder geistigen Fähigkeiten betrifft. Cham kann nicht einmal schwimmen, und was Japhet anbelangt, so ist das einzige, was ihn an Bord beschäftigt, daß er die Tiere der Größe nach an Deck sich aufstellen läßt, wodurch er ja nur die ganze Welt belästigt, oder beinah.»

Noah war nicht sehr verwundert, als er am folgenden Tag den Mann wiederfand, der seinem Schiff folgte. Da er nicht wußte, was er mit diesem hartnäckigen Schwimmer anfangen sollte, warf er ihm manchmal mitten in der Nacht, sich vor allen Blicken verbergend, ein Stück Fleisch hinunter. Alle Tiere ahmten ihn mehr oder weniger nach, so daß der Mann in den lauen Fluten allmählich dicker und dicker wurde.

Und wer hätte es auch auf sich genommen, diesen Einsamen auf offener See im Stich zu lassen? Sogar der grausamste Gott wäre zurückgeschreckt vor einem solchen Vertrauen zum Leben, das er ihm geschenkt.

Ein riesiger Haifisch, der offensichtlich zur lautlosen Polizei der Sintflut gehörte, näherte sich dem Schwimmer und drehte sich völlig auf den Rücken um, damit er ihn mit seinen Augen von unten herauf genauer mustern könne. Darauf entfernte er sich, ohne ihm einen Verweis zu erteilen, doch gab er alsbald einem Engel ein Zeichen, der mit einem Stab leicht den Kopf des Schwimmers berührte. Bei diesem Schlag wurde der in zwei gleiche schmerzlose Hälften getrennte Mann zu einem Paar Meerschweinen. Auf diese Weise entstanden jene immer frohgelaunten Fische, die es nicht übers Herz bringen, gänzlich im Meer zu leben, und die deshalb von Zeit zu Zeit herüberkommen und sich besehen, was in der Welt der Schiffe und der Menschen so vor sich gehen mag.

Als alles Festland der Reihe nach unter dem Wasser des Himmels in die Tiefe versank, hielt Noah am Horizont Ausschau nach einem Ziel, das die Seeleute sonst tunlichst meiden, um darauf loszusteuern: nach Gebirgen. Der Regen indessen verrichtete sein Werk so schnell, daß man nie vor der Sintflut zuoberst auf den Bergen anlangte.

Die Arche rückte wenigstens mit festgefügtem Kiel vor: die sich an ihren Seitenwänden festgeklammert hielten, hatten alle schon seit langem ihren Griff gelöst. Um das Schiff schwamm jetzt nur noch blindes gestaltloses Grauen, und an Bord ging schon die Rede um von den Fischen, die vom Schicksal allesamt so begünstigt waren...

Nur wenige Stunden waren seit der Abfahrt verstrichen, als Noah beim Anblick eines Affen, der sich das Fell kratzte, entdecken mußte, daß sich auf der Arche heimliche Passagiere befanden.

«Die Tiere», sagt er, «und mögen sie noch so winzig sein, müssen getrennt reisen. Ich will keine Schmarotzer an Bord, habt ihr verstanden?»

«Auch nicht», fragt ihn ein Hund, «zwei arme, ganz kleine Flöhe, die mit mir völlig eins geworden, ein Leib und eine Seele sind?»

Noah ließ sämtliche Tiere, eins nach dem andern, durch eine Dunkelkammer passieren. Dort leuchtete alles Überflüssige, das nicht auf die Arche gehörte, in jähem Strahl auf und starb im selben Augenblick rein und säuberlich.

Während der ersten Stunden der Fahrt wurden die Eintagsfliegen häufig und eingehend betrachtet. Es war, man muß es frei bekennen, eine leicht verruchte Neugier; jeden Augenblick erwartete man, sie unter aller Augen sterben zu sehen. Am folgenden Tag aber mußte man sich dann doch dazu bequemen, ihnen zu gratulieren, denn sie waren nach wie vor am Leben.

Noah erklärte die Ursache dieses Wunders hoch von seiner Kommandobrücke herab; die Arche war nämlich so klug gebaut worden, daß sie allen, die sich darin befanden, Gesundheit verlieh.

«Du brauchst dir nicht soviel darauf einzubilden», sagte ihm seine Frau unter vier Augen. «Du hättest deine Arche ein bißchen geräumiger zimmern können! Wenn man sich auf Deck umkehren will, dann muß man zuerst zwanzig verschiedene Tiere um Erlaubnis bitten!»

Indessen fühlte sich jedermann so wohlauf in seiner Haut, daß er es gern auch bezeugte. Japhet hüpfte den ganzen Tag auf einem Bein herum, ohne die leiseste Spur von Ermüdung dabei zu empfinden, und forderte alle auf, sogar die Vierbeiner, es ihm gleichzutun. Was Noahs Töchter betrifft, so kniffen sie sich bis aufs Blut und fühlten darob nicht den geringsten Schmerz.

Die Tiere, die an Bord zur Untätigkeit verurteilt waren, dachten nur noch ans Essen. Eine außergewöhnliche, gereizte Freßgier ergriff von allen Besitz, und ein jedes hielt seine Ration für völlig ungenügend. Man muß freilich zugeben, daß Noah vor lauter Sorge um den notwendigen Platz die Vorräte zu knapp bemessen hatte.

So gab es da nun zunächst die Allesfresser, die unzufrieden waren. Sie wollten von allem ein bißchen zum Fressen. Doch wie hätte Noah für alles besorgt sein können, selbst wenn es jeweils nur wenig brauchte? Das war ein Problem, das eher in das Gebiet der Metaphysik fiel als in das der Ernährung.

Wie viele hungrige Nachbarn standen da auf Deck beisammen! Würde die Sache nicht in einem gräßlichen Gemetzel ihr Ende finden, in einem gegenseitigen Abschlachten auf engstem Raum? Die größeren Tiere begannen die übrigen mit gewissen Blicken in Augenschein zu nehmen, aus denen die Aufrichtigkeit gewichen war. Diese zweifelhafte Zärtlichkeit bedeutete weit mehr als nur Liebe, es zeigten sich darin die furchtbarsten Neigungen zu dem einen oder andern besonderen Teil der Nachbarschaft: Keulen- und Lendenstück oder Nierenbraten.

Bereits drückte der Löwe seine Nase an den Planken der Arche platt, um den köstlichen Duft von rohem Lammfleisch in seiner unmittelbaren Nähe nicht zu riechen. Bereits verlangte ein Bernhardinerhund, der wegen seiner großen, im Umgang mit Schnee und Firn erlangten Reinheit bekannt war, nach einem Maulkorb; ein vorüberfliegender Engel band ihn sogleich an seiner Schnauze fest, und zwar öffentlich vor aller

Augen, um ihn den andern als Beispiel hinzustellen. Der Wolf indessen fand diese Dinge lächerlich.

«Der Hunger», sagte er, «läßt sich nur mit Fleisch vertreiben, und am liebsten mit lebendem Fleisch!»

«Nun ja», meinte darauf der Löwe, dessen Biederkeit noch eine Art hatte, «lebend braucht das Fleisch doch auch nicht unbedingt zu sein.»

«Hunger ist Hunger», fing der Wolf wieder an, «er ist's, der die Revolutionen gebiert.»

«Es gibt ein ausgezeichnetes Mittel, um den Hunger zu vergessen», sagte das Kamel, das nur selten frißt. «Es genügt, ein kleines Stückchen Holz zu kauen.»

«Sehr gute Erfolge», fügte die Schlange hinzu, «erzielt man damit, daß man seine Gedanken möglichst innig auf einen Geruch von Erbrochenem sammelt.»

«Nun», rief der Wolf, «sogar Erbrochenes würde ich fressen. So weit ist es mit mir schon gekommen. Inzwischen aber möge jedermann zu seiner Haut Sorge tragen!»

Der Löwe, dem es nicht schwerfiel, alle um sich zu versammeln, ergriff das Wort: «Liebe Freunde! Wir wollen uns doch uns selbst zum Beispiel nehmen und ruhig Blut bewahren. Was macht die Eidechse im Kampf? Sie trennt sich freiwillig von ihrem Schwanz, um den wesentlichen Teil ihrer Kräfte zu retten. Welch erhabene Lehre! Gibt es nicht viele unter uns, die manchen, im voraus dem Verlust geweihten Teil besitzen, weil er für den einzelnen nicht von lebenswichtigem Interesse ist? Warum hat das Eichhörnchen einen Schwanz, der fast ebenso groß ist wie es selber und der ihm wie ein Vorwurf hinten emporragt? Was fängt das Mutterschwein mit soviel Zitzen an? Ist es denn wirklich so sicher, ob es gut die Hälfte davon nicht zuviel besitzt?»

«Dessen ist es völlig sicher», versetzte darauf das Mutterschwein.

«Es möge sein Gewissen darüber befragen!»

«Sein Gewissen läßt es gänzlich ungestört.»

«Das werden wir ja noch sehen», sagte der Löwe, der sich sehr gut zu beherrschen wußte.

Und jedermann dachte im stillen: «Ich, ich habe wirklich nichts zuviel. Mir ist alles lieb und teuer, was mich betrifft.»

«Bei gewissen unserer vielgeliebten Brüder», fuhr der Löwe fort, «werden wir des weitern ein oder auch zwei Pfund Fleisch finden, das sie entbehren können.»

«Und du», rief plötzlich ein riesiger Bär, der bisher stumm geblieben war, «warum hast du einen so dicken Kopf?»

«Ich muß eben darin genug Platz haben, damit ich an einen jeden von euch kann denken», erwiderte der Löwe. «Um euch meinen Opfersinn zu beweisen, stelle ich indessen zur Verfügung aller, der Großen wie der Kleinen, und zwar bei den Kleinen beginnend, meine königliche Mähne.»

Ein schallendes Gelächter erhob sich bei diesen Worten und ließ den Löwen völlig besiegt zurück. «Ihr macht mir großen Kummer», sagte er darauf, die Tränen kaum unterdrückend, die ihm auf irgendeinem Weg von seinem Nachbarn, dem Krokodil, zuflossen.

Seine Rede wurde jedoch durch die Jubelrufe

unterbrochen, mit denen man die Engel und deren Futterkörbe empfing. Ja, alles wäre nun soweit sehr gut gegangen, wenn nur nicht dieser Regen gewesen wäre, der nicht aufhören wollte. Keinen Augenblick war es trocken während der vierundzwanzig Stunden des Tages. Die Erde und die Menschen hatten dem Himmel ein gar großes Leid zugefügt! Und wie hätte nun Noah und seine kümmerliche Schiffsbesatzung das ganze weite Himmelsgewölbe darüber hinwegtrösten können?

Dann und wann lichtete sich die Finsternis ein wenig, und schon vermeinte man, der Himmel sei eine Weile besänftigt. Um so heftiger weinte und heulte es darauf wieder los und machte sich keine Sorge, was das zur Folge hatte.

Endlich aber schien es eines Tages, als ob der Himmel eine verzweifelte Anstrengung unternähme, um durch seine Tränen hindurch zu lächeln. Ein vorerst nur schmutzig graues Licht drang, sich bestimmter abzeichnend, in die Tiefe, und mit einem Mal standen alle Schönwetterfarben darin vereint: der Regenbogen!

Doch war man damit kein großes Stück vorangekommen, und die Fluten stiegen weiter an, wie wenn sie sich vorgenommen hätten, den Himmel zu erreichen und ihm einen Gegenbesuch zu erstatten.

Und Noah war als guter Kapitän darüber beunruhigt, daß er den Raum, der ihn vom Gewölbe der Welt trennte, immer kleiner und kleiner werden sah.

Jedermann in der Arche dachte: «Man sollte etwas unternehmen! Man sollte unbedingt etwas unternehmen! Aber was?»

«Nur Zuversicht!» schrie Noah von seiner Kommandobrücke herab.

Doch war es damit nicht eben weit her, und um dem lieben Gott zu zeigen, wie tief seine Angst und seine Not nun waren, sandte er ihm insgeheim das Schwärzeste ab, was er an Bord besaß: einen Raben.

Der flog davon und kehrte nicht mehr zurück.

«Das war aber auch ein Einfall, einen Raben zu schicken!» sagte Noahs Frau, die ihm zugesehen hatte, als er den Vogel freiließ. «Das war von vornherein verlorenes Spiel.»

Und beide streckten zugleich die Hände nach einer Taube aus, deren makelloses Weiß und deren Zukunftsglaube so groß waren, daß sie durch all die Jahrhunderte bis in unsere Tage sich erhalten sollten.

Noah ergriff den Vogel und flüsterte ihm dicht ins Ohr: «Land! Land! Land!», in der Hoffnung, eine Brieftaube aus ihm zu machen.

Die Taube pfeilte geradeaus in die Höhe und kehrte erst am folgenden Tag zurück, sich auf die breiten Schultern des Kapitäns niedersetzend. Bekanntlich hielt sie dabei im Schnabel einen kleinen Ölbaumzweig.

Die Wasser hatten inzwischen abzuebben begonnen, und Noah lenkte sein Schiff in Richtung auf den Regenbogen zu, in der Zuversicht, daß zu guter Letzt doch noch etwas wie Festland daraus hervortauchen werde.

Eines Tages, beim Morgengrauen, spannte sich endlich der Regenbogen über dem Berge Ararat. Und je näher man hinzu kam, desto besser gewahrte man auf dem ganzen, sonst so wilden unwirtlichen Antlitz des Berges eine Art von

Heiterkeit. Der Berg rief mit seiner heiseren, felsig grollenden Stimme den Tieren der Arche zu: «Hier ist der Weg, schaut her zu mir, ich bin ein Berg voll guten Willens! Und ihr, die Tiere, was habt ihr denn diese ganze Zeit gemacht! Es sah schon so aus, als wäre man nun gezwungen, auf die Tiere zu verzichten. Wir dachten bereits an Bäume mit Fell und vier Beinen.»

Nachdem die Arche angehalten hatte, ließ Noah seine Passagiere paarweise auf dem Landungssteg aufrücken, die schwächsten voran. Auf der Planke, von der aus sie sich auf die Erde hinauswagen sollten, rührten sich zwei Eintagsfliegen nicht vom Fleck.

«Vorwärts», rief ihnen der Kapitän zu, «fliegt doch davon! Seht ihr denn nicht, daß wir angekommen sind? Wer hat mir denn solche verschlafene Insekten aufgehalst?»

Die beiden indessen verharrten völlig reglos. Und schon lüftete der Vater der Arche seinen Hut, und jedermann begriff, daß er nun wieder sterblich geworden war.

«Laßt unsere Reservemannschaft der Eintagsfliegen nachrücken», befahl Noah mit fester Führerstimme.

Noch benommen von dem Geruch der Erde, der einem wie junger Wein zu Kopf stieg, zögerten die Insekten einen Augenblick, dann sprangen sie in jähem Schwung gradeaus und landeten glücklich auf dem Berge Ararat unter dem Beifall der Anwesenden.

«So, jetzt aber ein wenig Ruhe!» rief Noah, «wir sind hier nicht in einer Vorstellung. Laßt sofort die Folgenden aussteigen. Wir haben keinen Augenblick zu verlieren.»

Die Flucht nach Ägypten

Das Kind war in dem Augenblick erwacht, als sie aufbrechen wollten und die Jungfrau, die auf dem Esel saß, es aus den Armen Josephs nahm.

«Schläft es?» fragte kurz darauf der Zimmermann.

«Oh! Ja.»

«Armes Kind. Es war das Beste, was wir tun konnten.»

So gingen sie nun dahin, und der Neumond, der im ersten Viertel stand, leuchtete ihnen, weder zu hell noch zu schwach, mit seinem Licht. Ein paar Sterne schauten ihnen ruhig zu, wie sie vorüberzogen, und ein Himmelskundiger hätte mit seinen Fernrohren am ganzen Firmament nichts Außergewöhnliches wahrnehmen können.

Joseph war sehr besorgt gewesen, das Haupt des Kindes möchte vielleicht, wie in der Krippe, auch unterwegs von einem Heiligenschein umstrahlt sein. Zum Glück aber schimmerte nun nichts dergleichen. Gott hieß das Dunkel um die Reise gut. Die Engel zeigten sich ungemein zurückhaltend. Es war von einem Geleite ihrerseits nicht die Rede, und wenn man da und dort ein paar Wolken in Engelsgestalt erblickte, so war das mit so viel behutsamer Umsicht gemacht, daß man deswegen vernünftigerweise den Himmel nicht beschuldigen konnte.

Die Morgendämmerung streift leicht den Himmelsrand. Kein Mensch unterwegs. Nichts als ein armer ausgedörrter Palmbaum.

«Um so besser», sagt Joseph, «ich traue den Schwätzern nicht, und wenn sie es noch so gut meinen.»

Nun sie am Baum vorbeikommen, beugt dieser sein einziges Knie und wirft sich tief in den Staub nieder.

Das Kind, das der erste Morgenstrahl eben weckte, lacht freudig ob dieser Gebärde; und die Jungfrau dünkt die Begebenheit allerliebst.

«Aber das ist doch das Gefährlichste, was es überhaupt nur gibt!» entfährt es Joseph mit einer Stimme, die er vergeblich zu unterdrücken sucht. «Wenn die Bäume anfangen, uns so zu begrüßen, gebe ich Herodes keine zwei Stunden, bis er uns ausfindig macht.»

«Gott hat uns in seiner Hut», sagt die Jungfrau. «Der fehlende Heiligenschein beweist es.»

«Ja, einverstanden, in seiner Hut. Und doch müssen da solche unbesonnenen Bäume die allgemeine Aufmerksamkeit auf uns lenken.»

Und am Horizont stand in der Nähe eines Marktfleckens ein ganzer kleiner Wald, der das Oberhaupt der Familie mit größter Besorgnis erfüllte. Würden diese Bäume ihren Platz zu wahren wissen oder ihn unvermittelt verlassen, um dem Kind eine Bewunderung zu bezeugen, die tödlich wirken mochte?

Am Rand des Wäldchens angelangt, begann das Kind die Palmbäume ein wenig schelmisch zu betrachten, als hätte es sie auffordern wollen, ihren frommen Mitbruder nachzuahmen.

«Versteck es in deinem Mantel», brummte Joseph.

Maria kehrte sich nicht daran, sie hatte Vertrauen. Kein Baum bewegte sich. Nur drei Tauben, die durch ihr übermäßig reines Weiß verdächtig erschienen, gaben der Heiligen Familie ein Stück weit das Geleit.

«Nie hat man seine Ruhe», dachte Joseph. «Hätte sich in der Nähe eine böse Zunge gefunden, so wäre es um das Kind geschehen.»

Unterdessen aber mordete man die Kinder zu Bethlehem wahllos zuhauf dahin, in der Hoffnung, darunter wäre auch Jesus.

Zu zweit und zu dritt drangen die Sendlinge des Herodes in die Häuser ein. Sie ließen sich dabei von Kindern begleiten, die äußerst grausamen Wesens waren und denen die Aufgabe zufiel, ihre Altersgenossen aufzustöbern. Nach einem solchen scheinbar harmlosen Besuch wurde einem das eigene Kind an Ort und Stelle getötet, wie wenn es sich um eine Viper gehandelt hätte. Und hernach zogen sie weiter und schienen mit ihren Blicken noch irgendeinen gräßlichen Dank zu heischen. Ein Sohn des Herodes, der sich in Bethlehem bei einer Amme befand, wurde ebenso getötet, um den Befehlen seines Vaters Ehre zu erweisen.

Als die Mordbuben einmal erkannt waren, sah man sie bald in der Verkleidung von Bettlern und Hirten, von Händlern und mildtätigen frommen Frauenzimmern daherkommen.

Sorgfältig wurde alles in die Häuser eingeschlossen, was die Anwesenheit von Kindern hätte verraten können – Spielzeug, Kleidchen und Schühlein. Das winzigste Stück dieser Art herumliegen lassen, hieß soviel wie die Häscher auffordern: «Tötet mir auf der Stelle mein Kind, ich bitt' euch drum.» Und die Nachbarn hatten so unrecht nicht, wenn sie den Eltern, die vor ihrer Haustür ein Holzpferd vergessen hatten, oder ein kleines Trompetchen, zuriefen: «Schämt ihr euch nicht, ihr Mörder?» Um die Obrigkeit hinters Licht zu führen, steckten die Mütter ihre Kinder oft in die Kleider von Erwachsenen. Man sah sogar sechzehnjährige Bengel sich falsche Bärte umhängen und junge Mädchen, deren Brust sich schon deutlich rundete, ein übriges künstlich hinzutun, obwohl es doch keinem vernünftigen Menschen eingefallen wäre, sie als Kinder zu betrachten.

Tag und Nacht dauerte das Morden an. Und es war ein Jammer, mit anzusehen, wie mit unerhörter Gewalt all das zarte Menschenblut vergossen wurde, das die kleinen Leiber plötzlich ohne Zukunftsgedanken und ohne Erinnerungen zurückließ mit furchtbaren Verwundungen, die zehnfach zu groß waren für ein Kind.

Das alles wußten Maria und Joseph: man redete von nichts anderem auf den Straßen des Landes Judäa, wo jedes junge Menschenwesen Aufsehen erregte wie ein Wegelagerer.

Und Joseph hatte Eile, das Ägyptenland auf entlegenen Pfaden zu erreichen.

Mittlerweile aber machte sich die Seele des Ochsen an der Heiligen Krippe*, fast sogleich nach dem Auszug des Kindes, durch die Dachluke des Stalls davon; sie vermied es, durch das Tor zu gehen, durch das die Familie sich hatte wegbegeben können.

Einmal ins Freie gelangt, sprach sie zu sich selbst: «Nun habe ich keinen Kopf mehr und keine Klauen; ich bin jetzt die Seele des Ochsen,

* Vgl. die Erzählung «Der Ochs und der Esel im Stall zu Bethlehem».

der ich bis dahin war.» Und eine Weile darauf: «Ich bin nun wie ein leichter Wind am Himmel, brauche kein Gras mehr und keinen Schlaf.» Um bei der Wahrheit zu bleiben: sie wußte einstweilen nicht, was anfangen mit soviel schwebender Leichtigkeit.

Die Seelen stoßen auf keinen Widerstand in der Luft und vermögen sich daher viel rascher fortzubewegen als die Körper. So mußte die Seele des Ochsen nicht lange suchen, bis sie unterwegs die Jungfrau, Joseph, das Kind und den Esel entdeckte, die noch alle bekümmert in Gedanken dem Befinden des Genossen nachhingen, den sie im Stall hatten zurücklassen müssen.

«Da wären sie ja», sagte sich fröhlich der Ochse. «Sie sind es wirklich, mit ihren gewohnten Gliedern, und jedes an seinem richtigen Ort. Oh, wie hübsch und freundlich sie so auf der Landstraße aussehen, wie sie sich selber gleichen, ohne daß auch nur das Geringste an ihnen zu wenig oder übertrieben wäre. Das noch erlebt zu haben! Ich bin für all meine Mühsal entschädigt.»

Und er ging in der Runde von einem zum andern, zählte sie und sprach sie an auf seine überaus stille Art. Allein, man mag noch so sehr darauf Bedacht haben, sich ja nicht vorzudrängen, es kommt eben trotzdem ein Augenblick, da man den Wunsch empfindet, die andern möchten es auch erfahren, daß es einen gibt und daß man selber sieht und hört.

Um den Esel schwebend, dachte er: «Wir beide kennen uns gegenseitig so gut, daß es ganz unmöglich ist, daß er mich nicht wiedererkennt.» Aber dem Esel fällt nichts Ochsenartiges auf. So setzt sich der Ochse, wie der leichteste Vogel, auf die Schulter des Kindes. Er ist nur noch lauter Luft und sieht sich nun auch des schwächsten Beweises beraubt.

«Ach», sagte die Jungfrau zu Joseph, «ich kann mich einfach nicht darüber hinwegtrösten, daß wir das abgezehrte Tier im Stall zurückgelassen haben.» Das wäre vielleicht, denkt sich der Ochse, der Anfang eines Gesprächs, bei dem man ihn am Ende entdecken könnte. Doch fährt die Jungfrau fort: «Um diese Zeit ist der arme Tropf gewiß schon gestorben und für immer tot. Es sei denn, dieses herzensgute Tier hätte auch eine Seele.»

«Sag doch keine Dummheiten, du armes Weib.»

Und Joseph fügte gleich hinzu, so rasch stellt sich nämlich bei den Heiligen die Reue ein: «Und verzeih mir bitte das mit den Dummheiten.»

«Und ebenso das mit dem ‹armen› Weib», versetzte die Jungfrau.

Das Jesuskind wandte sich zuweilen zurück, als ob es den Ochsen auf der Straße suchte; indessen befand sich ja, was von ihm übrigblieb, ganz in der Nähe. Und der Ochse sagte sich: «Wird es mir denn nie gelingen, ihnen klarzumachen, daß ich doch da bin? Ach, vielleicht ist es besser so. Die Toten und die Lebenden, das ist zweierlei. Ein Toter soll seinen Platz würdig zu wahren wissen und nicht versuchen, ihn ständig wieder zu verlassen. Ich will ihnen helfen, daß sie mich leichter vergessen. Sich still verhalten und sich verleugnen, ist oft das beste Zeichen von vornehmem Wesen und wahrer Nächstenliebe. Aber wie wenig sicher ist man doch, am selben Ort bleiben zu können, wenn man nur noch eine Seele ist! Immer so preisgegeben jedem Windstoß und jedem Donnerschlag, in einem solchen Land, wo die Gewitter so häufig sind. Wohl bin ich jetzt unvergänglich, aber ich bin so leicht, daß der leiseste Hauch aus dem Mund der Wanderer mich aufs Geratewohl hin und her weht und der Esel vorhin mich fast in sich hineinsog bei seinem Schnüffeln.» Wie hätte denn auch der Ochse, der sich stets als Freund des Gleichgewichts und - wie alle Wesen von seiner Art - sogar einer gewissen Gewichtigkeit erwiesen hatte, wie hätte er über dieses verwirrende Hin und Her nicht tief betrübt sein sollen?

Indessen vermochte jedoch die Jungfrau, die der plötzliche Aufbruch aus Bethlehem außer Fassung gebracht hatte, nicht mehr das Kind zu nähren, wie sie gewünscht hätte. Jesus weinte zwar nicht, das versteht sich, aber er lutschte, wie man sehr wohl bemerken konnte, im verstohlenen an seinem Daumen. Und auf einem Bauernhof um Milch zu bitten, hätte die größte Gefahr mit sich gebracht: die Leute wären sogleich versucht gewesen, im ganzen Gepäck nach dem Kind zu stöbern.

Der Ochse schwirrte in seinem Übereifer aufgeregt von einem Wandrer zum andern. Er hatte zu seinen Lebzeiten so schwer darunter gelitten, daß er dem Kleinen nichts zuliebe tun konnte, was sich wirklich hätte sehen lassen, und nun sollte nach dem Tode dasselbe wieder von vorne anfangen.

Als er so auf offenem Felde umherstreifte, ohne dabei die Reisenden aus den Augen zu verlieren, erblickte er eine kleine Kuh, die von fern seine Aufmerksamkeit durch seltsame Sprünge auf sich zog. Er näherte sich ihr, erwägend, daß ein Wesen von seiner eigenen Art ihn vielleicht besser begreifen mochte, und ertappte sich sogleich dabei, wie er der Unbekannten ins Ohr flüsterte: «Liebe kleine Kuh, könntet Ihr mir nicht zu einer sicheren Unterkunft verhelfen? Macht mir doch ein wenig Platz unter Eurer Haut. Ich werde Euch gewiß nichts zuleide tun.» Und er war baß verwundert, darauf die Frage der Kuh zu vernehmen: «Aber wer seid Ihr denn?»

«Ich bin die ruhelose Seele eines Ochsen.»

«Und warum meint Ihr, ausgerechnet ich müsse Euch unter meiner Haut Unterkunft gewähren? Wißt nur, Ochs, daß ich selber den ganzen Platz vollständig ausfülle. Meine Haut ist eine durchaus persönliche Hülle, die ich nicht einmal meinem besten Freund leihen würde.»

«Aber Ihr werdet meine Anwesenheit überhaupt nicht bemerken! Und im übrigen könntet Ihr ja vielleicht jemand nötig haben. Oft ist man doch recht einsam in seiner Haut.»

«Ach was, das sind alles Ammenmärchen, die ruhelose Seelen so erzählen. Nein, Ochs, geht Ihr nur Euren eigenen Weg. Auch kenne ich Euch gar nicht.»

Die Kuh begann nachzugeben. Der Ochse sagte sich, daß von den Nüstern her ein Versuch sich wagen ließe. Er machte sich den Augenblick zunutze, da sie Luft einsog, und drang ohne weitere Umstände in den Kopf der Kuh.

«Oh, ich weiß recht wohl», sagte die Kuh, «daß du jetzt in mir drin bist. Aber ich warne dich: wenn du mich auch nur im geringsten belästigst, jage ich dich unverzüglich hinaus.»

«Das dürfte nicht so einfach sein», dachte die Ochsenseele still beiseite. (War aber nunmehr ein stilles Beiseitestehn überhaupt noch möglich?) «Ich bin ja nur ein Geist in einem Körper, der nicht mir gehört. Nun, wir werden es bald erfahren.»

Der Ochse rüstete sich sogleich, auf diesen Leib einer leidlich verbrauchten und etwas närrischen Kuh seinen Einfluß auszuüben, erzieherisch auf sie einzuwirken und sie zum größten Wohle aller ins Gebet zu nehmen. Da er seiner Wirtin nicht mehr aus dem Kopf und aus dem Herzen rückte, hatte er sie bald überzeugt, daß es nun in vollem Trab über Land zu rennen galt, um die einstigen Herren des Ochsen einzuholen.

«Wende dich nicht zurück», sagt Joseph zur Jungfrau. «Jemand ist uns auf der Spur.»

Er aber, seiner Pflicht bewußt, dreht sich selber um. Und sofort bleibt die Kuh vor dem Kind stehen und deutet mit ihren Hörnern auf ihre milchgeschwollenen Euter.

«Du kannst diese brave kleine Kuh melken», sagt die Jungfrau.

«Sie verrät uns aber durch die ungewöhnliche Aufmerksamkeit, die sie uns erweist.»

«Da, nimm diese Schale, mein Kind hat Hunger», entgegnet darauf nur die Jungfrau.

Joseph, der sich immer noch voller Mißtrauen hinter einen Mantel verborgen hat, will nicht mehr aufhören, die Kuh zu melken und die

Milch zu kosten, als ob es sich um eine sonderbare Arznei handle. Da nimmt ihm die Jungfrau die Schale aus den Händen, schluckt einen Mundvoll oder zwei hinunter und erklärt, daß die Flüssigkeit gar nichts Teuflisches an sich habe; darauf läßt sie das Kind trinken, das ruhig beiseite blickt, um ihnen dadurch zu zeigen, daß es keine Eile hat.

Joseph indessen sinnt, sichtlich besorgt und in Ängsten, über den Weg, den die verdächtige Milch durch den Mund und den kleinen Leib des Kindes nimmt.

«Alles dünkt dich selbstverständlich», sagt er ein wenig mißmutig zu der Jungfrau. «Hundert Kühe könnten uns ihre Milch anbieten, und du fändest auch das ganz in Ordnung.»

«Es sind nicht ihrer hundert; nur eine einzige.»

«Freilich, Maria, zählen kann ich. Aber ich frage mich, ob es richtig ist, daß wir die Dienste dieser Kuh annehmen, selbst wenn es erwiesen wäre, daß sie es ehrlich mit uns meint. Denk doch an all die Geschöpfe, die dem Kind nach seiner Geburt ihre Huldigungen darbringen kamen. Und wenn nun der Vogel Strauß und die Giraffe und der Löwe und alle übrigen anfingen, uns auf der Straße hintennach zu folgen? Was wäre das für ein Wink für die Polizei des Herodes!»

Das Kind betrachtete jetzt die Kuh mit sonderbarem Wohlgefallen.

«Blick nicht so hin», sagte Joseph, als wäre vor ihnen der Leibhaftige selbst gestanden, in der Gestalt eines Vierbeiners und mit dem Kopf einer Kuh.

«Das arme unschuldige Kind, warum soll es sie denn nicht anblicken?»

Und Jesus fing glücklich zu lachen an, als er die Kuh noch etwas näher kommen sah und ihren Kopf berühren konnte, wie er es in der Krippe beim Ochsen getan hatte. Für ihn waren nun der Ochs und die Kuh ein und dasselbe Tier. Wunderselige Gnade des Kindes, die Dinge so zu verwechseln und so zusammenzuschauen; sie erlaubte ihm, so klar und so scharf zu sehen.

«Später», sagte Joseph, nun endlich beruhigt, «werden wir ihm einst den ganzen Unterschied erklären, der einen echten Märtyrer, wie unsern Ochsen, von einem Tier trennt, das es vielleicht ganz gut meint, aber doch keine wahre Größe besitzt.»

Und unterdessen hatte auch die Jungfrau angefangen, die gute kleine Milchspenderin zu streicheln. Die Kuh gehörte künftig zu ihnen. Trotz aller Ermahnungen von seiten des Ochsengeistes widerfuhr es ihr ab und zu, daß sie beim Melken unruhig wurde. Joseph, den diese Ungeduld eines Tages aufbrachte, verbarg sich vor den Blicken aller, um ja kein schlechtes Beispiel zu geben, und schlug heftig mit dem Fuß in die Luft aus, wie es die Heiligen tun, wenn sie unzufrieden sind (und doch keine Sünde begehen möchten).

Da dachte die Seele des Ochsen: «Trefflicher Joseph, wie unangenehm wäre es Euch gewesen, wenn Ihr wüßtet, daß ich Euch diesen Fußtritt geben sah.»

Der Esel, der die Kühe nie besonders gemocht hatte – er fand sie unruhig, händelsüchtig und auch gar zu selbstzufrieden mit ihren Eutern –, entdeckte nun, daß er eigentlich ganz gern in Gesellschaft dieser Kuh lebte. Es war weniger eine Freundschaft als die freudige Bejahung eines aufgezwungenen nachbarlichen Zusammenseins. Nachdem er vom Ochsen getrennt worden war, empfand er kein Bedürfnis mehr, sich den anderen Tieren mitzuteilen. Er war wie ein Mann, der für den Rest seiner Tage beschlossen hat, still vor sich hin seine Pfeife zu rauchen, aus der er kleine und so unauffällige Wölkchen zieht, daß sie eher aus seiner Seele als aus seinem Leibe aufzusteigen scheinen.

Die Reise setzte sich ohne Mißgeschick für das Kind fort. Joseph hatte schließlich die Anwesenheit dieser anhänglichen Kuh als ein gutes und gültiges Wunder gedeutet und sogar anerkannt, daß sie ihnen allen weit größere Dienste erwies als der Ochse, ohne daß dies in seinen Augen, wohlverstanden, auch nur im geringsten den seltenen Wert jenes andern herabsetzte, den sie im Stall zurückgelassen hatten.

Nie war dem Ochsen in seiner eigenen Haut so wohl gewesen wie jetzt in der Haut der Kuh: die Gewißheit, sich nun so nützlich erweisen zu können, hatte ihn von seiner geradezu krankhaften Bescheidenheit geheilt. Sowenig er auch die Opfer bereute, die er einst gebracht hatte, so glaubte er nun doch, daß sie wirksamer hätten sein können. Er verstieg sich sogar zu dem Gedanken, daß er klüger gehandelt hätte, wenn er, anstatt sich vor Herzeleid dem Tode hinzugeben, damals, als er noch bei Kräften war, sich heimlich nach Jerusalem auf den Weg gemacht und den Herodes bei seinem Morgenspaziergang auf die Hörner genommen hätte. Doch wieweit war das noch der Gedanke eines alleinstehenden selbständigen Ochsen? War er ihm nicht etwa eingegeben worden von seiner Gefährtin unter der Haut?

Währenddessen trieben die Römer alles Vieh auf den Straßen ein, und Joseph wurde darüber ausgefragt, woher er die Kuh habe. Da er nicht lügen wollte, sagte er errötend: «Sie ist uns von sich aus nachgelaufen und hat uns ihre Milch angeboten.» Man drohte ihnen allen mit dem Gefängnis, wenn er keine bessere Antwort zu geben wisse. Zum Glück ließen die von reinster Unschuld erfüllten Blicke der Jungfrau die Söldner, die sie im Kreis umstellt hatten, ihre Waffen senken.

«Es sind einfältige Leute», sagte schließlich der römische Offizier. «Nehmen wir ihnen jedenfalls die Kuh und lassen sie ihres Weges ziehen.»

Sie schlugen auf das Tier ein und zwangen es durch ein Seil, das man ihm um den Hals legte, und durch Fußtritte von allen Seiten, nach dem Norden mitzukommen. Vergeblich suchte die Seele des Ochsen aus dem befreundeten Leib zu fliehen, um bei dem Kind zu bleiben. Er war nun wirklich eins geworden mit der Kuh und fühlte sich in ihrem Fleisch verhaftet wie eine Fliege im Leim. Es gelang ihm nur, sie dazu zu bewegen, daß sie mehrmals den Kopf zum Kind zurückwandte, während er sich selber alle Mühe gab, die Qualen des geschundenen Tieres zu teilen.

Joseph und die Jungfrau wanderten noch einen Tag oder zwei ins Ungewisse dahin, dann stellte sich wieder der Heiligenschein auf das natürlichste ein und krönte ihre Häupter und das

Haupt des Kindes, um ihnen so zu bedeuten, daß sie nun nichts mehr zu fürchten hätten. Im übrigen redete man auf der Landstraße nicht mehr vom Kindermord zu Bethlehem, und an den Reisenden, denen man unterwegs begegnete, zeigten sich immer deutlicher ägyptische Züge.

Antonius aus der Wüste

Als Antonius, der Eremit, sich einmal in Ägypten anschickte, einen Toten zu beerdigen, hörte er, wie mit Nachdruck an seiner Tür gekratzt wurde. Es waren zwei Löwen.

«Seid doch so freundlich, euch hereinzubemühen, meine Herren», sagte er mit der gebührlichen Förmlichkeit.

Aber die Löwen verharrten steif zu beiden Seiten der Türe. Und es blieb dem Einsiedler nichts anderes übrig, als sie die Grube ausheben zu lassen, was sie mit ihren Vorderpfoten sehr rasch erledigt hatten. Dann bedeckten sie mit ihren Hinterpfoten den Leichnam in noch schnellerem Tempo wieder mit Erde und ließen Antonius nicht einmal Zeit, sich neben den Toten zu legen, um ihn an der Schwelle zur ewigen Nacht ein wenig aufzuklären.

Die Krokodile im Nil waren nicht weniger eifrig darauf bedacht, dem Eremiten zu dienen. Sobald Antonius sich dem Strom näherte, stritten sie sich um die Ehre, ihn auf ihrem Rücken überzusetzen.

Trotz alledem ließ der Teufel nicht von dieser erhabenen Seele ab. «Die Tiere sind auf deiner Seite. Was beweist das schon?» sagte er zu ihm. «Bist du deswegen etwa würdiger, ein sogenannter Anachoret zu sein? Schau dich nur einmal in diesem Spiegel an, dann wirst du selber feststellen, ob du aufgehört hast, wie in deiner Jugend ein Wüstling zu sein.» Der Verfluchte hatte es so eingerichtet, daß der Klausner im Spiegel ein

Schwein erblickte. Antonius widerstand ihm und kaufte sich ein richtiges Schwein, das ihm bald auf Schritt und Tritt folgte.

Man merkte indessen wohl, daß der Eremit nicht restlos beruhigt war. Und wenn man ihn verschmitzt fragte: «Wie geht es Euch?», und ihm dabei tief in die Augen schaute, gestand der Arglose: «Oh! Es ginge mir gut, wenn nicht meine Versuchungen wären.»

Und er machte sich wieder auf den Weg, immer gleich mager und dürr, so daß man sich fragte, wie es kam, daß die Sonne der Wüste ihn nicht in Brand steckte.

Antonius liebte sein Schwein wie jemanden, der noch nicht alle seine Fähigkeiten hat entwikkeln können und den es durch eine vorbehaltlose Freundschaft anzuspornen gilt. Er war immer empört, wenn er zuweilen Bemerkungen fallen hörte wie etwa: «Diese Art Umgang verwundert einen bei einem so in sich gekehrten Mann!» oder: «Da der einzige Daseinszweck des Schweines die Verwurstung ist, muß man es bei diesen Tieren durchsetzen, daß sie rasch und ordentlich fett werden.»

Der Einsiedler verbrachte jeden Morgen damit, sein Schwein zu scheuern, bis es vor Sauberkeit strotzte.

Das undankbare und glänzende Schwein aber schien unablässig zu sagen, Antonius tue immer noch zu wenig, und häufig rieb es sich an den Beinen seines Herrn, um eine noch sorgfältigere Betreuung zu fordern. Wenn sie unterwegs waren, kam es hie und da vor, daß das Schwein sich übertrieben müde stellte oder zu hinken vorgab, um sich von Antonius auf dem Rücken tragen zu lassen; er aber betrachtete die riesige Anstrengung, die er auf sich nehmen mußte, geradezu als ein Glück, als eine billige Art, Buße zu tun. Oder das Tier heuchelte eine plötzliche Zerstreutheit und fraß zuerst Antonius' Mahlzeit, ehe es sich dem Inhalt seiner Schüssel zuwandte. Das Schwein ging sogar so weit, seinem Herrn zu verstehen zu geben, daß eigentlich der arme Vierfüßler im Bett schlafen und Antonius sich auf den Boden legen sollte.

Indessen gab der Teufel sich nicht geschlagen. Er war sehr stolz auf seinen Ruf als Zuhälter und hatte gar keine Schwierigkeiten, seine willfährigsten Frauen in den Träumen des Einsiedlers auftauchen zu lassen.

Als Antonius eines Nachts wirklich allzusehr von verabscheuungswürdigen Gedanken geplagt wurde, zögerte der Bedauernswerte nicht, von seinem Lager aufzuspringen und drei große Löffel Wüstensand zu schlucken, weil er sich eben davon eine gewisse Beschwichtigung versprach.

«Ach! Die ganze Sahara würde nicht ausreichen», sagte er sich und legte sich wieder hin. Und lange Zeit hämmerte er auf seine Brust, die nach Biedermann tönte: «Finde dich ab», sagte er, «es bleibt dir nichts anderes übrig; so krieche eben auf allen vieren, du unflätiges Tier. Oder nimm dir vielmehr ein Beispiel an deinem Schwein und demütige dich vor ihm.»

Das Schwein befand sich nicht im Hintergrund des Raumes, wo es sonst zu übernachten pflegte. Antonius folgte seinen Spuren und vernahm in einiger Entfernung ein befriedigtes Grunzen. Er stieß eine Tür auf und sah beim

Schein seiner Laterne sein Tier neben einem Mutterschwein liegen.

Die Enttäuschung des Eremiten war nur von kurzer Dauer. «Es hat ja kein Gelübde abgelegt! Was könnte man ihm vorwerfen? Es gehorcht seiner Natur.»

Dennoch war Antonius seinem Schwein ein wenig gram. Aber war wirklich der Vierbeiner schuld? Antonius hatte ihn allzusehr gehätschelt, geschniegelt, gemästet. Da war es nicht verwunderlich, daß er die Aufmerksamkeit und das Verlangen der Weibchen erregte. Als das Schwein am nächsten Tag zur Morgenwäsche herbeikam, sagte der Eremit deshalb nur: «Schau, wie du alleine zurechtkommst.»

Er beschloß, mit dem Schwein eine weite Reise in die reinigende Wüste zu unternehmen. Der Eber, dem ein paar Vorbereitungen aufgefallen waren, erschien im Augenblick des Aufbruchs in Begleitung seiner Sau.

«Willst du mir bitte sagen, was ich *damit* anfangen soll?» erkundigte sich Antonius.

Er hatte noch nie mit seinem Schwein in einem solchen Tone gesprochen, der nur der Vorläufer etlicher Stockhiebe auf den Rücken der Sau war. Und sie brachen auf und ließen das Weibchen zurück.

Sie drangen tief in die baumlose Wüste ein, wo nur ein paar Anachoreten da und dort einen mageren, aber brüderlichen Schatten warfen. «Sand und nichts als Sand, eine einzige Ruhe», sagte sich der Eremit. «Herrlich, daß es keine Weibchen gibt, kein Fleisch, kein Gemüse - nichts. Hier hindert mich nichts mehr, den Himmel zu lieben und zu ergründen. Ich habe vorhin doch ein bißchen zu derb auf die Sau eingeschlagen. Unter uns gesagt, es war wirklich zu bequem, sie des Teufels zu erklären.»

Der Eber erwartete nichts Gutes von dieser nicht eßbaren Unermeßlichkeit. «Mein kräftiger Magen», dachte er, «verdaut zwar alle möglichen noch so verschmähten Substanzen, aber ich kann mich doch nicht von meinem eigenen Schatten auf dem Sand ernähren!» Und nach einer Meile machte er stillschweigend kehrt. Antonius aber fühlte sich vom Wüstenwind dermaßen geläutert, daß er sich umwandte, um sein Schwein zum Zeugen seiner Begeisterung anzurufen. Es kostete ihn große Mühe, es in beträchtlicher Entfernung hinter einem Büschel versengter Gräser aufzufinden. Das Tier schnaufte mit Mühe. Es war eben von einer Schlange ins Bein gebissen worden. Die erste Bestürzung des Antonius verwandelte sich nach und nach in einen gewaltigen Schrecken. Aus Angst, dem Schwein weh zu tun, behandelte er es nur mit Gebeten und einem geduldigen Speichelfaden, den er für wirksam hielt, weil er aus der Tiefe seines reinen Herzens kam. Das Tier schaute Antonius mit Augen an, die spitz geworden waren wie eine Nadel und ebenso stechend. Und es jammerte einen, diese Augen zu sehen, die nur noch auf Antonius den Unbeholfenen hofften, um wieder die Augen eines kerngesunden Schweines zu werden. Und der Anachoret sagte sich: «Mein Gott, wie rasch hat das Unglück doch zugeschlagen!»

Er wurde sich deutlich bewußt, daß sie jetzt in der Wüste zu dritt waren: der Eber, der Gifttropfen und er selber, und von den dreien entfaltete nur einer sichtbar seine Wirkung, breitete seinen Machtbereich aus, suchte in der Finsternis und dem Labyrinth des Blutes bis zum Herzen des Tieres vorzudringen.

Das Bein schwoll unter dem jeder Hoffnung entbehrenden Speichel dieses bedauernswerten Mannes immer schmerzhafter an. Er wußte, daß er mit seinem Messer in das lebendige Fleisch hätte schneiden müssen. Aber der bloße Anblick der Klinge entlockte dem Schwein und sogar Antonius lautes Wehklagen, das ihnen beiden allen Mut raubte.

In diesem Augenblick kam die von einer Ahnung ergriffene Sau nach einem gestreckten, ihre Zitzen durcheinanderwirbelnden Galopp zum Eber. Und sie saugte die Wunde aus, spuckte das Gift von sich, rieb mit der Schnauze über das schmerzende Bein und brachte dessen Blut wieder zum Kreisen. Der Eber ertrug diese Behandlung ohne eine einzige Klage. Mit dem Blick sagte er zur Sau: «Ohne dich war ich verloren, du unerschrockenes Weibchen.»

«Ich bin wirklich zu gar nichts zu gebrauchen», dachte Antonius.

«Aber doch, aber doch», antworteten ihm mit ihrem vielsagenden Schweigen der Eber und die Sau. «Nur um Schlangenbisse zu heilen, bist du nicht zu gebrauchen, das ist alles.»

Da sah Antonius ein, daß es nun nicht mehr möglich war, den Eber von seiner Gefährtin zu trennen.

Und alle drei kehrten um und begaben sich in weniger dürre Gegenden, wo der Eremit hoffte, sich nützlich machen zu können. Manchmal wurde dieser richtige Fachmann in Teufelsdingen von sehr weit her zu Rate gezogen. So entdeckte er zwei heimliche Hörner unter dem Turban eines splitternackten Negerleins, das mit den Kindern eines Dorfes spielte. Und der Verfluchte, der sich umsonst in die Unkosten dieser Verwandlung gestürzt hatte, mußte stante pede sang- und klanglos abziehen.

Wenn Antonius mit dem Eber und der Sau in ein Dorf kam, zogen alle Schweine ihm entgegen und bereiteten ihren Artgenossen einen festlichen Empfang. Die Schweinehirten schlossen sich ihnen an. Und das war ganz in Ordnung. Aber auch die Wurstmacher wollten in der Person des Anachoreten ihren Schutzpatron sehen. «Bleibt mir vom Hals, ihr Wurster, Antonius ißt nicht von solcher Speise!» hätte er ihnen ohne Zweifel gesagt, wenn er nicht gleich darauf gedacht hätte: «Vergib ihnen, schließlich sind es doch Menschen.»

Wenn Antonius zu den Dorfbewohnern der Wüste gelangte, war sein Besuch für diese oft das einzige Schauspiel des Jahres. Und nachts kamen sie alle zusammen herbei, um den gequälten Schlaf des Einsiedlers heimlich zu beobachten. Er hatte nämlich eine ziemlich komische Art, beim Schlafen die Faust in den Mund zu stecken, um jederzeit hineinbeißen zu können, da er auf den körperlichen Schmerz zählte, um die allzu lieblichen Mädchen seiner Träume zu vertreiben.

Eines Nachts legte jemand dem Anachoreten eine grell angemalte Sandpuppe in sein Lager, welche ein liederliches Frauenzimmer darstellen sollte. Antonius entdeckte sie beim Erwachen; in seiner Arglosigkeit erblickte er darin nur das

Bild eines Neugeborenen. Und er gelobte, sich nie mehr von dieser im Wind der Wüste adoptierten Tochter des Sandes zu trennen; sie würde über die Unschuld seiner eigenen Gefühle wachen. Indessen grinsten die Leute höhnisch, als sie ihn wieder fortziehen sahen, die dürre Puppe im Arm, gefolgt von einem Schwein und dicht dahinter einer Muttersau, die trächtig war und dies nicht zu verbergen suchte.

Der Heilige merkte als letzter, daß der Bauch des Weibchens allenthalben zu platzen drohte.

«Wir wollen uns für das Ereignis dort drüben verbergen», sagte er zu seinem Gefolge und lenkte seine Schritte zu einer verlassenen Hütte, wo ein Gelehrter inmitten seiner Bücher gestorben war. Sein Skelett schimmerte da in der Haltung eines aufmerksamen Lesers.

Antonius entdeckte noch am gleichen Tage in einem Haufen Papyrusblätter zu Füßen des Toten eine Abhandlung über die Schweinezucht. Er schlug sie auf und las: «Die Sau ist ungemein gefräßig; häufig frißt sie ihre eigenen Jungen auf. Darum muß man immer auf der Hut sein, vor allem bei den Erstgebärenden.»

«Ist sie eine Erstgebärende?» fragte sich Antonius besorgt. «Ach! Warum ist man immer so mangelhaft unterrichtet!»

Er nahm seine Lektüre wieder auf: «Wenn die Zahl der Jungen größer ist als die der Zitzen, ist es ratsam, die schwächsten zu opfern. Dies wird eine weise Vorkehrung sein.»

Er betrachtete den unbekümmerten Bauch der Sau. Er mußte eine unschätzbare Zahl von Schweinchen enthalten. Und nun befahlen ihm die Wissenschaft und die Barmherzigkeit gleichermaßen, mehrere davon zu töten. Dabei ernährte er sich doch nur von Wurzeln, um kein Blut zu vergießen!

«Ach!» dachte er, «leben heißt in unablässig größere Verwirrung geraten.» Und er fiel auf die Knie, um es besser zu sehen.

Als er sein Gebet beendet hatte, befand sich eine Art Wolke in der Hütte. Es war keine Wolke wie alle anderen, die sich unablässig bewegen. Diese hier wartete offensichtlich auf jemanden.

«Steig ein», sagte eine innere Stimme zu Antonius.

«Hüte dich wohl davor», entgegnete eine andere.

«Wenn man Euch doch einsteigen heißt!» rief die von außen kommende Stimme eines Engels.

Der Heilige stieg also in die Wolke ein. Wie wohl man sich da drinnen fühlte! Antonius wäre schamrot geworden, wenn die Wolke ihm Zeit dazu gelassen hätte. Aber kaum befand er sich in ihr, schwebten sie bereits zum Himmel empor, der es eilig zu haben schien, den Anachoreten in seinen Schoß aufzunehmen.

Noch hatte die Sterbestunde nicht geschlagen: Antonius flog über das Mittelmeer. Treu wie ein Hund, schnell wie ein Vogel, wollig wie ein Schaf, voller Zuvorkommenheit wie ein Mensch, segelte seine Wolke mit großer Geschwindigkeit auf die Hauptstadt von Katalonien zu, ohne den anderen Wolken, die allzu gerne im Vorbeiziehen an ihr geschnuppert hätten, um herauszufinden, was los war, irgendwelche Annäherungsversuche zu gestatten.

Das hurtige Gefährt setzte den Eremiten im Hofe des Rathauses ab, wo man ihm alsbald den

Zweck seiner Reise erklärte: Die Königin von Katalonien und ihre Kinder hatten den Teufel im Leib, und man zählte auf Antonius, um sie davon zu befreien. Und der König mit seinem Hofstaat hatte es mit lauter Beten fertiggebracht, eine Wolke vom Himmel Ägyptens abzuhängen, um sie dem Anachoreten zur Verfügung zu stellen und ihn nach Barcelona zu bringen. Aber im Augenblick, da er die königlichen Gemächer betreten wollte, zupfte jemand den Eremiten an einem Zipfel seines Gewands.

«Na so was!» rief der Heilige, als er sein Schwein und die Sau erkannte. «Wo kommt denn ihr her?»

Sie hatten eine Verzückung des Anachoreten genutzt, um in einen dunklen Winkel der Wolke zu steigen, wo das Weibchen vier riesige Ferkel geworfen hatte, von denen drei vollständig entwickelt waren. Die Sau trug das vierte, das weder Augen noch Beine hatte, in ihrer Schnauze und hielt es dem Eremiten wie einen Vorwurf hin.

Der Propst wollte die Eindringlinge verjagen, aber Antonius zögerte nicht, die Hand jenes Mannes zu ergreifen und damit ein Kreuzeszeichen über das Neugeborene zu schlagen, und zwar «dort, wo seine Augen und seine Beine unzureichend waren». Sogleich begann das Ferkel mit munteren Blicken vor lauter Dankbarkeit überall herumzuhüpfen. Die Seele des Antonius war so geschickt geworden, daß sie allein das ganze Werk vollbracht hatte.

Nachdem der Anachoret die Angehörigen des Königs geheilt, kehrte er mit seinen Tieren auf dem Wolkenwege nach Ägypten zurück und wurde ungesäumt für jedermann zum heiligen

Antonius aus der Wüste. Immerhin muß auch gesagt werden, daß schon vor seiner Reise nach Katalonien mehr als ein hellsichtiger Christ auf einen goldenen Reif um seinen Kopf hinwies, der von Tag zu Tag leuchtender wurde und den die auf Stühle kletternden Kinder und die Diebe in der Nacht ihm vergebens zu rauben versuchten.

Die Halbwüchsige

In dem kleinen Arbeiterhause aus Backstein fühlte dieses sechzehnjährige Mädchen sich im Kreise seiner Angehörigen schon seit einiger Zeit von einem unbekannten Ereignis bedroht, dem es von vornherein hätte die Stirne bieten mögen.

Unterdessen verrichtete die Halbwüchsige die bescheidenen Hausarbeiten genauso gut wie ihre ältere Schwester, und jedermann hatte das Gefühl, daß man sich auf ihr sanftes und bescheidenes Wesen verlassen konnte.

Aber eines Tages, als sie gerade ihrem Vater den Kaffee einschenkte, verschwand auf unerklärliche Weise der Löffel. Und die Mutter flehte ihren Mann an, diesen Kaffee nicht anzurühren, als wiese der unsichtbare Zeigefinger eines Gespenstes darauf hin. Der Vater zuckte die Achseln, trank ihn in einem Schluck und fühlte sich in keiner Weise unpäßlich.

Ein anderes Mal verflüchtigte sich die Zeitung, nachdem das junge Mädchen einen Blick hineingeworfen hatte und sich anschickte, sie seinen Eltern zu geben.

Zwei ereignislose Wochen verstrichen, dann geschah jener Vorfall mit dem Teller, der aus den Händen der Halbwüchsigen auf die Fliesen des Küchenbodens fiel und dort in einem so eigenartigen Schweigen zerbrach, daß der Vater, wie von einem ungewohnten Geräusch getroffen, einen Augenblick den Kopf hob.

In einer reichen Familie wären diese Begebenheiten vielleicht wegen der dort oft beträchtlichen Unaufmerksamkeit und Unordnung überhaupt nicht aufgefallen, aber sie machten einen nachhaltigen Eindruck auf diese beinah armen Leute aus einer nördlichen Gegend Frankreichs, einem Vorort von L., dessen Einwohner sich durch ihr ernsthaftes Wesen und ihre Lebensbeflissenheit auszeichnen.

Ganz besonders war die Mutter betroffen, die doch schon so runzelig war, daß man sich fragte, wie sie es wohl fertigbringen werde, den noch fehlenden Runzeln in ihrem zeugengleichen Gesicht, in das sich jede noch so geringe Sorge der Familie eingrub, ein Plätzchen zu sichern.

Was den Vater betrifft, der sich in der Gegend als Fuhrmann und Lieferer betätigte, so schien er nicht vom Schlag der Leute zu sein, die dem Vergangenen lange nachstudieren.

Wie hatten nur diese beiden, der so derbe, ganz bartverschwärzte Mann und seine ausschließlich von den tausend Beschwerlichkeiten eines mühseligen Lebens in Anspruch genommene Frau, dieses Mädchen in die Welt setzen können, dem das Schicksal in letzter Zeit Aufmerksamkeiten aufbürdete, deren Seltsamkeit und Nachdrücklichkeit gleichsam in der Luft der bescheidenen Behausung ihre Spuren zurückzulassen schienen? Ja, ein Mann und eine Frau ohne Falsch verbinden sich, um einen Hausstand zu gründen. Wer wagte es, sie daran zu hindern? Sie sind bei ihren Nachbarn niemals aufgefallen, weder durch ihr Gehaben noch durch ihre Reden. Aber das verbürgt noch nicht, daß ein jedes ihrer Kinder fähig sein wird, das Befremdliche für sich zu behalten, das in uns wohnt und nur danach verlangt, sich über die Welt auszubreiten.

Die Halbwüchsige verheimlichte ihren Eltern, was sie am liebsten nicht einmal sich selber hätte eingestehen mögen: seit mehreren Wochen fand sie beinahe täglich das Bett in Unordnung, das sie am Morgen so gewissenhaft gemacht hatte. Und die säuberlich im Schrank liegende Wäsche entdeckte sie in wildem Durcheinander, als hätten die Dinge zumeist keinerlei Rücksicht auf das zu nehmen, was sie mit so großer Sorgfalt zu verrichten vermeinte.

Die ältere der beiden Schwestern kochte ein wenig flüchtig, aber währschaft, während die jüngere seit einiger Zeit die Gerichte mit so viel unfreiwilliger Phantasie zubereitete, daß man sich manchmal fragte, ob man wirklich aß oder ob der eigene Mund zu träumen angefangen habe. Und es kam vor, daß der Vater sagte: «Ich finde, ein gebratenes Huhn sollte eigentlich nicht nach Kalbsbrieschen mit Spargelspitzen schmekken.» Immerhin gab er zu, daß es «recht lecker» war.

Als er einmal den Oberaufseher der Stallungen der Firma, für die er arbeitete, zu sich einladen wollte (einen Mann, der ihm sehr nützlich sein konnte – und der als Schlemmer bekannt war), hätte die Mutter das Essen lieber von der Älteren kochen lassen, aber die Meinung des Vaters überwog: «Die Kleine wird uns etwas nicht Alltägliches zubereiten, dessen bin ich gewiß. Man muß Vertrauen zu ihr haben.»

Die Halbwüchsige getraute sich nicht, ihrem Vater, dessen dröhnende Stimme sie erbeben ließ, zu sagen, wie sehr sie sich davor fürchtete, die Verantwortung für diese Mahlzeit tragen zu müssen. Und zitternd machte sie sich an die Zubereitung, so deutlich spürte sie, daß das Schicksal ihr bescheidenes Persönchen und ihr ganzes Tun zum besten hielt.

Die Mahlzeit begann mit allerlei Vorspeisen, die den Tafelgenossen nur durch ihren köstlichen Wohlgeschmack auffielen, und immerhin auch dadurch, daß sie vielleicht nicht ganz ausreichten, dann wurde eine prächtige Schüssel im Ofen gebackener Plötzen aufgetragen: zumindest schien alles darauf hinzudeuten, aber in dem Augenblick, da der Vater sich mit ziemlich unverhohlenem Stolz anschickte, seinen Gast persönlich zu bedienen, sprangen alle Fische durch das Fenster in den kleinen Fluß, der unten am Haus vorbeiplätscherte. Einer blieb einen Augenblick an der Scheibe kleben, was ihn jedoch nicht hinderte, die anderen munter im klaren Wasser einzuholen. Unter den bestürzten Augen aller Anwesenden zersetzte sich die Soße, die Hitze der Schüssel kehrte verstohlen in den Backofen zurück, nicht ohne beiläufig die Hand des Vaters und seines Gastes ein wenig zu verbrennen. Die nunmehr leere Schüssel glänzte, als wäre sie eben geputzt worden. Und dem erbosten Vater blieb nichts anderes übrig, als den Tischgenossen eilends aus Dosen zu speisen.

«Schämst du dich nicht?» sagte er hart zu seiner Tochter, sobald der Gast gegangen war. Und diese verbarg ihr Gesicht in der Schürze.

«Das nächste Mal wirst jedenfalls nicht *du* kochen, das kann ich dir garantieren.»

Und da er spürte, daß er unbedingt noch einen Vorwurf hinzufügen mußte, sagte er: «Du bist viel zu hochmütig. Deswegen bringst du nichts Rechtes zustande.»

«So ist nun einmal das Leben», dachte das junge Mädchen, als es allein war.

«Hör», sagte die Frau zu ihrem Mann. «Du solltest ein bißchen netter mit der Kleinen reden. Du lähmst sie.»

«Oho! Willst du am Ende noch behaupten, es sei meine Schuld?»

Ein andermal sagte die Frau: «Vielleicht sollte man die Kleine verheiraten.»

«Aber wer zum Teufel nimmt sie? Es hat sich nachgerade herumgesprochen, daß sie zu nichts taugt. Wie sollte sich da ein rechtschaffener Arbeiter bereitfinden, sie zu heiraten?»

«Dabei ist sie ein so liebes Mädchen.»

«Ich hätte aber lieber ein böses Mädchen, das einem eine Suppe kochen kann, die Leib und Seele zusammenhält... Und keine solchen Traumspeisen, die sich durchs Fenster davonmachen», fügte der Vater noch hinzu, denn was ihm auf dem Herzen lag, mußte er immer zweimal sagen.

Das junge Mädchen fühlte sich durch alles, was es tat, so entmutigt, daß es sich nicht einmal mehr zu weinen getraute. Ja, weinen bedeutet, daß man noch nicht völlig am Leben verzweifelt, daß man trotz allem irgendein dunkles Vertrauen auf die Tugend der Tränen und ihre Wärme bewahrt. Handelt es sich dabei nicht um ein Stückchen unseres innersten Wesens, das sich mit uns den Wechselfällen der Welt aussetzt?

Sie war mager geworden, mager und blaß. «Bald bleibt überhaupt nichts mehr von ihr übrig», sagte die Mutter entsetzt, «und wenn ich mit ihr rede, werden mir nur noch ein paar flatternde Kleider antworten und zwei große Augen, denen es äußerst schwer fallen wird, offenzubleiben.» Und sie suchte das junge Mädchen zu trösten, so gut sie dies vermochte, aber es war jetzt so überempfindlich, daß man sich ihm nicht nähern konnte, ohne sein Herz zu zerreißen.

Es war sehr bekümmert, weil es seinen Eltern zur Last fiel. Um ihr zu zeigen, daß dies gar nicht stimmte, legte die Mutter der Halbwüchsigen zuweilen ein paar Münzen zu fünfzig Centimes oder sogar ein oder zwei Zweifrancstücke in die Nachttischschublade.

«Die sind für dich, nimm sie ruhig», sagte sie eines Tages zu ihrem Kind.

Aber das junge Mädchen getraute sich nicht, das Geld anzurühren.

Manchmal strich es um den Stall herum. Es ging zu den Pferden seines Vaters und verweilte gern in Gesellschaft dieser hohen und verschwiegenen Geschöpfe. Es begab sich in der Abenddämmerung zu ihnen, wenn die von der Arbeit heimkehrenden Tiere ihre Futterration verzehrten. Das Geräusch des unter den Zähnen knirschenden Hafers, die hochgestellten Ohren der Pferde, und dann, wenn sie nichts mehr in der Krippe hatten, ihr Blick, der aus der Tiefe ihrer stummen Welt kam, dies alles rührte es um so mehr, als sie nicht versäumten, seine Anwesenheit zur Kenntnis zu nehmen, indem sie ihm lange den Kopf zudrehten.

Einmal biß eines scheinbar völlig grundlos ein anderes in den Hals. Das in einem Winkel verborgene junge Mädchen, das sinnend seinen eigenen Gedanken über seine traurige Lage lauschte, hatte den Eindruck, sich ihnen anzuvertrauen.

«Was fällt dir ein, sie so aufzuregen?» sagte der Vater, der plötzlich die Stalltür aufriß. «Hat es denn draußen nicht genug Platz für dich? Nein, da mußt du unbedingt noch diese armen Tiere aufstören.»

Als er ein andermal seiner Tochter im Hof begegnete, fragte er sie: «Sag mal, gibst du dir überhaupt Mühe, gesund zu werden? Oder läßt du dich ganz einfach gehen, als könntest du von deinen Zinsen leben?»

Sie gab keine Antwort, aber sie gelobte sich im selben Augenblick, das Vaterhaus zu verlassen.

Ganz früh am nächsten Morgen begann sie sich in der Dämmerung, die dem Tagesanbruch vorausgeht, anzukleiden; sie zog ihre Strümpfe an, die in diesem Zimmer ebenfalls überflüssig waren, und das Kleid, das sie zu allen täglichen Verrichtungen trug, und fragte sich dabei, ob ihre Schwester nicht plötzlich erwachen und sie fragen werde: «Wo willst du denn zu dieser Zeit hin?»

Das junge Mädchen stand auf der Straße.

Sie hatte im Sinn, so lange zu leben, bis die siebenundachtzig Francs in Münzen zu fünfzig Centimes und zu zwei Francs aufgebraucht waren, die sie aus ihrer Sparbüchse genommen hatte. Und nachher, nicht wahr, sind die Flüsse schließlich nicht nur für die Plötzen da.

Sie ging lange den Wasserlauf entlang, den sie keinesfalls aus den Augen verlieren wollte. Gegen zehn Uhr kam sie zu einer ziemlich abseits der Landstraße gelegenen Herberge, wo sie von einer großgewachsenen, aber freundlichen und dienstfertigen Frau empfangen wurde.

«Würden Sie mir bitte Ihren Namen in Erinnerung rufen», wurde ihr mit unendlicher Höflichkeit gesagt, obschon man sie noch nie gesehen hatte.

Das junge Mädchen stieg in das Zimmer hinauf, öffnete seinen Koffer und legte beklommen seine Sachen in den Schrank.

Noch nach einer Viertelstunde, einer halben Stunde blieb alles tadellos in Ordnung. Da beschloß sie, von dieser wahrhaft versöhnlichen Haltung ihrer Habe ringsum ermutigt und vor Freude über diese Feststellung fiebernd, auf der Stelle der Wirtin ihre Dienste anzubieten.

Die bis dahin so freundliche Wirtin änderte Stimme und Ton: «Sind Sie als Gast hierhergekommen oder als Magd? Das sollte man vielleicht wissen!»

«Ich besitze eben nur etwa hundert Francs...»

«Essen Sie die zuerst, nachher sehen wir weiter», sagte sie mit der Grausamkeit einer Menschenfresserin.

Und das junge Mädchen dachte bei sich: «He! Das ist kein Grund, so zornig zu werden, Madame! Haben Sie noch nie von den Gebrechlichen gehört, die ihr Unglück zu verbergen suchen?»

Nachdem die Halbwüchsige am Vorabend des siebten Tages ihre Wochenpension bezahlt hatte, sagte die Besitzerin, die keine böse Frau war, zu ihr: «Ich würde Sie wohl in der Küche beschäftigen, weil ich dort jemanden brauche, aber ich möchte zuerst wissen, was Sie können. Haben Sie zum Beispiel gelernt, Fisch zuzubereiten?»

War die Geschichte mit den fliegenden Fischen bis hierher gedrungen? Das junge Mädchen stellte sich diese Frage. Und während es sich ungesäumt an die Arbeit machte, fuhr die Wirtin fort: «Warum zittern Sie so? Das ist nicht gut für das Geschirr. Sie trinken doch nicht etwa?»

«O nein! Das ist angeboren.»

«Sie haben es vielleicht nicht gern, wenn man Ihnen bei der Arbeit zuschaut?»

Das Essen war so gut, daß zwei oder drei Gäste, darunter ein Fremder, in die Küche kamen, um das junge Mädchen zu beglückwünschen.

Es bemühte sich, nicht mehr an seinen Vater zu denken, weil es nicht wissen wollte, ob es diesem Manne, den es verlassen hatte, wirklich grollte. War seine Strenge etwa nicht ganz und gar gerechtfertigt? Und wenn es sich abends allein in seinem Dienstmädchenzimmer befand, sagte es sich oft: «Ich vergesse meinen Vater, ich vergesse ihn mit aller Kraft. Ich will nicht mehr von ihm sprechen.»

Den Vater plagte es sehr, daß sein Kind fortgegangen war. Ohne recht zu verstehen, was er sich eigentlich vorwarf, hatte er doch kein sehr gutes Gewissen. Wie konnte er seine Tochter wiederfinden? Weder er noch seine Frau hatten es für richtig gehalten, die Polizei oder auch nur die Nachbarn zu verständigen.

«Unsere Tochter ist zu Vettern gereist», pflegten sie zu sagen. Und man war taktvoll genug, sie nicht zu fragen, wer wohl diese Verwandten seien, von denen sie nie zuvor gesprochen hatten.

Aber zuweilen blickten die Freunde der Familie forschend auf den düsteren Fluß.

Jeden Morgen brach der Vater mit seinen Pferden auf. Das eine hieß «Nach dem Gewitter» und das andere «Stille». Damit ist klar, daß der Fuhrmann sie mit der gleichen Liebe liebte und sie leicht verwechselte. «Stärke und Sanftmut», so lautete ihr Wahlspruch, besonders seit das junge Mädchen fortgegangen war.

«Ach!» dachte der Vater, «sich auf irgend etwas verlassen können, Mensch, Tier oder Werkzeug, das ist die Beglückung des Arbeiters.» Und der Mann war seiner Percheronpferde ebenso gewiß wie der Weisheit der Bäume am Straßenrand.

«Wo ist meine Tochter? Entferne ich mich von ihr? Wo ist meine Tochter mit ihrem traurigen Gebrechen? Sehr wahrscheinlich tot, wer könnte sich schon ihrer angenommen haben?» Und gegen seinen Willen hoffte der Unselige doch, sie niemals wiederzusehen.

Wie kam es, daß seine Pferde eines Tages ganz in der Nähe des Ortes, wo unser junges Mädchen arbeitete, plötzlich durchgingen? Aber vermutlich war es das erste Mal, daß der Vater in diese Gegend kam.

Der Kutscher wurde aus dem Wagen geworfen und lag nun mit blutiger Stirn ein paar Schritte vor der Freitreppe der Herberge. Und die Leute eilten herbei, und das junge Mädchen holte Binden und Leinwand, um dem Kopf seines Vaters einen Verband anzulegen. Und alle bewunderten, mit welcher Geschicklichkeit sie den Verletzten pflegte, während die Pferde unbekümmert, als ob nichts geschehen wäre, den Rasen des Monats Mai abweideten.

«Armes Kind», dachte der Vater, «du warst

also nicht tot! Und jetzt machst du mir Verbände, die mich ins Jenseits befördern werden. Ach! Du bringst mich um mit deiner Art. Vertrauen zu deinen Händen zu haben, die zu nichts Nützlichem taugen, und jetzt bin ich zu einer tödlichen Blutung verur...»

Er konnte den Satz nicht beenden. Er war in Ohnmacht gefallen. Man gab ihm Cognac zu trinken. Daraufhin mußte er zugeben, daß die Verbände sehr gut hielten. Sie konnten überhaupt nicht besser sein; blinkte da nicht eine kleine Perle an der doppelten Sicherheitsnadel, mit der sie befestigt waren?

Am Abend der Rückkehr nach Hause wollte das junge Mädchen, das sich über den so fröhlichen Klang seiner Stimme verwunderte, die Mahlzeit ganz allein zubereiten.

«Das ist nicht nötig», sagte seine Mutter. «Du bist sicher von den vielen Aufregungen ermüdet.»

Aber schon war die Halbwüchsige dabei, sich eine Schürze umzubinden, und betrat mit großer Selbstsicherheit die Küche. «Was soll es zum Abendessen geben? Oh! Plötzen! Ich machte sie immer für die Gäste in der Pension, und es schmeckte ihnen ausgezeichnet.»

Ihre Mutter und ihre Schwester wollten der Unbesonnenen bei der Zubereitung helfen. Der Vater hielt sie am Rock zurück, und während er sie aus der Küche schob, flüsterte er seiner Frau zu: «Laß sie alleine machen. Wenn ich dir doch sage, daß du ihr Vertrauen schenken darfst. Sie ist jetzt ein großes Mädchen. Sie versteht nun alles so zu tun, wie es sich gehört.»

Und in der häuslichen Atmosphäre glich das

friedliche Abendessen den Tausenden anderer Abendessen in der ganzen Welt: der Vater, die Mutter, zwei große Töchter, um einen runden Tisch versammelt, unter dem Lampenlicht, das gleichmäßig diese vier Menschenköpfe beschien, die von ihrem wiedergefundenen Glück ein wenig ernst gestimmt wurden.

Der Napf Milch

Ein abgezehrter, aber beharrlicher junger Mann trug einen großen Napf Milch durch Paris, der so voll war wie möglich und den er seiner Mutter brachte, die in einem abgelegenen Viertel wohnte und sich nur von dieser Milch ernährte. Jeden Morgen hielt sie an ihrem Fenster Ausschau nach diesem Napf.

Der junge Mann beeilte sich, weil seine Mutter Hunger hatte, das wußte er, aber er sputete sich nicht allzusehr, um nichts von der Flüssigkeit zu verschütten. Manchmal pustete er darüber, um etwas Ruß oder ein Stäubchen an den Rand zu blasen und zu entfernen.

Manchmal sagte sich der Krämer an der Ecke der Rue de Berri und der Rue de Penthièvre: «Es ist spät, der Napf Milch ist längst vorbei, und ich habe meine Auslage noch nicht fertig.»

«Ich möchte dir ja keinen Kummer machen, mein Lieber», sagte die Mutter zu dem jungen Mann, als sie sah, was noch im Napf verblieben war, «aber heute ist es weniger als gestern. Mein armer Junge, du bist sicher viel herumgestoßen worden!»

«Ich hole dir andere.»

«Aber nein, du weißt doch genau, daß das nicht sein kann.»

«Das stimmt», sagte der junge Mann und senkte den Kopf. Es war ihm auch streng verboten, die Milch in eine Flasche zu füllen, um sie hinüber zu tragen. Von wem verboten?

Wenn der junge Mann das Zimmer betrat,

sagte er als erstes immer: «Trink, Mama.» Dies war seine Art, ihr guten Morgen zu wünschen. Er fügte hinzu: «Trink sie schnell, damit möglichst wenig verdunstet.» Und um sich zu vergewissern, daß auch nicht ein Tropfen verlorenging, schaute er dem Auf und Ab des mütterlichen Adamsapfels zu, während sie schluckte.

«Sie macht es nicht mehr lange», dachte der junge Mann voller Traurigkeit, und jeden Tag suchte er die Kräfte der immer schwächer werdenden Milchtrinkerin abzuschätzen.

«Aber so ein großer Napf ist doch schließlich ganz ordentlich und vielleicht mehr, als ich in meinem Alter nötig habe. Übrigens fühle ich mich recht wohl, und wenn es weniger gut geht, lege ich mich hin.»

Sie war schon lange tot, als ihr Sohn noch immer jeden Morgen die Milch brachte, den Ruß oder den Staub darauf entfernte; aber er behielt sein «Trink, Mama» für sich und ging in die Küche, um seinen Napf dort mit vielfältiger söhnlicher Behutsamkeit bis zum letzten Tropfen in den Schüttstein zu leeren.

Die Menschen, denen ihr auf der Straße begegnet - seid ihr sicher, daß sie immer einen vernünftigen Grund haben, um von einem Ende der Stadt ans andere zu gehen? Gewiß, ihr könntet den einen oder anderen befragen. Sie würden antworten: «Ich gehe zur Arbeit» oder «zum Apotheker» oder sonstwohin. Aber gibt es nicht auch Menschen, die auf eure Fragen hin ebensosehr um eine Antwort verlegen wären wie dieser unglückliche Junge, der dazu verurteilt ist, immer dieselben Handlungen auszuführen, jeden Tag, zur selben Stunde, bei jedem Wetter?

Die Wachspuppen

Der Theaterdirektor war ein sehr liebenswürdiger Mann. Wenn er in Gegenwart des Verfassers ein Stückchen Manuskript zerriß, um sich ein Kügelchen daraus zu drehen, geschah dies immer mit einer solchen Zuvorkommenheit, daß man in dieser Handlung eher eine Aufmerksamkeit erblicken konnte als sonst etwas, eine vielleicht ein wenig ungewöhnliche Art, sich mit dem Stück zu befassen, weiter nichts. Und während er dies tat, musterte er den Verfasser ununterbrochen mit einem Blick voll männlicher Zuneigung. Ja, es war kein Irrtum möglich. Dieser Blick schien zu besagen: «Wie gern muß ich Sie doch haben, nicht wahr, um so dieses Blatt vor Ihren Augen zerreißen zu können, ohne daß es Ihnen einfällt, böse zu werden; wie sehr müssen wir doch auf unsere Freundschaft vertrauen!»

Am Tag der Generalprobe litt der Autor einen Augenblick darunter, all die Leute zu sehen, die sich hier versammelt hatten, um zu hören, was er in der Stille seines Arbeitszimmers geschrieben hatte. «War es wirklich nötig, das auf die Bühne zu bringen, anstatt es in der geheimsten Vertrautheit meiner Gedankengänge oder in der Verschwiegenheit eines Buches in Ruhe zu lassen!» Und all diese Leute, die auf den gesenkten Vorhang starrten, als handelte es sich um die Stirn des Autors in Person und als hätte man ihnen versprochen, zu enthüllen, «was sich dahinter abspielt».

Immerhin bedeutete ihm das Gesicht seiner

treuesten Freunde einen wirklichen Trost. Sie alle so unter einem Dach vereint zu sehen, den Geistreichen, jenen, der die Tiefgründigkeit vorzog, den Freund aus der Kindheit, den Freund aus dem Militärdienst, den Freund des reifen Alters! Es kam dem an jenem Abend ein wenig fiebernden Autor sogar so vor, als habe ein jeder etwas Besonderes tun wollen, um zu bezeugen, daß es für ihn ebenfalls ein großer Tag war. Der eine schien ein wenig größer als sonst und der andere breiter, dieser da war ausgesprochen dikker und jener ausnehmend mager. Der Blonde dort hinten hinkte zum erstenmal in seinem Leben. Ohne Zweifel hielten sie dafür, daß es nicht genügte, einen Smoking anzuziehen: es war notwendig, sich auch persönlich einzusetzen. Und sie schienen untereinander zu sagen (sie waren beinahe alle in einer Gruppe): «Ob es nun klappt oder nicht klappt, ist jetzt nicht mehr unsere Schuld. Wir haben alles getan, was in unserer Macht stand.»

Die Sache war von Wichtigkeit für den Autor. Hatte er nicht in zwanzig Zeitungen versichert, ein in Versform geschriebenes Stück wie seines sei dazu angetan, das breite Publikum ebensosehr zu interessieren wie die Gebildeten?

Am Schluß des ersten Akts jedoch bemerkte der Autor von seiner Proszeniumsloge aus, daß einige Zuschauer, die sich immer seine Freunde genannt hatten, sehr stark klatschten, ohne dabei das geringste Geräusch zu machen. Er mußte wohl oder übel zugeben, was zu glauben er sich bis dahin stets geweigert hatte: in der Garderobe wurden – an Abenden der Generalprobe oder der Premiere – Handschuhe aus einem besonderen Gummi verkauft, die genau gleich aussahen wie Lederhandschuhe und mit denen sich die falschen Freunde versahen, um mit einer fürchterlichen Lautlosigkeit, die die Schauspieler demoralisierte und die Kritik zu Eis erstarren ließ, kräftig zu klatschen. Es genügte, der für die Garderobe zuständigen Platzanweiserin zu sagen: «Geben Sie mir ein Paar.» Und schon schob sie einem diese bereits in Seidenpapier eingewickelten Handschuhe hin. Es gab Leute, die sie unverschämt zur Schau trugen und damit fuchtelten, während sie sich mit dem Autor unterhielten, so daß sie unter seiner Nase einen durchdringenden Gummigeruch verbreiteten. Andere - war es Zerstreutheit? - ließen zwei Finger aus der Rocktasche hervorschauen, während sie beteuerten, wie gut ihnen das Stück gefiel.

Es waren dies nicht die einzigen Zeugnisse der Heuchelei, die dem immer heftiger fiebernden Verfasser auffielen: Während jemand ihm in der Proszeniumsloge Komplimente machte und ihm erklärte, warum er das Werk liebte, wurde doch wahrhaftig sein Gesicht nach und nach je zur Hälfte vollkommen rot und weiß, der Länge nach, wobei die Trennungslinie ganz genau dem Nasenkamm folgte!

«Was soll ich von der Aufrichtigkeit dieses Mannes halten, dessen halb rote und halb weiße Lippen solche Lobsprüche von sich geben?» sagte sich der Dramatiker und musterte seinen Gesprächspartner mit einem höchst argwöhnischen Auge, während dieser sich weiterhin mit Wendungen zu dem Stück äußerte, die nur ein Blinder hätte schmeichelhaft finden können.

Ein Kollege des Autors, der für seine große

Ehrlichkeit bekannt war, schickte sich eben an, hinauszugehen. «Sicher hat er mich gesucht, um mir seine Eindrücke mitzuteilen», dachte der Dramatiker, «oder aber es ist pure Schüchternheit seinerseits; er findet, jetzt sei nicht der richtige Augenblick, und zieht es vor, mir zu schreiben.» Und er tippte ihm in eben dem Augenblick auf die Schulter, als der andere in der Meinung, er habe die Begegnung mit dem Autor vermeiden können, zur Türe des Theaters hinausgehen wollte. «Na und, was halten Sie davon?» erkundigte sich der Autor mit einer etwas schmerzlichen Zuversicht. Der andere antwortete unverzüglich: «Sie wissen, wie gern ich im allgemeinen alles habe, was Sie schreiben, aber ich muß zugeben, daß Ihr Stück mir, wie soll ich sagen, weniger bedeutend vorkommt als Ihr übriges Werk.» Das Eingeständnis kostete diese treffliche Seele solche Überwindung, daß der Mann vor den Augen des Autors immer kleiner zu werden begann, während dieser ihn nach Kräften zu beruhigen suchte und versicherte, er sei der erste, der die Mängel seines Werkes zugebe, und er habe nicht die Absicht, weiterhin für das Theater zu schreiben. Doch unglücklicherweise erreichten diese Versicherungen nur einen immer kleineren Mann: er eilte beschleunigt der Winzigkeit entgegen, während er immer noch seine Bewunderung für die anderen Werke des Autors verkündete, und mit den Händen eines Kleinkindes machte er Gebärden wie ein Ertrinkender an der Oberfläche eines unsichtbaren Wassers. Das ging, bis er unter den Blicken des Autors verschwand, und dieser wäre von einem solchen unfreiwilligen Mord betroffen gewesen, hätte er seinen Gesprächspartner nicht auf einmal in einer anderen Gruppe wieder auftauchen sehen, und zwar mit seinem unverändert hohen Wuchs, und auf seinem von Hartnäckigkeit und gleichwohl von Herzlichkeit zeugenden Gesicht den bei ihm gewohnten leichten Ausdruck des «Tue recht und scheue niemand».

Als der Autor wieder daheim war, mußte er sich selber zugeben, daß er von der Aufführung so gut wie nichts gesehen hatte, da er es sich nicht hatte versagen können, aus der Tiefe seiner Proszeniumsloge die Köpfe der Zuschauer zu betrachten, die nun ihre peinlichen Eindrücke wie Stinkbomben in der Stadt verbreiten würden.

Erste, zweite, dritte Vorstellung. In seinem Büro spricht der Direktor mit dem Verfasser über die Notwendigkeit, «Publikum zu haben», über die Schwierigkeit, ein Theater zu füllen.

«Es stimmt», denkt der überrumpelte Autor, «daß es da eine riesige Menge Stühle gibt, dicht nebeneinander und hintereinander, sowie, als wäre es damit noch nicht genug, zudem all die Klappsitze, die sich nur verbergen, um desto deutlicher darzutun, daß ein Theater dazu da ist, voll zu sein.»

Dabei hatte die Frau des Autors sich große Mühe gegeben, um Freikarten abzusetzen. Sie war klein, schmal, blaß; so konnte sie überall hingehen, ohne Aufmerksamkeit zu erregen, und das nutzte sie. Im Theater erkannte sie eindeutig ihr Werk, wenn sie ihre Zeitungsverkäuferin neben ihrem Schuhmacher sah, umrahmt von der Milchhändlerin und der Wäscherin (genau in der Anordnung ihrer Läden). Der Hemdenmacher hatte seinerseits nicht gezögert, ihr mit einer an ihm bisher ungewohnten Entschiedenheit zu antworten: «Ich sage Ihnen lieber gleich, Madame, daß ich nicht hingehen werde.»

Der Briefträger der eingeschriebenen Sendungen hatte seine Gründe angeführt: «Ach, Madame! Die Woche über bin ich den ganzen Tag auf den Beinen.»

«Und am Sonntag?»

«Am Sonntag kümmere ich mich um meine Mutter.»

Da am Abend der fünften Vorstellung wirklich zuwenig Leute gekommen waren, nahm der Direktor den Autor beiseite und sagte: «Also von heute abend an müssen wir die Wachsinfanterie einsetzen.»

Und der Autor erwiderte: «Hm, ja...», wie einer, der hinsichtlich der Nützlichkeit dieses Einsatzes seine Vorbehalte macht. In Wirklichkeit wußte er überhaupt nicht, was gemeint war, und der Direktor mußte ihm erklären, daß man seit einiger Zeit in mehreren Theatern jedesmal, wenn der Verkauf allzu schwach war, Reservezuschauer aus den Kellern holte. Sie waren so vollkommen nachgeahmt und hatten einen so untadeligen menschlichen Zuschnitt, daß sie sich nicht damit begnügten, nur blond zu sein oder braun, dick oder dünn. Es sah aus, als sei zum Beispiel dieser hier weniger dumm, als er gerne glauben machen wollte, jener trotz seinem unschuldigen Aussehen durchaus fähig, heimlich Frauen aufzusuchen, und jener andere ohne irgendwelche Hemmungen, ungedeckte Schecks auszustellen. Aber sie alle, Vettern aus der Provinz, Militärs, echte Pariser, eingebürgerte Ausländer, Leute aus Europa oder aus Amerika, sie alle wirkten vor allem wie ein wohlwollendes Publikum, das dem Stück offenkundig die ganze Zeit mit gespannter Aufmerksamkeit folgt und in dessen Augen gewissermaßen die Angst steht, die Aufführung könne schon bald zu Ende gehen. Es muß zugegeben werden, daß während der Pause diese gegenstandslosen Blicke alle Leute ein wenig beunruhigten. Aber ließ sich das ändern?

Die Puppen wurden eine Stunde vor Beginn der Vorstellung hingesetzt: sie hatten gelernt, zu warten, und einzelne sogar zu klatschen, wenn dies erforderlich war. Ein geschickt angebrachter elektrischer Draht ließ sie den Augenblick merken, da es seinen Beifall zu spenden galt. Und wenn hie und da eine der Figuren ihres abgenutzten Mechanismus wegen sinnlos weiterklatschte, lächelte das Publikum nur nachsichtig, etwa wie wenn ein Kind in einer Versammlung Erwachsener plötzlich anfängt, die Trompete zu blasen. Dann kam ein Mechaniker in einem schlecht geschnittenen Smoking zu der indiskreten Puppe, drückte auf einen verborgenen Knopf, und alles kam wieder in Ordnung. Da diese klatschenden Puppen ziemlich teuer waren, gab es ihrer im Zuschauerraum nicht viele (ungefähr jede zehnte). Sie wurden geschickt zu Nutz und Frommen des Schauspiels da und dort über den Raum verteilt. Natürlich ließ niemand sich von diesen außermenschlichen Gestalten täuschen. Aber das Publikum, so versicherte der Direktor, sah lieber diese Ersatzzuschauer als einen halbleeren Saal und war der Theaterleitung dafür dankbar, daß sie sich in diese Unkosten gestürzt hatte.

Einzig unser Autor konnte sich nicht an diese Eindringlinge gewöhnen. Für ihn waren sie eine fürchterliche Strafe mit hundert Gesichtern. Eine durchaus unverdiente Strafe. Als er sich einmal ganz besonders unpäßlich fühlte (es ging ihm nicht viel besser als seinem Stück, da sein Herz immer mehr zu plötzlichem Aussetzen neigte, je größer die Lücken im Zuschauerraum wurden), rief er: «Oh! Ich bitte Sie, lassen Sie die Puppen heute nicht heraufbringen! Es fällt kein Mensch darauf herein, glauben Sie mir.»

«Das ist sehr nett von Ihnen, mir das zu sagen!» bemerkte der Direktor ironisch. «Aber ich denke nicht daran, meine Truppe zu zwingen, vor einem leeren Parkett zu spielen. Die Puppen sind dazu da, daß man sich ihrer bedient, und da es nun einmal Brauch ist, sehe ich nicht ein, weshalb ich auf ihre Mitwirkung verzichten sollte. Lassen Sie mich nur machen. Wenn Ihr Stück gerettet werden kann, wird es gerettet. Ich werde zumindest alles getan haben, was in meiner Macht stand.»

Und es blieb dem Autor nichts anderes übrig, als wiederum Abend für Abend von seiner Proszeniumsloge aus dieses ganze wächserne Bürgertum getreulich auf seinem Posten sitzen zu sehen. Da die Zuschauer immer seltener wurden, schienen die Puppen jeden Tag zahlreicher zu sein; der Autor verspürte schließlich sogar einen abscheulichen Wachsgeschmack im Mund und selbst in seinen Gedanken, die in peinlicher Verworrenheit aneinanderklebten.

Das ging so weit, daß er eines Abends beschloß, den Vorstellungen nicht mehr beizuwohnen.

Er verlangte Obst, das es zu dieser Jahreszeit gab - ja, die Natur brachte weiterhin einfache und saftige Früchte hervor, es waren keine Theaterfrüchte -, und schloß sich in seinem Zimmer ein. Ganz allein in seinen vier Wänden eine Apfelsine essen, nachdem man die Türe verriegelt hat, ohne den geringsten Zuschauer, ob lebend oder nicht, die Kerne einen nach dem andern mitten auf den Teller spucken, ohne daß dies ein Grund zum Klatschen wäre, den Saft schlucken, ohne es den Logen, den Rängen, den Türschließerinnen mitzuteilen...

Am nächsten Tag weigert er sich, sein Bett zu verlassen. Er will nicht einmal, daß seine Frau bei ihm bleibt, die sein Zimmer, wie er wohl bemerkt hat, mit den Augen einer allzu beteiligten Zuschauerin betreten hat. Und vierundzwanzig Stunden lang verriegelt er seine Tür, da seine Abgeschlossenheit ihm immer stärker gefährdet und überwacht vorkommt. Sein Puls bleibt ruhig: Fieber haben heißt nochmals sich kundtun, sich veräußerlichen, ein wenig theatralisch sein.

An den folgenden Tagen will er die Speisen nicht anrühren, die ihm gebracht werden, nicht einmal das einfache Glas frischen Wassers, das seine Frau ihm auf Geheiß von drei zu Rate gezogenen und hinter einem Vorhang verborgenen Ärzten reicht. Er weigert sich, an dieser Art Komplott der äußeren Welt gegen seine eigene Welt teilzunehmen, die immer innerlicher und schweigsamer wird.

Je mehr man sich bemüht, ihn zum Schlafen zu bringen, zum Essen, zum Wasserlösen, desto stärker wird sein unwiderstehliches Bedürfnis, sich auszulöschen wie mit einem Gummi, sein

Ich so restlos wie möglich unter Decken und Daunen in die Wärme zu kuscheln, es ganz nahe an einer ungemein tiefen Scheidewand zu vergraben, an der er recht eigentlich mit den Nägeln des Todes zu kratzen beginnt.

Eines Tages fand der behandelnde Arzt ihn bewußtlos, aber auf seiner Stirn stand eine Falte, die anzeigte, daß es noch nicht ganz zu Ende war.

Mit der schneidenden Stimme eines Stabsoffiziers, der ein militärisches Manöver bespricht, teilte der Arzt ein paar engen Freunden mit: «Das Herz ist um neun Uhr drei Minuten stillgestanden. Daran besteht kein Zweifel. Ich habe persönlich den Tod festgestellt und bin bereit, jedermann gegenüber zu vertreten, daß unser Freund nicht mehr unter uns weilt, obschon seine Stirn noch warm ist und das Gehirn vielleicht für ein paar Augenblicke weiter funktioniert. Das kann man in gewissen äußerst seltenen Fällen beobachten - ich habe dergleichen selber bei überragenden Künstlern festgestellt oder ein paar übertrieben Gewissenhaften, die fortfahren, zu denken, auch nachdem das Herz zu schlagen aufgehört hat.»

Der Arzt log. Er hatte noch nie etwas derartiges gesehen. Aber er war kein Mensch, der sich in Erstaunen setzen ließ. «Es handelt sich da», so fuhr er fort, «um Phenomena oder vielmehr Epiphenomena, welche nicht lange andauern. Meine Rolle ist hier zu Ende, leider! Unser lieber Dramatiker ist tot, ganz und gar tot. *Wir können ihn getrost beweinen.»* (Diese letzten Worte blieben ganz alleine, von der übrigen Rede getrennt, in der Luft hängen. Die Gedanken des Arztes, der tiefer bewegt war, als er wirkte, waren auf halbem Wege ihres wahrhaften Ausdrucks stehengeblieben; sie sagten gleichzeitig mehr aus und weniger, als er gewünscht hätte.)

Und mitten auf der Stirn des Autors diese Falte, die sich jedesmal neu bildete, sooft eine Freundeshand sie eben geglättet hatte! Es bewirkte ein außerordentliches Unbehagen, ihn so leiden zu sehen, nachdem dieser Mann doch nach Ansicht aller Lebenden, und man könnte gewissermaßen sagen, aller Toten, Anrecht auf eine Ruhe hatte, die sogar den größten Verbrechern gewährt wird, sobald sie ihre Untat gesühnt haben.

Mitten in der Nacht näherte seine Frau sich, ihren Atem einer Lebenden zurückhaltend, der Stirn ihres Mannes und rief ihn mehrmals ganz leise.

«Ob er mich hört?» dachte sie. «Ist er noch mit uns oder schon gegen uns, mit jenen schrecklichen Giften, jenen dunklen Waffen, die der armselige menschliche Körper von Kopf bis Fuß hervorzubringen versteht?»

Plötzlich hörte sie ihn mit einer hohlen, unmenschlich und wie ein Loch in frischer Erde hohlen Stimme sagen: «Keine Wachspuppen mehr im Theater, nie mehr, nicht wahr? Merkt denn niemand, wonach sie aussehen?»

Tatsächlich hielt der Autor selber seine Beine angezogen wie einer jener falschen Zuschauer im Parkett, und seine Augen blickten mit der starresten Aufmerksamkeit geradeaus auf irgendeinen Punkt, eine unsichtbare Bühne.

Sie beruhigte ihn, so gut sie es vermochte.

«Schlaf nur ruhig, mein Liebling», sagte sie.

«Die Puppen haben die Keller des Theaters seit drei Tagen nicht verlassen.»

Das stimmte. Man spielte das Stück nicht mehr, und der Autor besaß eben noch genug Kraft, dies zu verstehen, ehe er starb. Alsbald verschwand das Fieber von seiner getrösteten Stirn, und seine Beine entschlossen sich endlich, sich freiheraus auszustrecken, es sich für das Leichenbegängnis bequem zu machen.

Die Frau des Autors betrat mit einem nervösen, zuckenden Lächeln das benachbarte Zimmer, wo die Freunde warteten.

Keines Wortes mächtig, kehrte sie sich sogleich der Wand zu, um die großen Tränen zu verbergen, die ihr Gesicht überfielen, während die noch nicht zulänglich unterrichteten Freunde des Autors auf den Zehenspitzen in sein Zimmer eindrangen.

Die wiedergefundene Frau

Chemin war ein kleiner Mann mit schwarzem Spitzbart, der jeden Abend mit sich selbst zufrieden einschlief: er hatte eben seine Schuhe mit einer solchen Hingabe geputzt, daß er die Gewißheit besaß, am nächsten Tag überall hingehen zu können, ohne sich schmutzig zu machen.

Er war sehr stolz auf seine fünfzehn Jahre jüngere Frau und fand nichts an ihr auszusetzen außer einem einzigen Fehler, unter dem er jedoch ziemlich litt: sie war unfähig, gewisse unüberlegte Bemerkungen für sich zu behalten, die ihr manchmal plötzlich entschlüpften wie Speicheltröpfchen. Nachher pflegte sie zu lachen, um zu zeigen, wie wenig Bedeutung sie diesen Bemerkungen beimaß, aber hat ein Lachen jemals etwas ausgelöscht?

Dessenungeachtet hatte er ein hinreichend glückliches Leben geführt bis zu jenem Sommertag, als sie ihm sagte: «Paul, deine Nase wird mit dem Alter dicker.» Er entgegnete nichts, wie immer, wenn ihm schwer ums Herz war, aber am folgenden Tag begab er sich, ohne ein Sterbenswörtchen zu sagen, auf einem Fischerboot nach England, um seiner Frau eine Lektion zu erteilen, die er schließlich selber erdulden mußte, da er Schiffbruch erlitt.

Als er im Jenseits angekommen war und aufgefordert wurde, einen Wunsch zu äußern, sagte er, ohne zu zögern: «Ich möchte eine kleine Nase, alles übrige ist mir gleichgültig.»

Man zeigte ihm verschiedene Modelle: und er

wählte eines aus, das klein war, aber vielsagend wie ein Auge.

«Wählen Sie sie nicht zu schön», meinte zu ihm der Nasenverwalter, ein ehemaliger Hutmacher, der genau wußte, was gut oder schlecht stand.

«Oh! Diese hier wird sehr gut passen...»

Von Zeit zu Zeit fuhr Paul Chemin mit der Hand darüber: wie angenehm fühlte sie sich an! Es war ein rechtes Wunder an Nase. Unseligerweise erregte sie auf der grauen Straße des Himmels Aufmerksamkeit. Wie ein wirklich allzu heller Hut an einem Tag ohne Sonne.

Am nächsten Morgen kehrte er zu dem Mann mit den tausend Nasen zurück.

«Sie haben recht», sagte er, «ich möchte etwas Schlichteres.»

«Ich wollte nicht zudringlich sein, als Sie diese wählten. Hier wird niemand gezwungen. Aber ich weiß schon, was Sie brauchen.»

Man holte eine Nase, die haargenau so aussah wie Chemins Nase, ehe sie anfing, dick zu werden. «Mit dieser hier werden Sie keine Anstände haben.»

«Und jetzt», sagte Chemin sich im Hinausgehen, «muß ich sie unbedingt meiner Frau zeigen.»

Der Ärmste vermeinte, er könne sie im Jenseits aufsuchen: ein bei den frisch eingetroffenen Toten häufiger Irrtum. Sie hatten im Sterben einen solchen Schlag auf ihr Gedächtnis abbekommen, daß sie sich einbildeten, sie könnten noch mit denen verkehren, die sie eben verlassen hatten. Und man mußte ihnen wohl oder übel mit aller erdenklichen Schonung erklären, daß der Soundso noch lebte und jener andere auch noch und daß sie in Wirklichkeit von allen ihren Bekannten und Freunden so ziemlich die einzigen Toten waren.

Chemin schaute sich um. In diesem Teil des Himmels erblickte man keine einzige Engelsfeder. Von Gott und den Heiligen war ebensowenig die Rede. Verschiedene Leute versicherten, es hätte sie einmal gegeben, aber niemand konnte sich daran erinnern. Eine einfache göttliche Flaute? Bereitete Gott in aller Stille eine große Offensive vor? Man begann nachgerade daran zu zweifeln, obwohl dort oben noch Spuren einer übernatürlichen Macht vorhanden waren, die den Toten zum Vorteil gereichten. So konnte man sich zum Beispiel sein Klima aussuchen, und wo immer man hinging, fühlte es sich verpflichtet, einem zu folgen. Das störte die Nachbarn kein bißchen in ihrem persönlichen Geschmack. Da konnte einer im Gras liegen und wunderbar warm haben, während der Mann, den er mit dem Ellbogen berührte, auf einem Schlitten mitten in der Nacht durch einen sibirischen Schneesturm spazierenfuhr.

Man genoß noch andere Vorteile, die sich den Nutznießern nach und nach offenbarten: Eines Tages bemerkte Chemin, daß ein Teil seiner Vergangenheit wie auf einem Bildschirm vor ihm abrollte. Um diesen oder jenen Abschnitt seines verflossenen Daseins wiederzusehen, genügte es, mit einer kleinen Willensanstrengung daran zu denken. Das also war das Kino der Erinnerung, von dem er seine Gefährten hatte erzählen hören.

Chemins Leinwand zeigte an diesem Tage den

Schiffbruch, bei dem er den Tod gefunden hatte. Die Bilder waren so klar und überzeugend, daß er ein paar Kameraden einlud, sie sich ebenfalls anzusehen. Es war dies eine unter den Müßiggängern des Jenseits übliche Höflichkeit und zudem eine der seltenen Zerstreuungen in jener Welt, in der man nicht gezwungen war, zu arbeiten, um sein Leben zu verdienen.

Es ist immer aufregend, einem Schiffbruch beizuwohnen, aber wenn man dabei erst die Hauptrolle spielt! Wenn man zusieht, wie man sich im Sturm zu wehren sucht! Bis jetzt hatte er sich gefragt, wie sein Tod sich eigentlich ereignet hatte. Nun sah er es in allen Einzelheiten. Er war tatsächlich umgekommen, als er einen Schiffsjungen auf diesem verflixten Fischerboot rettete. Und die Zuschauer neben ihm begannen zu klatschen. Man beglückwünschte ihn zu seinem Heldentod. O ja, wahrhaftig, seine Frau hatte ihn nicht gebührend zu würdigen verstanden!

So lieferte die Erinnerung ihre Geheimnisse. Man spürte, daß sie in einer Art Halbbewußtsein wirkte. Viele Dinge, die man für völlig vergessen hielt, projizierten sich mit der Frische und dem Glanz des Lebens selber. Aber seine Bekannten lud man nur zu den wichtigen und zuvor überprüften Vorführungen ein. Es galt, ziemlich vorsichtig zu sein: Wenn man am wenigsten darauf gefaßt war, tauchte irgendeine vertrauliche Begebenheit auf, und es war besser, seine schmutzige Wäsche nicht in der Öffentlichkeit zu waschen, wie man zu sagen pflegt. Außerdem gab es im Leben eines jeden Wiederholungen, viele Längen, und es machte sogar auf die engsten Freunde einen schlechten Eindruck, wenn man gezwungen war, die ganze Zeit den Zeigefinger auf die Mitte der Stirn zu drücken, um den Erinnerungsbeschleuniger zu betätigen.

Chemin beschloß nun, den Vorführungen ohne Zeugen beizuwohnen, da er keinen Wert darauf legte, getröstet zu werden, wenn dieses Bedürfnis sich einmal bemerkbar machte. Anfänglich vermied er es, seine Frau wiederzusehen, der er immer noch grollte. Sobald sie auftauchte, drückte er mitten auf die Stirn, weil er es vorzog, sich selber zu betrachten, etwa inmitten seiner Schüler, wenn er seinen Unterricht gab, oder im Kreise der Kollegen der Gemeindeschule, mit denen er Karten spielte. Aber da es die einzige Frage war, die ihn wirklich interessierte, beschloß er eines Tages, die eigentliche Rolle seiner Frau in seinem Leben zu entdecken.

Sie war ganz entschieden photogen. Noch nie war sie ihm so hübsch vorgekommen. Just so mollig, wie er, der so dürr war, es sich wünschen konnte. Und schon am frühen Morgen so frisch. Sofort wach, während so viele Frauen so lange Zeit brauchen, um sich, aus der Nacht auftauchend, wieder zusammenzusetzen.

Es stimmte, daß sie nicht einmal eine Haushalthilfe hatten. Das wurde ihm jetzt bewußt. Es war ein bißchen spät, seine Frau zu bedauern, weil sie doch Tag für Tag waschen und bügeln, bürsten, wärmen, kochen und kaltwerden lassen mußte... beinahe alle Verben des Wörterbuchs... Und dieser Blick voll kluger Zärtlichkeit, den sie ihm an jenem Tage schenkte, als er seinen neuen Anzug trug, den letzten, der beim Schiffbruch so naß werden sollte.

Die Nahaufnahmen hoben gleichsam absichtlich immer jene Szenen hervor, in denen seine Frau besonders nett zu ihm war, zum Beispiel wenn sie ihm das beste Stück reichte und den Knochen und das Fett für sich behielt, oder wenn sie die Gasrechnung mit dem Geld bezahlte, das er ihr für ihre Garderobe gab.

Ach! Warum war er bloß von daheim fortgegangen? Und dazu noch, um Schiffbruch zu erleiden! Es geschah ihm ganz recht. Dummkopf! Und nun mußte er sich mit dem bescheidenen Leben eines Verstorbenen zufriedengeben.

Manchmal strich Chemin unabsichtlich auf dem Platz-der-Neuankömmlinge herum, weil er hoffte, seine Frau dort aussteigen zu sehen. Aber plötzlich dachte er: «Nein, nein und nochmals nein, ich kann doch nicht den Tod eines Menschen wünschen, den ich auf der Welt am meisten liebe.» Und er machte sich Hals über Kopf davon.

Im ganzen Jenseits empfand man einen packenden Eindruck von Stillschweigen. Niemals ein Schrei, außer in einem kleinen Himmelsrund.

Dort befand sich der Platz-der-Vollkommenen-Echos, wo man ganz deutlich mehrere Jahrhunderte später die Schreie vernahm, die von der Erde aufstiegen, Schreie großer, für irgendein Ereignis versammelter Menschenmengen, Schlachtengeschrei, Geschrei der Kinder während der Pause.

In jenen Tagen war viel von den Echos der Schlacht von Salamis die Rede; sie waren seit zweitausend Jahren unterwegs und sollten jeden Augenblick auf dem Platz-der-Echos ankommen, zumindest wenn man den Berechnungen der Astronomen und der Toningenieure Glauben schenkte. Die athenischen und persischen Generäle forderten alle Leute auf, sich nicht zu weit zu entfernen.

In der Tat hallten plötzlich tausend Schreie auf dem Platz und verliehen den verschiedenen Wechselfällen der Schlacht eine erstaunliche Aktualität. Und obschon die großen, sich befehdenden Anführer geschworen hatten, nicht böse zu werden, konnten sie der Versuchung nicht widerstehen, unter dem mißbilligenden Blick der Hellenisten aller Zeiten Schmähreden zu tauschen.

Chemin ärgerte sich sehr, dergestalt eine anachronistische Aktualität mitzuerleben, und er machte seiner schlechten Laune Luft.

«Oh! Ich pfeife doch auf all diese Maulhelden von vor zweitausend Jahren», sagte er zu einem wiedergefundenen Kollegen. «Die griechische Geschichte hat mir nie gefallen, und jetzt wollen ein paar Generäle mich gewaltsam dazu bringen, sie zu erleben. Was ich hören möchte, ist die Stimme meiner Frau.»

Wenn er seine Frau wenigstens hätte sehen können!

«Chemin, mein Freund, denke nicht mehr an deine Frau», sagte ihm eine innere Stimme. «Du darfst nicht zuviel verlangen, du warst schließlich Lehrer und hättest somit lernen sollen, vernünftig zu sein.»

Nun kam er aber eines Tages auf einen Platz, wo vielleicht hunderttausend Teleskope aufgestellt waren. Das wirkte beeindruckend. Ein wenig überrascht, daß so viele Tote sich für die Astronomie interessierten, mischte er sich unter die Menge. Es gab auf diesem Platz Beobachter jeglichen Alters. Und nichts belustigte die Kinder des Jenseits mehr, als durch diese mit Hingabe vervollkommneten Ferngläser zu blicken und die Kinder der Erde mit Marmeln spielen zu sehen.

Ein Vater spähte nach seiner Tochter aus, ein Mädchen suchte seinen Freund, ein anderes eine Schulkameradin. Alle hatten ihren Apparat wartend auf den Ausgang irgendeines Gebäudes gerichtet: fünfstöckiges Wohnhaus, Fabrik, Werkstatt, Landhaus; sie alle hatten die Augen auf jene alte Erde geheftet, wo immer etwas vorfiel, da doch im Jenseits, nun man den Tod nicht mehr fürchtete, anscheinend nie etwas Ernsthaftes geschah. Die Kühnheit, die Geduld, die Phantasie, der Wille, sogar die Liebe, das alles hatte keinen Sinn mehr. Man stand einander gegenüber wie vor gelösten Problemen. Auf dem Planeten dagegen blieb alles allezeit unbekannt bis zum letzten Atemzug.

Der ehemalige Sergeant begehrte die Erde zu sehen.

«Nur die Erde?» fragte der Mann mit einem bei den Teleskopaufsehern häufigen Anflug von Ironie.

«Ich möchte jemanden wiedersehen, den ich dort unten zurückgelassen habe.»

«Vielleicht Ihre Frau», sagte der Mann wieder mit dem gleichen Lächeln.

«Ich nehme nicht an, daß das verboten ist...»

«Oh! Ich will Ihnen nichts vorschreiben, aber ich rate Ihnen ab. Es gibt im Gebaren derer, die wir zurückgelassen haben, immer etwas, das uns nicht gefällt, sei es, daß sie wirklich allzusehr aufpassen, um beim Überqueren der Straße nicht überfahren zu werden, oder daß sie ein zweites Mal von einem Gericht nehmen, das wir besonders gern hatten.»

«Ich will lieber unglücklich sein, wenn es sich nicht vermeiden läßt – das wird mich beschäftigen.»

«Das ist kein Grund, böse zu werden.»

Er drehte den Apparat in eine bestimmte Richtung und kurbelte an verschiedenen Hebeln.

«Welches Viertel von Paris möchten Sie sehen?»

«Die Rue des Canettes, wenn das möglich wäre», sagte Chemin besänftigt.

«Hier ist immer alles möglich, wenn man höflich darum bittet.»

Oh! Das ist strömendes Leben, echtes Leben von Lebenden. Männer und Frauen, die auf ihren lange erprobten Beinen kommen und gehen. Wie das wimmelt in dieser Rue des Canettes! Und all diese Hausfrauen und diese Wägelchen der Gemüsehändler! Er suchte am Ausgang von Nummer 27 seine Frau zu erspähen. Es war dort unten neun Uhr, gleich würde sie einkaufen gehen.

Plötzlich erblickte er sie. Sie trug ein schwarzes Kleid, vollkommen schwarz, ohne den geringsten kleinen Schmuck.

«Das ist meinetwegen! Die Zeitungen haben ihr sicher die Liste der Schiffbrüchigen gegeben», dachte Chemin stolz, während er steif an seinem Teleskop stand. «Wenn ich bedenke, daß ich fortgegangen bin, ohne mich wenigstens von ihr zu verabschieden!»

Er wurde es nicht müde, sie anzuschauen. Wie

frisch und hübsch sie war! Und so mühelos lebendig. Wie leuchtend war doch alles auf Erden! Und es gab Leute, die sich das Leben nahmen.

Auf dem Planeten erschien ihm alles liebenswert: das geringste Stückchen Holz verdiente aufmerksam betrachtet zu werden, das geringste Insekt, daß man sich dafür interessierte, der geringste Stein, daß man ihn ein wenig glänzend rieb.

Anfänglich hatte Chemin immer den Aufseher nötig, um Paris wiederzufinden. Jetzt hätte er es sehr wohl allein entdecken können, aber es regnete viel über Frankreich. Mehrere Tage lang war die Sicht «gleich Null».

«Und hier regnet es nie?» fragte der ehemalige Lehrer den Aufseher.

«Wie Sie sehen.»

«Ist das auf die Dauer nicht ein bißchen langweilig?»

«Ich bin hier, um die Aussicht zu zeigen, nicht um irgend jemanden oder irgend etwas zu bekritteln.»

Um sich die Zeit zu vertreiben, repetierte Chemin mit einem Kollegen die Geographie der Länder, in denen es schön war.

«Und das ist der Pazifik», sagte er einmal, «sehen Sie!»

«Das - der Pazifik! Ich kenne ihn, den Pazifik. Ich war Lehrer in Tonkin. Was Sie da zeigen, ist der Atlantik. Das sehe ich deutlich an der Länge der Wellen.»

Aber der Aufseher bewies ihnen, daß sie sich beide täuschten, indem er ihnen Odessa zeigte.

Andere Male stritten sie sich um den Namen dieser oder jener Stadt.

«Ich sage Ihnen, daß es eine Unterpräfektur ist. Warten Sie, ich habe den Namen auf der Zungenspitze.»

«Darf man den Apparat lange behalten?»

«So lange Sie wollen», erwiderte der Aufseher.

Manchmal, wenn die beiden Lehrer der Geographie und der Diskussionen am Teleskop überdrüssig waren, ertappten sie sich dabei, wie sie Zukunftspläne schmiedeten oder versuchten, im täglichen Gewühl der Neuankömmlinge irgendeinen ehemaligen Kollegen ausfindig zu machen. Sich zu suchen war dort oben der beliebteste Zeitvertreib. Sogar Leuten, die einem eher langweilig vorgekommen waren, gab man jetzt die Ehre, und zuletzt wurden sie für einen unentbehrlich. Überhaupt war jeder Vorwand recht, um Freundschaften zu schließen.

Ebensosehr wie nach Berufen tat man sich als Opfer derselben Krankheit zusammen: Typhus, Krebs usw.

Auf das Gerücht hin, Chemin habe sich das Leben genommen, wurde er aufgefordert, der Bruderschaft der Selbstmörder beizutreten. Das hatte ihn dazu bewogen, sich beim Verein der Pariser Schiffbrüchigen einzuschreiben, dessen Abzeichen er trug, um die Anwerber der anderen Verbände abzuwimmeln.

Wenn Chemin die Vorführungen seiner Erinnerung vor sich ablaufen sah, hätte er mehr als einmal gerne sein vergangenes Leben retuschieren, dieses oder jenes daran ändern mögen. Warum hatte er sich damit zufriedengegeben, ein Volksschullehrer zu sein? Hätte er seiner Frau nicht vielleicht ein angenehmeres Leben bieten sollen? Höher hinaus streben? Er stellte sich diese Frage, wenn er da und dort berühmten Toten begegnete: Richelieu, Galilei oder Christoph Kolumbus, dem ersten Rothschild, Herrn Boucicaut, den fünf oder sechs Homeren. All diese Persönlichkeiten waren für alle Ewigkeit «jemand», und zahlreiche Anhänger folgten ihnen. Wenn der große Mann anhielt, blieben auch sie stehen, lagerten rings um ihn oder trafen, wie man zu sagen pflegt, ihre Vorkehrungen für die Nacht. Sich an eine verstorbene Berühmtheit anklammern, oder auch nur an jemanden ihres Gefolges, war für viele ein «Lebenszweck». Und so sah man Schatten, die Ravaillac auf Schritt und Tritt begleiteten, während er selber noch immer Heinrich IV. folgte, allerdings ohne dabei etwas Böses im Schilde zu führen, sondern aus einem einfachen Anliegen der historischen Wahrheit heraus und mit einem feinen Kennerlächeln.

Endlich wurde es wieder schön über Frankreich, und Chemin konnte seine Frau wiedersehen, als sie gerade aus dem Bäckerladen herauskam; in Millionen Meilen Entfernung. Und nun suchte sie an dem Wägelchen eines Gemüsehändlers Tomaten aus.

«Komisch, warum nimmt sie nicht die andere da, links, das ist die schönste. Die dort links, sage ich dir! Mein Gott, wie weit weg sie ist», dachte er bitter. «Und ich kann ihr nicht einmal einen kleinen Rat geben!»

Nun er sie nur noch durch dieses postume Fernrohr sehen konnte, entdeckte er, daß er zu seinen Lebzeiten nie mit seiner Frau über das Wesentliche gesprochen hatte: was sie für ihn bedeutete oder bedeuten konnte, was er für sie hätte bedeuten mögen. Er hatte sich damit begnügt, mit Elise die Beziehungen eines gewöhnlichen Teilhabers an ein und demselben Geschäft zu unterhalten: dem alltäglichen Leben.

Einmal entdeckte er sie in dem Augenblick, da sie einen Blumenladen betrat. Dann bestieg sie mit dem Strauß in der Hand einen Omnibus. Auf der Plattform aber verlor er sie aus den Augen. Endlich sah er sie am Père-Lachaise aussteigen, wo sie das Grab ihres Ehemannes mit Blumen schmückte. «Elise, das ist sehr schön von dir, was du da machst.» Und zum Aufseher gewendet, sagte Chemin: «Warum hat es heute bloß so viele Leute auf dem Père-Lachaise?»

«Heute ist Allerseelen.»

«Ach so!» sagte Chemin enttäuscht. «Es wäre mir lieber, man würde nicht so gesamthaft an uns denken.»

«Man muß die guten Dinge nehmen, wie sie kommen», versetzte der Aufseher, «anstatt mit seinem Vergnügen zu schmollen.»

Zuweilen hielt er sein Teleskop stundenlang auf ihre Haustür gerichtet. Oh! Er kannte die Treppenstufen, er kannte die Fassade dieser Nummer 27, nie zuvor hatte er sie so eingehend betrachtet!

Aber am Ende seines Fernrohrs war alles in Schweigen gehüllt, die Fabriken so gut wie die Autos, die Gespräche, die spielenden Kinder, das Jubilieren der Vögel und der große Wasserfall an der Rennbahn in Longchamp.

«Es ist schon ein Elend, all das schöne Wetter da unten!» sagte ihm der Teleskopaufseher eines Tages, als er ihn an der Linse seines Fernrohrs leiden sah. «Sie sind nicht hier, um sich zu grämen. Lassen Sie es sich doch wohl sein! Ei, zum Teufel! Schauen Sie sich Ihre Umgebung an!»

«Ich habe noch Zeit genug, mich für die hiesigen Dinge zu interessieren! Ich will meine Frau wiedersehen!»

«Na schön, wenn Sie so unvernünftig sind, muß ich Ihnen zu meinem großen Leidwesen untersagen, weiterhin durch meinen Apparat zu gucken.»

Chemin ging fort, war aber fest entschlossen, sich am nächsten Tag an einen anderen Aufseher zu wenden.

Er sah seine Frau auf dem Balkon wieder. Sie hielt ein Heft in der Hand, in dem sie ihre Gedanken aufzuzeichnen pflegte und das sie bisher immer sorgsam vor ihm verborgen hatte.

Es war dort unten ein Tag um Mitte Mai. Das Sonnenlicht fiel glücklich und zärtlich auf die Seite. Und Chemin las über die Schulter seiner Witwe:

20. Juli: Paul schien heute sehr verstimmt. Er ist ein überlegener Geist. Er schwebt häufig in Regionen, in die ich ihm nur schwer folgen kann.

«Aber das stimmt doch überhaupt nicht», dachte Chemin. «Ich schwebte kein bißchen.»

25. Juli: Heute hat er mir wieder ein saures Gesicht gemacht, offenbar stelle ich es immer verkehrt an.

«Aber du stelltest es sehr gut an, mein liebes Kind! Ich war derjenige, der dich nicht verstand!»

3. August: Ach, mein Gott! Warum ist er so auf Knall und Fall nach England gegangen, ohne mir wenigstens Lebewohl zu sagen?

5. August: Paul, ich verzeihe dir. Ich war nicht fähig, mich dir ebenbürtig zu erweisen.

«Aber du bist ganz schief gewickelt!» rief oder vielmehr murmelte Chemin aus Leibeskräften in sein Teleskop (im Jenseits waren alle Leute stimmlos). «Ich habe nie eine andere geliebt als dich.»

6. August: Die Concierge und die Nachbarn sind zu mir heraufgekommen, um mir die heutige Abendzeitung zu zeigen. Paul hat Schiffbruch erlitten!!!

7. August: Auf der Liste der Vermißten steht eine Ginette Lucien. Womöglich ist mein armer Paul mit ihr...

«Aber das ist ja gar nicht wahr. Ach! Wer wird dich eines Besseren belehren? Wie traurig ist es doch, einander so ferne zu sein! Aber ich sehe dich, Elise, ich sehe dich. Wie hübsch steht ihr doch die Halbtrauer! Oh! Sie hat ganz recht gehabt, den Schleier abzulegen, sie hat ihn nur allzu lange getragen. Komm, mein Herzblatt, lebe, geh, iß, schau, und wenn es dir Spaß macht, schlaf mit jemandem!»

Ein paar Tage vergingen, etwa, was wir auf Erden eine Woche nennen würden.

Ein Teleskopaufseher, mit dem Chemin sich angefreundet hatte, erzählte ihm, daß es einem ihrer Gefährten des Todes gelungen war, auf die Erde zurückzukehren.

Es schien, daß man diesem Aufseher wirklich vertrauen konnte: er war schon sehr lange im Jenseits und trug auf seinem Ärmel mehr Litzen und Abzeichen als ein Feldwebel bei den Pfadfindern.

«Es gibt eine Möglichkeit, dorthin zurückzukehren, aber beinahe alle verzichten darauf, wenn sie die Bedingungen erfahren.»

«Ich ginge um jeden Preis», sagte Chemin so aufgeregt, daß er das Gefühl hatte, sein lebendiges Herz wieder in der Brust zu spüren.

«Also gut, Sie müssen nur der Hauptstraße folgen, die links abzweigt, wenn man den Platz der Teleskope verläßt, der sogenannten Alleeder-Scharfsichtigen... Sie gehen immer geradeaus, bis Sie in den Knien eine unüberwindliche Müdigkeit spüren. Dann wenden Sie sich nach rechts. Ihre Müdigkeit wird augenblicklich verschwunden sein, ja es wird sogar das Zeichen sein, daß Sie auf dem richtigen Wege sind. Sie gehen weiter geradeaus, bis Sie sich nicht mehr auf Ihren Knien halten können, und dann biegen Sie wieder ab, aber diesmal nach links, verstehen Sie, und beim nächsten Mal nach rechts, und so noch ein paar weitere Male. Mehr kann ich Ihnen nicht sagen. Im übrigen gehört dies zu den unerläßlichen Prüfungen, um die Willenskraft und die Geduld der Anwärter zu kennen.»

«Sie können sich ganz auf mich verlassen», sagte der ehemalige Sergeant, der unwillkürlich strammstand. «Ich bin ein seriöser Mann.»

«Und Sie wären wirklich damit einverstanden», fügte der Aufseher nach einer kleinen Pause hinzu, «dort unten in einer niedrigeren Stellung zu leben?»

Es entstand ein kurzes Schweigen, da der Sergeant erwartete, daß ihm erklärt werde, was unter dieser «niedrigeren Stellung» zu verstehen sei, und der Aufseher, daß er danach gefragt werde. Chemin war zu stolz, um ihn auszuforschen, und der andere zu selbstzufrieden, um etwas zu sagen, ehe man ihn mit einer Frage beehrte.

«Ich bin mit allem einverstanden», sagte Chemin schließlich.

«Schön, dann folgen Sie also meinen Anweisungen, allen meinen Anweisungen, verstehen Sie», sagte der Aufseher ein bißchen verstimmt, weil ihm seine Auskünfte auf der Zungenspitze liegenblieben.

Chemin grüßte den Aufseher immer noch strammstehend, und dieser nahm selber militärische Haltung ein, um den Gruß zu erwidern. Man war dort oben so weit von allem entfernt, und insbesondere von dem, was wir auf Erden die Lächerlichkeit nennen, daß es ganz natürlich schien, diese beiden mützenlosen Seelen einander wie Soldaten grüßen zu sehen, als Chemin sich nun aufmachte, um beunruhigenden Abenteuern entgegenzuziehen.

Er bedurfte eines gewaltigen Mutes, sich so auf die Landstraßen zu begeben, auf denen er niemals einer lebenden Seele begegnen würde. Man wagte sich kaum aus dem Umkreis bestimmter Viertel und öffentlicher Plätze hinaus: man mochte noch so überzeugter Atheist sein, die Angst vor dem Mysterium, dessen unermeßliche Möglichkeiten einen ringsum streiften, ließ die Seelen zu sehr viel Mißtrauen und Zurückhaltung neigen.

Chemin wanderte allein unter einem Himmel, der keine Wolken kannte, keinen Tag und keine Nacht, und der sein endgültiges Licht und seine Stofflichkeit in einer gewissen, von sehr bleichen und sehr massigen Sternen bevölkerten Dämmerung gefunden zu haben schien. Es herrschte in diesen Regionen ein solches Schweigen, daß der Reisende den leisesten Gedanken in seinem Kopfe vernahm, was nicht verfehlte, höchst unangenehm zu sein. Chemin ging schon seit langer Zeit, ohne Müdigkeit zu verspüren, und das beunruhigte ihn schließlich, als er plötzlich einen solchen Schmerz in seinen Knien spürte, daß er umzufallen vermeinte. Er bog nach rechts ab und fühlte sich augenblicklich erleichtert. Die Auskünfte des Aufsehers waren ganz entschieden «erstklassig».

Der Wanderer folgte jetzt einem sehr schmalen Pfad am Abhang der Nacht, in der Schwebe zwischen dem Schwindel der Höhe und jenem der Tiefe. Rings um ihn befanden sich richtiggehende Himmelsfelsen, stumme Lawinen.

Plötzlich fiel er in ein riesiges Leereloch und glaubte, er werde bis in die abgrundlosen Tiefen in die hohle Umarmung der Ewigkeit hinabstürzen. Noch von seinem Fall betäubt, sagte Chemin mehrmals hintereinander: «Meine Frau wiedersehen. Ich bin ihr noch eine Erklärung schuldig...»

Kleinlaut ging er schlecht und recht weiter wie einer, der entweder zuviel weiß oder zuwenig.

Die Sterne schwollen immer dicker an, bis sie aussahen wie ausgezackte Vollmonde; jetzt erblickte man aus der Nähe die ganze himmlische Maschinerie mit so etwas wie leuchtenden Flaschenzügen, die ein Gestirn mit dem anderen verbanden.

Als er elfmal nach rechts und nach links abgebogen war, gelangte er schließlich zu ein paar Tieren auf einem geräumigen Platz. Im ganzen Jenseits hatte er bis dahin weder Hund noch

Katze gesehen, ja nicht einmal ein Marienkäferchen, und nun kamen wie in einem riesigen zoologischen Garten ohne Gehege alle möglichen Tiere auf ihn zu und beschnupperten ihn wohlwollend. Mit zwei genau besehen doch recht frechen Sprüngen setzten erst ein Tiger und dann ein Elefant über Chemins Kopf hinweg und kamen wieder zurück, um sich an ihm zu reiben, wobei sie unbeteiligt anderswohin blickten, um zu zeigen, daß sie ihm durchaus nichts Böses zufügen wollten.

Indessen schauten die Tiere ihn doch recht merkwürdig an. Es waren ganz ohne Zweifel ebenfalls körperlos gewordene Geschöpfe von äußerst geringem Gewicht. Aber gerade diese Schwerelosigkeit schien ihrer Anwesenheit etwas besonders Beunruhigendes zu verleihen.

Endlich gelangte Chemin an den Ort, welcher «Treues Gedenken» hieß. Es war ein kleiner, vollkommen runder, ringsum von Schaltern gesäumter Platz, über denen die Namen verschiedener Tiere standen: «Katzen», «Vögel», «Elefanten», «Wiesel», «Hunde» usw.

Kaum hatte sein Fuß diesen Ort betreten, fühlte er sich von einem leichten nervösen Zittern befallen, das er nicht zu unterdrücken vermochte.

Er kreuzte einen Mann, der vom Schalter «Hunde» kam, und begab sich dorthin. Der Schalterbeamte glich einem Scherer, den Chemin einmal auf der Erde gesehen hatte... Er schaute zunächst dem ehemaligen Lehrer tief in die Augen, bis an die eigentliche Wurzel der Seele, dann legte er ihm farbige Hundebilder vor: Pudel, Pekinese, Mops auf dem Schoße einer alten Dame, Windhund, der einem Hirsch nachsetzt, ein Neufundländerpärchen, umgeben von seinen schon treuergeben dreinschauenden Jungen.

Was sollte er mit alledem anfangen? Warum dieses Familienbild?

«Sie werden ohne weiteres verstehen», sagte der Mann hinter dem Schalter, «daß wir Sie nicht in der Haut eines Menschen auf die Erde schicken können. Das wäre wirklich zu bequem, und wir würden von Gesuchen überschwemmt. Wenn Ihnen also tatsächlich daran gelegen ist, stellen wir Ihnen die Wahl zwischen diesen Modellen frei.»

Chemin schämte sich, zurückzuweichen.

«Einverstanden», sagte er und errötete, soweit dies einem Schatten möglich ist.

Er reichte dem Schalterbeamten das Bild eines Foxterriers. Seine Frau war in diese Hunde vernarrt.

«Gut, dann füllen Sie dieses Formular aus und unterschreiben Sie», sagte der Mann mit einem müden Gesicht.

Der Zettel lautete: «Ich bin einverstanden, in der Stadt ... für die Dauer von ... Jahren ... Monaten ... Tagen ein ... (geben Sie die Hunderasse an, schreiben Sie deutlich) zu werden.»

Und dazu in großen Druckbuchstaben: «AUF MEINE EIGENE VERANTWORTUNG».

Chemin strich «Jahren», strich «Monaten», strich «Tagen» - und schrieb: «für möglichst lange Zeit», dann unterzeichnete er mit der entschlossenen Miene eines Mannes, der sich in die Fremdenlegion anwerben läßt.

Ehe er sich vom Schalterbeamten verabschiedete, bat Chemin ihn inständig, keinem Menschen je von seinem Hundeabenteuer zu erzählen.

«Es erzählen!» rief der Mann. «Und wozu gibt es Ihrer Meinung nach die Schweigepflicht der Eingeweihten?» (So wurden die Personen bezeichnet, die mit den verschiedenen Verwandlungsdiensten betraut waren.) «Sie dürfen unbesorgt sein! Man braucht uns nicht eigens zu sagen, wir sollen verschwiegen sein. Das sind wir ganz von selbst.»

Hinter dem Schalter befand sich eine Art großer Neufundländer mit menschlichen Händen und Katzenohren, der ihm bedeutete, durch eine kleine, niedrige Tür einzutreten, hinter der er ihm sogleich allerlei Salze in einer Art Fläschchen hinhielt…

Er atmete aus aller Kraft und sagte sich dabei unablässig: «Meine Frau wiedersehen, auch wenn es mit Hundeaugen ist.»

Alsbald befand Chemin sich mitten in Paris, wo er durch die Rue des Canettes lief. Sein Herz klopfte so wild, daß er anhalten und sich mit hängender Zunge auf den Gehsteig legen mußte. Er schloß in der wiedergefundenen Sonne wohlig die Augen. Welch ein Unterschied zu dort oben!

Er stellte sich wieder auf seinen Pfoten auf; es gab einen Spiegel in der Nähe seiner Wohnung, im Schaufenster seines Friseurs. Wie oft hatte er sich nicht dort angeschaut, ehe er zum Unterricht in die Schule ging, um sich zu vergewissern, daß sein Anzug tadellos in Ordnung war. Und so sah er also jetzt aus. Er mußte etwa drei Jahre alt sein. Wenn er auch kein Ausstellungshund war, so war er doch ohne Zweifel ein ansehnliches Tier.

Chemins Concierge saß strickend vor der Türe des Hauses Nummer 27. Er würde es entschieden niemals wagen, ihr die Hand zu lecken, nicht einmal mit einer Spur Ehrerbietung. Er würde erst heimgehen, wenn sie fort war.

Trunken von Leben, wußte er nicht, wohin er gehen oder was er nun eigentlich mit all diesem Glück anfangen sollte, und um sich Haltung zu geben, lief er nachdenklich und mit gerunzelten Brauen umher, als werde er zu einer bestimmten Stunde von einem schwierigen Herrn erwartet.

Kinder erblickten ihn und warfen ihm Steine nach. Er entfloh aus Barmherzigkeit, um sie nicht beißen zu müssen. Sein langer, so weißer, nagelneuer Schwanz folgte ihm überallhin, ein ständiger Verräter unter allen Foxterriers von Paris mit ihren gestutzten Schwänzen.

«Warum haben die mich bloß mit diesem so kompromittierenden Anhängsel auf die Erde geschickt?» sagte er sich. «Man hätte dort oben das Nötige unternehmen sollen.»

Im Schatten einer Toreinfahrt trennte er sich mit einem Biß den Schwanz an der Wurzel ab. Es war höchst peinlich, wieder mit dem Schmerz Bekanntschaft zu machen. Und er beschmutzte alles mit dem reichlich fließenden Blut. Eine Seele ist doch bedeutend reinlicher. Indessen hatte er den Geschmack des Blutes gern. Es war gar nicht fade, wie die Blasierten behaupteten.

Der Tag verging, und die Concierge saß immer noch unter der Tür. Das Licht der Straßenlaternen begann zu schimmern. Es wurde immer notwendiger, sich zu verbergen: schon tauchten die Nachtpolizisten auf, die viel mehr Furcht einflößen als die des Tages, schwere und seelenlose Körper unter ihren schrecklichen Pelerinen.

Chemin begann über seinen derzeitigen Zustand nachzudenken.

Sicherlich gab es in Paris noch etliche Hunde, die wie er auf Pfoten aus der jenseitigen Welt herumliefen. Aber wie hätte er sie erkennen sollen? Um die Bewilligung zu erhalten, auf die Erde zurückzukehren, war es notwendig, ein unauffälliges Tier zu sein, das sich in nichts von den anderen unterschied und das von seinem Geheimnis im Hals gewürgt wurde wie von einem steckengebliebenen Hühnerknochen.

Endlich tauchte Chemins Frau auf. Und wie hübsch sie war, noch viel schöner als von dort oben! Nur dem Trieb seines Herzens folgend, stürzte er ihr entgegen. Sie nahm ihn auf den Arm, drückte ihn an ihre Brust, als wollte sie ihm sein Geheimnis abquetschen, und setzte ihn auf dem Gehsteig ab. Es war schon vorbei.

Er folgte ihr. Von hinten sah sie ebenso gut aus wie von vorn. Wenn sie einen Laden betrat, blieb er bescheiden vor der Türe sitzen. Wenn sie herauskam, gab sie vor, ihn nicht mehr zu kennen. Mit einem Blick versuchte er ihr zu sagen: «Aber du bist doch meine Herrin, ich habe nie eine andere geliebt als dich.» Er knabberte an ihrem Rock.

«Komm, sei vernünftig.»

Wie sollte er ihr klarmachen, daß er die leibhaftige Vernunft war?

«Wie schwer ist es doch, sich adoptieren zu lassen!» seufzte der in diesem Beruf noch unerfahrene Hund. «Man kann sich noch so wohlerzogen benehmen... Da folgst du jemandem schon ein Weilchen, du wirst gestreichelt, man krault dich freundschaftlich hinter den Ohren, man schaut dir aus nächster Nähe in die Augen und hält dir dabei die Schnauze, du denkst, du hast dir eine Freundin erobert. Nun, wenn man nur ein Hund ist, wird einem nachher die Türe vor der Nase zugeschlagen wie vor einem ausgemachten Feind.»

Unvermittelt fiel ihm wieder ein, daß es in dem Hause, das er vor seinem Tod bewohnte, verboten war, Hunde zu halten. Um sich nicht der Verzweiflung zu überlassen, lief er dennoch zu seiner ehemaligen Wohnung und raste die fünf Treppen mit der Geschwindigkeit eines durchgebrannten Pferdes hinauf. Er schickte sich an, seine ehemalige Frau auf dem Türvorleger zu erwarten; aber da fiel ihm wieder ein, daß sie für die kurzen Besorgungen die Türe nur scheinbar hinter sich zu schließen pflegte, um die Schlüssel nicht hervorkramen zu müssen. Er trat ein und schob die Tür hinter sich zu, aber so ungeschickt, daß er sie ganz schloß.

«Da habe ich wieder etwas getan, um mich beliebt zu machen», dachte er.

Er lief vom Eßzimmer in die Küche und von dort auf den Balkon. Er sah auf einer Truhe sein Porträt als Sergeant der Jäger, in einem Rahmen aus Ebenholz - und daneben ein Sträußchen künstliche Stiefmütterchen. Das Ganze wirkte wundervoll.

Er wurde es nicht müde, sich zu betrachten, als die Schritte seiner Frau vernehmbar wurden. Sie hatte immer noch den gleichen Gang, welch ein Glück für sie.

Er hörte, wie sie der Concierge dankte, die ihr die Tür aufgeschlossen hatte.

Als die junge Frau das Eßzimmer betrat, gewahrte sie den Hund, der energisch das Glas vor dem Bildnis ihres Mannes abschleckte.

«Aber diesen Hund kenne ich doch», sagte sie und nahm seinen Kopf zwischen ihre Hände, «er folgt mir auf Schritt und Tritt. Du armes Biest, du ahnst nicht, daß ich gezwungen bin, dich an die Luft zu setzen. Oh! Sein Schwanz ist übel zugerichtet!»

Sie wusch sorgfältig die Wunde.

Am nächsten Morgen aber wies sie ihm voller Traurigkeit die Tür. Er gab vor, nicht zu verstehen. Sie bestand auf ihrem Vorhaben und er auf seinem. Schließlich behielt sie ihn. Und wenn sie mit ihm ausging, verbarg sie ihn in der Einkaufstasche, bis sie an der Conciergewohnung vorbei war.

«Deine Mama freut sich riesig, dich bei sich zu haben, mein kleiner Mann. Komm schön, nicht bellen; du weißt, daß es im Haus verboten ist, sich als Hund zu erkennen zu geben.»

Der Empfang war vortrefflich gewesen. Genau besehen warf Chemin seiner Frau nur vor, daß sie sich vor ihm, direkt vor seiner Nase auskleidete, als wäre er nur ein Porzellanhund.

Eines Abends betritt ein Mann das Zimmer; er ist groß, dick, die Vulgarität im Zweireiher, mit Blumen in der Hand.

Der ehemalige Lehrer sagt sich, daß er diesen Kopf schon irgendwo gesehen hat. Er kramt eine gute Weile in seinen Menschenerinnerungen, dann in jenen des Hundes, und sagt sich schließlich: «Aber das ist ja unser Fleischer!»

Das Paar saß jetzt zusammen auf dem Sofa. Der Mann holte eine Schachtel Karamellen aus der Tasche.

«Es ist leichter, Karamellen zu essen, als ein Gespräch zu führen», dachte der Hund, der den Metzger nicht mehr aus den Augen ließ. «Man lutscht, man kaut, man schluckt, und dann fängt man von vorne an. Und das genügt, um vor ihren Augen Gnade zu finden!»

Ganz abgesehen davon, daß er dreimal mehr Bonbons aß als sie. Eine sonderbare Art, Geschenke zu machen!

Chemin hat ganz den Eindruck, daß der andere die junge Frau auf den Mund küßt. Und während er noch zögert, diesen Kuß ernst zu nehmen, gibt der Mann ihr einen zweiten, der eine lange Bestätigung des ersten ist.

Er umfaßt ihre Taille mit befriedigter Miene und ohne Plötzlichkeit, als gehörte dieser weibliche Körper ihm schon immer.

«So hör doch auf!»

«Im Gegenteil, ich fange eben erst an! Ah! Du meinst vielleicht, ich hätte mich umsonst herbemüht!»

«Umsonst», dachte Chemin. «Welch ein Flegel!»

«Gehen wir in mein Zimmer», sagte sie. «Ich will nicht, daß der Hund mich anschaut, wenn ich halbnackt dastehe.»

Der träge und rote Mann, den sie sich erwählt hatte, war nur auf seine Lust bedacht. Er hätte Chemins Frau ohne weiteres vor fünfzig verschiedenen Porträts ihres Mannes und allen seinen nebeneinander aufgereihten Pfeifen umarmt und angesichts seiner Sergeantenjoppe mit seinen Orden und seiner Wandtafel und der Spielreifen seiner Schüler!

«Wahrhaftig», dachte Chemin, «mir will es scheinen, daß sie unter meinen ehemaligen Kameraden doch wohl etwas Besseres hätte finden können.»

Am übernächsten Tag kam der Metzger wieder. Es wurde zu Abend gegessen. Die Unterhaltung stockte. Man beschäftigte sich mit dem Hund.

«Du solltest ihn zum Apportieren abrichten.» Und er warf ihm einen von Elises Handschuhen hin.

Der Hund wollte nicht aus seiner Ecke kommen.

Der Fleischer war drauf und dran, böse zu werden, als er endlich über seiner Serviette einschlief.

Sie nahm den Fox in die Arme und schaute ihn aus nächster Nähe an, Schnauze an Schnauze. Da zwang etwas zutiefst Innerliches und dennoch zutiefst Hundehaftes Chemin, diese Frau mit verliebten Augen anzublicken.

Gegen Mitternacht gingen sie ins Schlafzimmer.

Vor lauter Verzweiflung schlief der ehemalige Lehrer ungesäumt im Eßzimmer ein. Er dachte: «Hund, Hündin, Hundsfott» und alle trostlosen Flüche, in denen das Wort vorkam, das ihn jetzt in aller Augen bezeichnete. In seinem Traum stimmte er ein langgezogenes Geheul an. Das umschlungene Paar hätte lediglich eines seiner vier Ohren gebraucht, um dieses «Huuh! huuh! huuh!» zu vernehmen, das aus dem Eßzimmer drang. Der Hund wurde durch den Mann in Unterhosen und mit einem einzigen Sockenhalter an seinen raupenartig behaarten Waden aus seinem Alptraum gerissen. Er packte Chemin an der Haut im Genick und schmiß ihn in einen mit ausgetragenen Schuhen, Schachteln und kleinen Gegenständen aus seinem ehemaligen Besitz angefüllten Wandschrank.

Mit diesem Tag nahm der Geliebte – es war eindeutig unvermeidlich, den ekelhaften Fleischer mit diesem hübschen Namen zu bezeichnen – die Gewohnheit an, den Hund im Wandschrank einzuschließen. Und um die Prozedur zu beschleunigen, half er mit einem Fußtritt nach! Mit der Zeit nannte er den ehemaligen Lehrer überhaupt nur noch Wandschrank oder sogar Doppelschrank, wenn er gut gelaunt war.

Chemin wäre vielleicht weit fort gegangen, hätte er nicht trotz allem glückliche Stunden bei seiner ehemaligen Gattin verbracht, wenn sie auf der Maschine nähte, deren sanftes Surren zusammen mit der Auf-und-ab-Bewegung des Füßchens, das er ohne die geringste Hemmung bewunderte, seine Hundeeinsamkeit wiegte. Oder es gab da irgend so einen hübschen weißen Faden, der an Elises Rock hängenblieb und den er wie ein irdisches Wunder betrachtete.

«Du böse Frau», dachte Chemin, «wenn ich bedenke, daß ich vor keinem Opfer zurückgescheut bin, um die Freude zu haben, dich wiederzusehen. Ach, die Freude! Ausgerechnet!»

«Aber ich muß doch schließlich etwas arbeiten, nicht wahr», plauderte Elise weiter, «und dir zu essen geben. Was würdest du sagen, wenn ich dir einen leeren Teller vorsetzte?»

«Sie hat recht», überlegte Chemin, von plötzlicher Scham übermannt. «Sie ernährt mich, auch wenn ich die Reste aufesse; sie muß doch dafür sorgen, daß es welche gibt.»

Er dachte an die Schäferhunde, die die Herde zusammenhalten und so ihr Leben verdienen; an die Wachthunde in den Villen der Vororte von Paris, die «bissig» genannt werden und ebenfalls ihr Leben verdienen. Aber wie konnte er, der zu einem heimlichen Hundedasein verurteilt war, je seinen Lebensunterhalt zu bestreiten hoffen? Er mußte sich damit abfinden, daß er Kost erhielt und Unterkunft und zum Entgelt nichts anderes geben konnte als eine vor Dankbarkeit feuchte Zunge.

Es ärgerte den Fleischer, daß es ihm noch immer nicht gelungen war, die Freundschaft des Hundes zu gewinnen.

Eines Tages sagte er zu der Witwe: «Errate, was ich in diesem Korb mitgebracht habe. Es ist für Wandschrank.»

Der Mann öffnete den Korb. Darin befand sich eine Hündin.

«Sie gehört einem Kollegen», sagte er. «Verstehst du, ich habe mir gedacht, daß wir nicht so egoistisch sein dürfen und daß wir ein bißchen für das Vergnügen unseres kleinen Wandschrank sorgen sollten.»

Er ließ die Hündin aus dem Korb springen. Tatsächlich machte sie Chemin alle möglichen Avancen. Mit einem rosaroten Seidenband um den Hals war sie für die Liebe geschmückt.

Der ehemalige Sergeant tat dergleichen, als merke er nichts. Als die Hündin zudringlich wurde, biß er sie sehr tief ins Bein.

«Oh! Mistvieh!» brüllte der Geliebte. «Er hat

meine Hündin blutig gebissen. Ich will dich Mores lehren. Warte nur!»

Er holte eine Peitsche aus seiner Tasche, die man nicht so tief vermutet hätte, und schlug damit auf ihn ein.

Die Witwe ergriff die Verteidigung ihres Hundes.

«Und du nimmst ihn noch in Schutz! In den Wandschrank, Wandschrank!» Und seine Geliebte um die Taille fassend, betrat er das Schlafzimmer.

Die Hündin folgte ihnen mit einem kleinen Schellengebimmel.

«Das also war die *Metempsychose!*» dachte der Hund im Wandschrank. Er hätte sich nie träumen lassen, daß er einmal mit diesem Wort ein Hühnchen zu rupfen haben würde, einem jener gelehrten Wörter, die aus dem Griechischen kommen und anscheinend denen, die sie bezeichneten, zur Ehre gereichen sollten! «Ah! Wenn man die Vokabeln in einem Wörterbuch sieht, kann man nie sicher sein, daß nicht diese oder jene sich eines schönen Tages daraus lösen wird, um sich an einen zu kleben wie ein teuflisches Etikett. Sie haben eine so verfängliche Art, sich in unser Leben einzuschleichen.» Er dachte an die Namen der Krankheiten, der Jurisprudenz, der evidenten oder okkulten Wissenschaften. «Die Menschen bedienen sich zwar der Wörter», dachte er, «aber die Wörter zahlen es ihnen sauber heim!»

Der Geliebte, der sich in die Markthallen begeben mußte, brach im Morgengrauen auf und nahm die Hündin im Korb mit. Er war immer noch gekränkt, als wäre *er* verschmäht worden.

Am nächsten Tag gab es Chemin, der fortgehen wollte, und Wandschrank, der zu bleiben wünschte. Chemin, der aufbegehrte, Wandschrank, der trotz allem an seinem Platz hing. Und Elise, die ihm ganz nahe zuflüsterte: «Sag ‹Mama› zu mir. Weißt du, daß ich immer davon träumte, ein Kind von Paul zu haben?» Er war auf die Erde gekommen, um ein Mißverständnis aufzuklären, und nun wurde es durch seine Anwesenheit nur verschlimmert.

«Man könnte tollwütig werden», sagte Chemin sich. Diese Redensart, die beinahe immer genügt, um sein Gift loszuwerden, verfolgte Chemin jetzt und gewann für ihn eine fürchterliche Bedeutung.

«Ach! Warum bin ich wieder auf die Erde gekommen», dachte der Hund-Mensch, «die Toten haben nur Fäulnis zu bieten. Dies ist die einzige Gabe, die sie gehörig zu schenken verstehen.»

Seit ein paar Tagen hätte er mit Wonne seine Frau gebissen. In die Wade, jawohl, die bei ihr rundlich war und von einer Weiße, welche die Schneidezähne und das Blut herausforderte. Er kannte die Stelle genau, hatte er sie früher doch gestreichelt; sie war so glatt, wie man nur wünschen konnte. Aber warum sollte er nicht eher den Metzger beißen? Es war nicht Feigheit, es ekelte den Hund einfach, seine Fangzähne in dieses schmutzige Fleisch eines männlichen Wesens zu hauen.

Die Tollwut? Er erinnerte sich jetzt, gelesen zu haben, daß diese Krankheit sich durch ein Stadium der Niedergeschlagenheit kennzeichnet, wie er sie an sich festgestellt hatte, und durch eine Veränderung der Gewohnheiten, «vor der man sich immer hüten muß», so stand es in den Büchern. Genau das war es. Hatte er nicht vor ein paar Tagen sein Stück Fleisch unter das Büfett geschleppt, wo er es zu verzehren wünschte? Hatte er nicht im Wandschrank einen seiner eigenen Schuhe zerfetzt und zur Hälfte aufgefressen, obwohl er gar keinen Grund hatte, ihnen böse zu sein?

Ja, die Tollwut, entstanden am furchtbaren Zusammenfluß des Menschen und des Hundes in ihm.

«Du sagst mir in letzter Zeit gar nicht mehr guten Tag, mein Süßer? Du hast dich sehr verändert!» sagte Elise zu ihm.

«O Frau! Warum schaust du mich mit diesem grenzenlosen Vertrauen an? Das wird dich am Ende teuer zu stehen kommen. Du nähst heute an einer mit Flitter besetzten Bluse, die mich an allen Gliedern erzittern läßt. Das funkelt vor mir mit einer Art Wildheit! Und doch arbeitest du so seelenruhig daran!»

Jeder einzelne von Wandschranks Zähnen war lebendig und selbständig geworden und forderte seinen Anteil an Elise. Am lautesten schrien die vier Eckzähne.

Um jeden verbrecherischen Gedanken von sich zu weisen, versuchte er eines Tages, sich Elise in einer Atmosphäre vollkommener Reinheit vorzustellen, als erblickte er sie zum ersten Mal. Und schon ging er sich selbst auf den Leim und näherte sich ihr, um in aller Unschuld ihre Hand zu lecken, als aus der Tiefe seines Lehrergedächtnisses diese Worte aufstiegen: «Auch das Lecken genügt, um die Tollwut zu übertragen.»

Da verkroch er sich schleunigst unter den Schrank; er verbarg seine Zunge und seinen tödlichen Speichel.

«Du armer Kerl, was ist nur los mit dir?» sagte Elise zu ihm.

«Versuche doch keine Brücken zwischen uns zu schlagen», dachte er. «Bewaffne dich lieber mit dem Besen, es ist höchste Zeit!»

Je mehr Liebe sie ihm bezeigte, desto reichlicher quoll der giftige Speichel des Hundes hervor. Er floß überall herab. Umsonst versuchte er, ihn zu schlucken. Es gab viel mehr, als er in sich aufnehmen konnte.

Elise wollte Wandschrank unter dem Schrank hervorholen, um ihn zu untersuchen und zum Tierarzt zu bringen. Sie gab sich alle Mühe, ihn mit einem Stock aus seinem Versteck zu treiben. Der Widerstand des Hundes war vergeblich, er tauchte ganz nahe vor Elises Gesicht auf. Sie sagte immer wieder: «Was ist mit dir los, was ist nur mit dir los?»

Mit einem Satz springt er aus dem offenen Fenster, er schlägt an einem Balkon auf (dem dritten oder dem zweiten?). Das mildert den Sturz, und nun befindet er sich hinkend und blutend auf dem Pflaster von Paris. Er bewegt sich dennoch mit raschen Schritten vorwärts, als verliehe die Tollwut ihm ungeahnte Kräfte. Er begibt sich jetzt zu der Schule, in der er ehedem unterrichtete. So oft hat er seine Schüler mit Zeichnungen an der Wandtafel vor den tollwütigen Hunden gewarnt, und nun entspricht er selber haargenau jenem Steckbrief, und ehe er stirbt, will er mit dem Ernst eines Anschauungsunterrichts vor der Schulklasse erscheinen.

Plötzlich vergißt er, wo er hin will, und zögert, welchen Weg er einschlagen soll. Das wird benutzt, um auf ihn einzuprügeln. Die ganze Stadt ist ihm auf den Fersen. Ob ihm eine Eisenstange nachgeworfen wird, ein Kiesel-, ein Pflasterstein – was noch an Lehrer in ihm wohnt, hindert ihn, irgend jemanden zu beißen.

Er hat so viele Schläge empfangen, daß er umfällt. Und während er sein Blut verliert, verläßt ihn auch die Tollwut.

Elise, die auf der Treppe immer vier Stufen auf einmal genommen hat, kommt mit fliegenden Haaren herbei. Keuchend stürzt sie vor und will den Hund in die Arme nehmen.

«Zurücktreten! Den Kreis größer machen!» ruft ein Polizist ihr zu. «Sie sehen doch, daß er die Tollwut hat!»

«Er spuckt Blut wie wir», sagt eine alte Dame.

Elise will sich nicht von dem Hund trennen, welcher schon wider seinen Willen die Augen schließt. Man kann wirklich sagen, daß er sich sterben sieht, und zwar mit einer vervielfältigten Hellsicht: jener des Hundes, des Mannes und seiner Frau, die ihn mit tränennassen Augen anschaut.

Er gab seine abgelegte Hülle dort oben in der sogenannten «Garderobe» zurück und erlangte sogleich wieder seine menschliche Erscheinung, mit seiner Nase, die ihm ganz entschieden ausgezeichnet stand.

Orpheus

Vor seiner Zeit besaß der Wind im Laub keine Stimme, das Meer glättete seine Wogen im tiefsten Schweigen, der Regen fiel, ohne zu raunen, auf die Dächer, und es war oft die Rede von der Stummheit der Bergbäche und Wasserfälle. Die Natur harrte ihres ersten Dichters.

Die Vögel blickten einen mit ihrem leblosen, tief hinten in ihrem Schnabel steckenden Lied an. Orpheus erst erlöste die Kehle der Nachtigallen. Und noch heute singen sie wie zur Zeit des ersten Dichters, sic bezeichnen die Orpheusstunde.

Und die Fische bewahren nur deshalb ihr Schweigen, weil sie bereits im Wasser lebten und somit die Stimme des Dichters nicht vernehmen konnten. Die Sirenen jedoch, die nur durch ihren Schwanz zu den Fischen gehören, vermochten aus seiner Lehre Nutzen zu ziehen. Ihm verdankten auch die Schwalben das Wissen, wie sie zu Werke gehen mußten, um Nachrichten vom Horizont zu überbringen. Und wenn Orpheus nicht so jung gestorben wäre, hätte er von Weltenraum zu Weltenraum dem Mond eine Stimme verliehen, der Sonne und den Sternen, sogar denjenigen, die erst in Jahrtausenden und Aberjahrtausenden sichtbar werden. Aber laßt uns seinen Worten lauschen:

«Mein Vater war ein ansehnlicher Flußlauf. Und Kalliope, die meine Mutter werden sollte, badete mit Wonnen in diesem Fluß. Umsonst rief man sie vom Ufer aus, sie blieb stundenlang dort und ließ sich von den köstlichen Armen der Strömung zurückhalten.

Ich bin die Frucht dieses halb dem Leib, halb dem Wasser zugehörigen, halb weißen, halb graugrünen Bundes - halb Schweigen (bis zu meiner Geburt war meine Mutter wortkarg), halb Musik. Ich habe die Dichtung im Blut.

Mein Vater, der Strom, spiegelte von seiner Quelle bis zu seiner Mündung vielerlei Städte, Himmel, Wolken. Er vermengte sich mit Licht so gut wie mit Nacht. Er war ein unverbesserlicher Wanderer, ein von seiner fixen Idee Besessener wie alle Ströme, und mußte so jeden Tag an seiner Quelle in den Bergen entspringen, den gleichen Windungen folgen, sich ins Meer stürzen. Und ohne auf die Vorhaltungen meiner Mutter zu achten, die ihn lieber seßhaft, wenn auch nicht gerade häuslich gesehen hätte, fing er am folgenden Morgen wieder von vorne an. Und vielleicht ist dies der Grund, weshalb ich es liebe, singend durch die Lande zu wandern, nur daß ich im Unterschied zu meinem Vater selten zweimal am gleichen Ort vorbeikomme.»

Eines Tages legte ein Löwe sich Orpheus zu Füßen, als er zu den lieblichen Klängen seiner Leier sang. Der Dichter dachte in der Unschuld seiner Bescheidenheit: «Das ist nur Zufall.»

Der Löwe betrachtete den Träger der Leier mit einer so musikalischen Sanftheit, daß sie nicht im geringsten unecht wirkte. Indessen schuldete er alles dem Dichter. «Nimm meinen Dank», sagte er ihm wörtlich mit einem Blick, der aus seinem innersten Löwengemüt kam, «weil du für mich, der ich doch nur brüllen konnte, so fein abgetönt zum Ausdruck gebracht hast, was ich seit so langer Zeit in mir empfand.» Dann fügte er, immer noch mit dem Blick, hinzu: «Es gibt nichts Schöneres, als im Angesicht der Welt seiner Wildheit zu entsagen.»

Orpheus, den diese so beredten Augen in Verlegenheit setzten, senkte die Lider und begann zu singen. Der Löwe lauschte mit einem so treuherzigen Gesicht, daß Lämmer herbeikamen und sich auf seinen Schatten legten. Als der Dichter beinahe geendet hatte, bedeutete er dem Hirten, er solle seine Wolltiere holen, ehe der Löwe von den arglosen Höhen herabstieg, zu denen die Musik ihn erhoben hatte.

Es war recht störend, nicht singen zu können, ohne daß Tiere aller Art einem eine so umfangreiche Bewunderung offenbarten. «Wieviel lieber», dachte Orpheus, «ist mir doch die Weigerung der Bäume und der Steine, ihre Welt zu verlassen. Die Unbeweglichkeit ist die Lebensweisheit der Dinge. Sie ist ihr weißer Bart. Ehemals bewegte sich alles auf dem Planeten. Es war die Zeit, da die Geologie die Welt eroberte. Alles war beweglich, jedes Stück Land, jeder Fels, jedes Gebirge. Dank den Göttern ist die Natur heute seßhaft gcworden.»

Orpheus hatte wieder angefangen, durch das Land schreitend Lieder zu dichten, als er hinter sich ein Geräusch wie von ausgerissenen Wurzeln vernahm: eine Pappelallee folgte ihm.

Er verstummte, und sogleich blieben auch die Bäume unbeweglich stehen. Er sprach probeweise zwei oder drei Worte. Die Pappeln taten einen Schritt, nur einen, aber er war so reich an Bewunderung, daß der Dichter schamrot beschloß, den ganzen Tag über zu schweigen.

Am nächsten Morgen fing er wieder zu spielen an, und wieder folgten ihm die Pappeln. Die Menschen stiegen von den Bergen herab, die Ziegen von den Felsen. Diese lösten sich nun ihrerseits aus ihrem Urgestein und begannen dieser Quelle der Musik entgegenzuwandern. Der Schnee verließ die Höhen, um sich dem Dichter zu nähern, aber dank der Wirkung der Poesie schmolz er nicht an der Sonne. Der Säugling ließ die mütterliche Brust los und drehte den Kopf, um besser zu hören; das Messer des Mörders erstarrte in der Luft und wurde rostig; der Zugvogel setzte ein Füßchen auf einen Zweig; und der Wanderer wurde seßhaft, während die Bäume Orpheus im Kreis umgaben.

Obwohl er nicht laut sang und sich sogar häufig darin gefiel, beinahe zu flüstern, breitete die Musik seiner inneren Welt sich weitherum aus, hob die Entfernungen auf, bildete Raststellen und machte sich dann wieder auf, um allenthalben in Luft und Himmel vorzudringen. Und Sirenen kamen herbeigeeilt und bettelten mit einer entwaffnend unterwürfigen Stimme: «Monsieur, nur ein Küßchen, bitte.»

Da verbarg Orpheus sein Gesicht in den Händen. Er weinte und verfluchte sich: «Was für ein großes Elend ist es doch», dachte er bei sich, «die Natur so in ihren heiligsten Grundfesten aufzustören. Es ist so schön, wenn der Schnee auf den Gipfeln bleibt, die Sirene im Meer. Wenn die Bäume ihren Wurzeln gehorchen, die reißenden Tiere ihrer Wildheit, die Menschen ihren Leidenschaften. Ich aber unterbreche mit meiner dürftigen Musik den Lauf des Schicksals, und selbst der tiefste Schoß der Erde unterliegt den Rückwirkungen meiner Kunst… Der kann sich glücklich preisen, der nur von sich selber und von den Göttern gehört wird!»

Um rings um sich nichts mehr zu sehen, beschloß Orpheus, nur noch in mondlosen Nächten zu singen. Aber nun wurde ihm sogar die Form seiner Leier von Leuchtkäfern, die sich überall darauf niederließen, aufdringlich in der Dunkelheit offenbart.

Mehrere Wochen lang wahrte der Dichter vollkommenes Schweigen. Er wagte kaum zu atmen. Und dann suchte Orpheus eines Tages und an weiteren Tagen mit geduldigen und durch lange Pausen getrennten Akkorden der Natur begreiflich zu machen, daß alles an seinem Platz bleiben mußte, wenn er sang. Und die Natur ließ es sich gesagt sein, und Orpheus konnte wieder anfangen, über das besonnte Gras oder das Geröll der Berge zu wandern und zu singen.

«Ich liebe nur die verborgenen Wunder», dachte er. «Und wenn ich Eurydike zur Gattin gewählt habe, so eben deshalb, weil sie nicht wie die anderen jungen Mädchen die Arme zum Himmel erhob, sooft ich zu singen begann. Sie behielt den Aufruhr ihrer Gefühle für sich.»

Aber Orpheus war allzusehr in die Musik verliebt und vergaß darob seine Gattin. Und diese wurde von einem rohen Hirten namens Aristaios, der schon seit langem alle Musik in sich getötet hatte, heimlich geliebt.

Als er einmal Eurydike durch die Sümpfe und die Binsen verfolgte, wurde sie tödlich von einer Schlange gebissen, einer Ausgeburt der eigentlichen Nacht, die deren Listen und Tücken alle in sich vereint.

Und nun kommt Orpheus, von seinem endlich erwachten Herzen geleitet, aus weiter Ferne herbeigeeilt. Der Weihrauch des Leichenbegängnisses reißt seine Liebe vollends aus ihrer Betäubung. Der Dichter fühlt sich beim Anblick des leblosen Körpers seiner Frau von Schweigen verzehrt und beschließt, für immer zu verstummen; ja, er antwortet nicht einmal auf die Fragen, die ihm von den Göttern gestellt werden. Jede Musik, jedes Wort scheint ihm nunmehr eine Entweihung.

Die Götter vermochten es nicht lange zu ertragen, dieser Stimme beraubt zu sein, die so rein war, daß sie mühelos und mit vollendeter Zartheit Erde und Himmel verband.

Es wurde Orpheus gestattet, seine auferweckte Tote zurückzuholen und sie, vor ihr herschreitend und unverwandt auf das Tor des Schattenreichs blickend, aus der Unterwelt herauszugeleiten. Aber als zur Befreiung nur noch ein paar wenige Schritte fehlten, vermochte der menschlichste aller Dichter trotz des göttlichen Verbotes das Verlangen nicht zu unterdrücken, sich nach seiner Geliebten umzuwenden. Zuerst merkte er nicht, daß seine Bewegung seine Gattin eben zum Verschwinden gebracht hatte, aber beinahe augenblicklich begann er ein so trauriges Lied zu singen, daß es danach auf der Welt keinen Platz mehr für Eurydike gab. - Nun, da seine eigene Musik ihn grausam aufklärte, überflutete ihn die Verzweiflung, weil er seine Gattin so unzureichend geliebt hatte, und in seinem Wahn sammelte er, der den Felsen Leben eingehaucht hatte, in großer Hast aus den fernsten Bezirken seiner selbst herbeigeeilte Strophen, um trotz allem zu versuchen, Eurydikes nunmehr versteinertes Herz wieder zum Schlagen zu bringen.

Aber schon befand sich Orpheus, vom Wind des Todes getrieben, fernab von der Unterwelt.

Die Bacchantinnen, die Musik und Dichtung haßten, in denen die Sinne ihren Durst auf Kosten der Geilheit stillen, warteten am Ausgang der Unterwelt, um dem Dichter am Wegrand aufzulauern wie eine fürchterliche Postenkette von Polizisten mit rachsüchtigen Brüsten.

Sie waren ebenso schön wie blutrünstig und dachten, wenn es der ersten nicht gelang, Orpheus zu verführen, dann sicher der zweiten oder der dritten oder der zwanzigsten, die zwei Dolche verborgen hielt.

Und da Orpheus vorbeiging, ohne sie überhaupt zu sehen, stürzten sie sich alle vereint auf ihn und brachten ihn am Ufer des Meeres um.

Der Dichter, von dem nichts übrigblieb als sein abgehauener, aber immer noch musizierender Kopf und seine auf dem Wasser schwimmende Leier, besang weiterhin mit leiser Stimme seine Liebe zu Eurydike. Seine Lippen murmelten noch mehrere Stunden nach seinem Tode neue Bilder, schöne Laute, die niemand zu hören vermochte außer den zukünftigen Dichtern.

Die ganz nahe Leier, die immer noch fügsam sein wollte, aber der Hände entbehrte, um ihr Töne zu entlocken, spielte jetzt, von dem zeitweilig aussetzenden Hauch des Geistes bewegt, ganz alleine, gleichsam aus ihrer Erinnerung, einer zerfetzten Erinnerung.

Und zuweilen entfernte sie sich ein wenig auf der Dünung der See, oder sie näherte sich wieder Orpheus' Kopf, bis sie ihn berührte.

Der Minotaurus

Er war ein ausnehmend hübsches Kind Kretas, mit gehörntem Lockenhaupt, eine vollkommene Fehlleistung der Natur. An Intelligenz war er seinem Alter weit voraus, mit zwei Jahren ein glänzender Schüler und mit drei Jahren erwachsen, was beim Elternverein Ärgernis erregte und dazu führte, daß er unerbittlich von allen Schulen gejagt wurde.

«Was schauen sie mich bloß alle so scheel an wie einen Wilden?» sagte sich das junge Ungeheuer. «Ich habe einen Stierkopf, na und? Ist der übrige Körper etwa nicht ebenfalls vorhanden? Meine Nägel sind gepflegt, an den Händen und an den Füßen, und ich bin der Feinfühligkeit fähig.»

Soweit sein rauhes Wesen (und sein Stierkopf) es ihm gestattete, gab er sich leutselig, um Zuneigung zu erwecken und Freunde zu gewinnen, aber diese Mischung von *Hörnern und menschlichen Händen, wolliger Stirne und gutem Körperbau,* und dementsprechend alles übrige, flößte dem jeweiligen Betrachter nicht eben viel Vertrauen ein.

Diese kritische Art, ihn zu mustern, erfüllte ihn schließlich seinem Hauptteil gegenüber mit Unduldsamkeit. «Schnauze, ich gebe dir vier Tage Zeit, um aus meinem Gesicht zu verschwinden», dachte er bei sich. Dann wurde er sich seines Loses wieder bewußt: «Ach, warum bin ich der einzige Mensch, der mit Nüstern herumläuft, während doch die Menschlichkeit meiner Natur überhaupt nicht in Zweifel gezogen werden kann! Wenn jeder einzelne Teil meines Wesens stimmberechtigt wäre, siegte der Mensch in mir mit überwältigendem Mehr.»

Obwohl er nichts lieber hatte als mit Tau gewürztes Gras, gab er vor, sich für gute Küche zu begeistern. Sein Kauen unterlag einer bedächtigen Langsamkeit, ohne daß man indessen hätte sagen können, er sei ein Wiederkäuer wie die andern. Gewiß, er wurde immer erst als letzter fertig, aber seine wenn auch ein wenig erzwungene Liebenswürdigkeit trug ihm die Nachsicht für diese kleine Verspätung ein, von der er sich trotz allem gedemütigt fühlte. Darum lud er von Zeit zu Zeit Kentauren zum Mittagsmahl ein, weil diese Ungeheuer so große Mühe hatten, ordentlich zu essen, wußten sie doch nicht, was sie bei Tisch mit ihren vier Füßen anfangen sollten. Und nach der Mahlzeit, wenn die vertraulichen Geständnisse ganz von selbst auf die Lippen treten, ergreift der Minotaurus eines Tages das Wort: «Die Götter haben es sich uns gegenüber wirklich sehr bequem gemacht. Für mich mag es noch hingehen, kann ich doch überall erhobenen Hauptes eintreten, sogar in einen Salon, während ihr, meine armen Freunde, nicht einmal nach vollbrachtem Tagewerk in einem Bett schlafen könntet...»

«Du bist viel bedauernswerter als wir», sagt der Anführer der Kentauren. «Du bist ein Ungeheuer, weil du der einzige deiner Art bist. Worauf es ankommt, sind zudem der Kopf und die Brust. Der übrige Körper ist doch allezeit vom Tier.»

«Worauf es ankommt», versetzt der Minotaurus, von Kopf bis Fuß gekränkt, «ist, daß ich auf euch reiten kann wie auf Pferden, die ihr ja auch seid, während das Umgekehrte euch nur der Lächerlichkeit preisgäbe. Versucht es bloß mal!»

«So ein Flegel», sagt der Anführer der Vierfüßler, «steigt man etwa einem Kentauren auf den Rücken, ohne dazu aufgefordert worden zu sein? Hätte er wirklich die Stirn, auf mich raufzuklettern, obwohl mein weißer Bart in einem Umkreis von zehn Meilen respektiert wird?»

Und auf ein Zeichen des Patriarchen entfernten sich alle Kentauren in einer Staubwolke.

«Welchen Umgang könnte man schon mit so ungehobelten Kerlen pflegen, die mitten in einem Gespräch davongaloppieren», dachte der Stierkopf. «Wie sollte die Freundschaft da nicht zaudern, dann verschüchtert und schließlich ganz einfach unmöglich sein?»

Und die minotaurische Schwermut wurde so groß, daß sie einen bedeutenden Teil seines umfangreichen Kopfes befiel, während der Groll den Rest mit Beschlag belegte. Dabei hatte er, wie man so sagt, mancherlei Veranlassung, zufrieden zu sein: die Frauen schauten ihn mit sehr sanften Augen an, und ihr Blick war zu jeglicher Verklavung bereit. Aber er wußte wirklich nicht, wie er sich ihnen gegenüber anstellen sollte, während sie ihrerseits vorgaben, um ihre Ehemänner nicht zu beunruhigen, es sei ausgezeichnet für die Migräne, wenn man den Fuß auf den Schatten des ungeheuerlichen Kopfes stellte.

Auch mehrere Kühe folgten dem Minotaurus auf Schritt und Tritt, und zwar mit einer Gemütsbewegung, die sie gar nicht zu verbergen trachteten. Wenn er in einem Laden irgend etwas einkaufte, warteten die wiederkäuenden Damen bedeutend auffälliger als die Frauen mit unterwürfiger, bettelnder Miene am Ausgang auf ihn.

«Was steht ihr da an der Tür herum und wartet auf mich, ihr Kühe alle miteinander», sagte er ihnen eines Tages. «Euer Sehnen und euer Gemuhe lassen mich kalt. Es gebührt sich nicht für euch, an meiner Person Anteil zu nehmen, und ich verbiete euch, meinen Weg zu kreuzen, ihr törichten, vermessenen und überspannten Dinger! Ihr wißt genau, daß es zwischen euch und mir nichts, aber auch wirklich nichts Gemeinsames gibt.» Und da er nicht wußte, was er hinzufügen sollte, entschloß er sich doch noch zu sagen: «Überhaupt solltet ihr euch schämen, den ganzen Tag so faul herumzustehen!»

Die Kühe begegneten diesen Bemerkungen mit glanzlosen Augen und einem gleichgültigen Fell. Und sie fuhren fort, ein Gras abzuweiden, das von anderswo kam, während der Minotaurus, dem ein schweres und gemischtes Blut zu Kopfe stieg, es doch für ratsam hielt, sich zu entfernen. Es muß gesagt werden, daß er für die Reize und vor allem den Gang einer Färse nicht ganz unempfänglich war; aber dank einer Anstrengung seines robusten Willens hatte er diese einfältigen Liebesgedanken aus seinem Gefühlsleben verbannt. Sein Geschmack für die Frauen mit leerem Blick, mit schwarzen, großen und nach Möglichkeit weit auseinander stehenden Augen fuhr indessen fort, ihn umzutreiben. Aber um sich in seinen wahren Neigungen nicht zu täuschen, begegnete er den Frauen mit der gleichen Kälte wie den Wiederkäuerinnen.

Diese Unschlüssigkeit verstärkte noch seine üble Laune, die sich bald in einen unaufhörlichen Zorn verwandelte. Vor allem grollte er einem niedriggeborenen Mann, der ihn aus der Ferne «minderwertiger Bruder» nannte und sich dann in irgendeinem befreundeten Hause verbarg. Eines Tages begegnete er ihm unverhofft an einer Straßenecke und spießte ihn mit den Hörnern auf, noch ehe er selber begriffen hatte, *was er sich zu tun anschickte*... Und er dachte: «Das Horn fühlt sich wirklich nur im Bauche eines anderen daheim. Überall sonst ist es nur ein Verbannter.» Und beinah ungesäumt spießte er auch noch zwei oder drei Freunde des Verstorbenen auf, die sich erkundigen wollten, was vorgefallen sei.

Die von den Angehörigen alarmierten Stadtbehörden begannen nun, sich wegen der Tätigkeit des Ungeheuers Sorgen zu machen. Und es wurde beschlossen, eine Abordnung zu ihm zu senden.

«Was könnte es denn Schöneres geben», so wurde ihm gesagt, «als einen mächtigen Kopf auf einem vollendet proportionierten Körper. Es stimmt, dir ist Unrecht getan worden, aber jetzt ist der Augenblick da, es wiedergutzumachen, und zum Zeichen der Ehrerbietung schenken wir dir einen Palast. Es ist etwas kompliziert, um hinzukommen, aber dafür wirst du um so mehr deine Ruhe haben. Wenn es dir recht ist, will ich selber dich hingeleiten.»

So sprach der Wortführer der Abordnung, ein gewisser Dädalus.

Und gleich am nächsten Morgen machten die beiden sich auf den Weg zum Palast.

«Du wirst staunen, wie sehr du dich auf diesem großartigen Sitz daheim fühlen wirst. Schau, jetzt gehen wir rechts, dann links, dann wieder rechts, und jetzt schlagen wir diese Abkürzung ein, man kann sich gar nicht verirren. Wir sind noch nicht angekommen, aber es ist so nahe von hier, daß wir gewissermaßen sagen können, wir seien schon da.»

«Was für geschliffene Umgangsformen dieser junge Mann hat», sagte sich der Stierkopf, «und dazu eine ausgesuchte Höflichkeit, was nur angenehm sein kann.»

«Siehst du, es liegt dort hinter jenem Wäldchen. Wir kommen jetzt an diesem völlig belanglosen Gebäude vorbei und dann an dem bewußten Wäldchen, das gar nicht zählt, weil wir es ja schon erwähnt haben, und schließlich an einem letzten kleinen Haus. Wie du selber feststellen kannst, geht es immer geradeaus.»

In Wirklichkeit änderten sie unablässig die Richtung. Aber es konnte dem Minotaurus nicht in den Sinn kommen, die Gutgläubigkeit dieses Dädalus in Zweifel zu ziehen, der in seiner Gesellschaft so schwach und verwundbar wirkte. Überdies wollte er nicht für einen Holzkopf gehalten werden, indem er Erklärungen forderte, auf die ein gewöhnlicher Mensch ohne Zweifel verzichtet hätte.

«Habe ich dir nicht gesagt, daß wir schon da sind», meinte der Führer auf der Schwelle eines sehr schönen, spiralförmigen Palastes. «Warte im Eßzimmer auf mich, ich will dir etwas Gutes zubereiten. Es wird heiß aufgetragen und kalt verzehrt, du wirst dir die Finger schlecken.»

Der Minotaurus hatte ein so großes Vertrauen

zu Dädalus, daß er sich nicht im geringsten beunruhigt fühlte, weil der diskrete Schmeichler so lange nicht zurückkehrte, als plötzlich ein gewaltiges schallendes Gelächter der ganzen Stadt bis ins Herz des Labyrinths drang. Und tausend Besorgnisse überfielen wie ein Volk von Riesenameisen gleichzeitig die träge Stirn des Stier-Menschen.

«Man hat mich übertölpelt, ich drehe mich im Kreis, ich bewege mich umsonst, ich sitze in einer Falle, ich wechsle den Standort, und es ist immer, als drehte ich mir selber den Rücken zu. Und wenn ich mich nicht mehr rühre, höre ich meine Schritte von vorhin hastig zu mir zurückkehren, um sich in meinen Kopf zu kuscheln, der zu einem zweiten Labyrinth wird.»

Und ein wenig später: «Helft mir, Hörner, ratet mir! Ihr Hörner, Sitz meines Zorns, Extremitäten meiner Intelligenz, letzte Krümmungen meiner Enttäuschungen. Ihr Hörner, was soll ich tun? Ihr seid meine Stärke, ihr seid mein Wille, ihr seid, was mir zu tun bleibt!»

Und zwei- oder dreimal mit dem Kopf vorstoßend, entwurzelte er einen Baum, um sich selber zu beweisen, daß er sogar mitten im Labyrinth immer noch der gleiche war, den er bis dahin gekannt hatte.

Wie sollte er hier herauskommen? Die Wut des Tier-Menschen setzte seinen Kopf in einen solchen Brand, daß er anfing, einen ungeheuerlichen Geruch nach versengtem Horn zu verbreiten. Ja, nichts läßt sich mit dem Gestank des Horns des Minotaurus vergleichen, wenn es anfängt zu rauchen. Es war eine dauerhafte und dumpfe Rache, die nun endlich befriedigt wurde und sich über die ganze Stadt ausbreitete. Nachts im Schlaf beschwichtigte der Groll des Stierkopfes sich ein wenig, aber um so kräftiger entfachte er sich von neuem, sobald er wieder ausgeruht und frisch war. Und der Geruch wurde so scharf, daß es für ihn ein Kinderspiel war, einen ganzen Meeresarm zu überqueren und auf das Festland vorzudringen. Hier ist der Ursprung der Pest zu suchen, die damals ganz Griechenland und die Inseln erzittern ließ.

Als die Gerüche solchermaßen immer heftiger wurden, sagte man sich zuerst, der Minotaurus sei wohl gestorben und man könne die Schuld nur noch seinem Leichnam zuschreiben. Honoratioren und Totengräber, die den Kopf in erprobte Wohlgerüche gehüllt hatten, drangen sorglos in das Labyrinth ein. Sie wurden von Dädalus geführt, dem es eben noch gelang, sich dünn zu machen, als das rohe Tier überrascht den Ankömmlingen den Kopf zudrehte.

«Großer Mann», sagte man ihm, «wir bitten für die Störung um Entschuldigung, aber im Lande herrscht die Pest, und wir haben uns gefragt, wo sie wohl herkommen könnte. Hättest du vielleicht irgendeine Meinung darüber? Sie könnte nur treffend sein.»

«Wenn ich glücklicher wäre, röche ich weniger schlecht», sagte der Stierkopf.

«Möchtest du vielleicht zur Abwechslung diesen Ort verlassen, wenn er dich nicht mehr befriedigt? Leidest du womöglich ein wenig unter deiner erhabenen Einsamkeit?»

Der Stierkopf gab keine Antwort.

«Wir werden dir ein paar junge Leute schikken, um dich zu zerstreuen.»

Wiederum schwieg der Stierkopf, und die Abordnung zog sich zurück und schloß sich der ungeheuerlichen Beweisführung an, die mehr aus Schweigen bestand denn aus Worten.

Und zwei Monate lang übersandte man dem Minotaurus einen Tribut von vierzehn jungen Leuten und Kindern beiderlei Geschlechts. Seiner unzähmbaren Schamhaftigkeit und seiner Furcht vor der Lächerlichkeit gehorchend, oder vielleicht auch nur dem Verlangen nach Vereinfachung, begnügte das Ungeheuer sich damit, sie aufzufressen.

Im dritten Monat begann die öffentliche Meinung, sich heftig über die minotaurischen Forderungen aufzuregen, um so mehr, als die Pest an ihren eigenen Verheerungen Geschmack fand und weiterhin ihr Unwesen trieb, ohne sich im geringsten um die stillschweigenden Versprechungen des Tier-Menschen zu kümmern. Dädalus war selber eben der Seuche zum Opfer gefallen; er nahm das Geheimnis des Zugangs zum Labyrinth mit ins Grab. Und ganz Griechenland setzte seine Hoffnung nunmehr ausschließlich auf einen jungen Mann namens Theseus, der vom Kentauren Cheiron erzogen worden war, einem so begabten Lehrmeister, daß er aus diesem Jungen im eigentlichsten Sinne des Wortes einen ganzen Mann gemacht hatte, und somit jemanden, der sich nicht vor Ungeheuern fürchtete.

Theseus hatte damit begonnen, sich an verschiedenen Riesen zu erproben, und bestimmte sich selbst dazu, den Minotaurus zu bekämpfen. Aber der unbesonnene Junge, der sich einer

Keule bedeutend besser zu bedienen verstand als seines Gehirns, hatte sich nicht einmal überlegt, wie er ohne Führer in das Labyrinth würde eindringen können.

An Bord des Segelschiffs, das ihn nach Kreta brachte, war nur von der unzureichenden Vorbereitung dieses Abenteuers die Rede, so daß der junge Held sich schließlich vor der ganzen Besatzung als Dummkopf bezeichnete – als er auf dem Landesteg ein junges Mädchen gewahrte, das ein leuchtendes Fadenknäuel in der Hand schwenkte.

«Seht her», sagte Ariadne zum Neuankömmling, «ich habe an Euch gedacht. Dieses Knäuel wird Euch im Labyrinth führen. Es wird desto heller leuchten, je genauer Ihr dem rechten Weg folgt.»

«Ja, aber was ist das denn eigentlich?»

«Eine Erfindung von mir. Das heißt, eigentlich fürchte ich vielmehr, daß es ohne mein Zutun zustande gekommen ist: es ist das Gewicht der ganzen griechischen Sage auf dem Herzen eines jungen Mädchens, das Euch liebte, noch ehe es Euch kannte.»

Theseus verstand nicht recht, was Ariadne ihm sagte, bewunderte jedoch rückhaltlos die Fadenspule, die unverkennbar nach Wunder roch.

Von diesem Zauberfaden geführt und von dem versprochenen Tribut für den Minotaurus gefolgt, drang der Held tief in das Labyrinth ein. Schon der erste Keulenhieb streckte das Ungeheuer nieder. Es spie Stierblut, das dick war wie Johannisbeermarmelade, und ein rascher zweiter Schlag half dem Tode bei einer Aufgabe, die man für schwieriger gehalten hätte.

Die Kinder konnten ihre Enttäuschung kaum verbergen. Sie hatten ein länger andauerndes Schauspiel erhofft. Um ihr Vergnügen noch ein bißchen weitergehen zu lassen, und sein eigenes dazu, holte Theseus aus seiner Tasche ein kleines Werkzeug, mit dem er geduldig die minotaurischen Hörner absägte, die vom Kampf und von ihrer eigenen Verblüffung noch ganz heiß waren.

Indessen begann der Ariadnefaden, nachdem er seine Schicksalsaufgabe erfüllt hatte, still und leise in einem Winkel zu verlöschen, das heißt, er bewahrte gerade noch genug Kraft, um Theseus und seinen Begleitern zu erlauben, das Labyrinth zu verlassen.

Zuvor hatte ein Spezialist das Ungeheuer untersucht und festgestellt, daß es im besten Mannesalter stand und noch keusch war. Nun der Tod unvermittelt die Beziehungen zwischen allen Beteiligten abklärte, sah man endlich ein, wie großes Unrecht man diesem zwiegeteilten Geschöpf zugefügt hatte, das die Natur zu einem Unzugehörigen, einem Ungeliebten und einem Unverantwortlichen gemacht hatte.

Der Leichnam wurde von zwölf Freiwilligen, die alle Kentauren waren, bis zur Nekropolis gezogen; ihnen voran ging ihr Patriarch, ein um so bemerkenswerterer Umstand, als sich bis dahin noch kein Kentaur bereitgefunden hatte, sich anschirren zu lassen. Da der Minotaurus keine bekannten Angehörigen oder Freunde besaß, war Theseus, sein Mörder, der Hauptleidtragende, und niemand fand daran etwas auszusetzen. Die Honoratioren der Stadt, mitsamt ihren Frauen, ihren erwachsenen Töchtern, ihren schlanken Söhnen und vielen Kindern, gaben dem Leichenzug das Geleit.

Auch ein paar Kühe folgten nach, aber mit so großem Abstand und mit einer solchen Zurückhaltung, daß sie wirklich die einzigen waren, zu wissen, ob sie überhaupt zum Leichenbegängnis gehörten.

Der Raub der Europa

Jeden Morgen streifte Juno über die Abhänge des Olymps und rief dabei: «Treue.» Und ein jeder antwortete ihr: «Treue.» Und die Tiere muhten oder miauten ihre Zustimmung.

«Du könntest auch antworten wie alle andern», sagte sie eines Tages zu Jupiter.

«Ich habe geantwortet.»

«So leise, daß ich nichts gehört habe.»

«Du weißt genau, daß ich nicht schreien kann, ohne das Gewitter und den Sturm in Bewegung zu setzen. Und die Sterblichen beklagen sich, weil es in letzter Zeit so viel geregnet habe.»

Sie aber machte weiterhin ihre Runde und rief dabei unablässig: «Treue.» Und die Satyrn, die sich auf die Hänge des Olymps vorwagten, antworteten, ohne zu zögern: «Treue, natürlich», und Juno ging wieder heim und fand, es sei alles gut so.

An jenem Morgen war der Göttin das Gerücht zu Ohren gekommen, daß ihr Gemahl, der auf neue Liebesabenteuer aus war, sich ein weiteres Mal verwandeln werde. Man hatte ihn dabei ertappt, wie er sich alle möglichen Tiere aus der Nähe anschaute, ehe er seinen Entschluß faßte. Juno hatte das jüngste Abenteuer mit Leda nicht vergessen, und sobald sie jetzt einen Schwan gewahrte, oder auch nur eine Gans, einen Puter oder eine Taube, und das Tier allein war, ging sie stracks zu ihm hin und sagte auf gut Glück: «Schämst du dich nicht, schon wieder eine Lausbüberei zu machen?» Und während das unschuldige Tier aus allen Wolken fiel, fügte sie hinzu: «Ich werde dich an der Kehle packen, dann wollen wir einmal sehen, ob der Name deiner Geliebten nicht aus deinem erlauchten Schnabel hervorbricht!»

Dann sah sie ihren Irrtum ein: «Ach! Ich werde noch verrückt! Die allergewöhnlichste Frau auf Erden ist glücklicher als ich. Sie kann ein Auge auf ihren Mann haben. Aber probiert das einmal bei einem Herrn, der alle Macht besitzt. Da gibt es kein Staubkorn, keinen Stern, kein Insekt, das meinen Gatten nicht in sich bergen könnte, wenn ihn die Lust anwandelt. Ich möchte mich zwanzigmal am Tag rächen wie ein liederliches Frauenzimmer. Das Unglück will, daß ich nur liebe, was vollkommen ehrbar ist: die von ihrem Ehemann schwangeren Frauen, das Geschrei der legitimen Neugeborenen, eine Mutter, die ihren Zwillingen die Brust reicht, die gleiche, die ihren anderen Kindern die Nase putzt, den Geruch der frisch gewaschenen Wäsche, die säuberlich in der Speisekammer aufgereihten Töpfe voll Ambrosia.»

Sie liebte es auch, den jungen Mädchen auf der Schwelle ihres Hochzeitsgemachs Ratschläge ins Ohr zu flüstern, deren völlige Nutzlosigkeit ihr nicht unbekannt war. Dies war ihr einziges Laster.

Jupiter, der Themis geheiratet hatte, danach Eurynome, dann Ceres, seine eigene Schwester, dann Mnemosyne, dann Latona, eine weitere seiner Schwestern, und schließlich Juno, ebenfalls seine Schwester, dachte unterdessen: «Die Unsterblichen sind immer ein bißchen schal. Sie wissen, daß sie alle Zeit vor sich haben, und nehmen sich nicht die Mühe, ein für allemal eine richtige Frau zu sein.»

Daraufhin verbarg er sich hinter einem Wäldchen und sagte: «Weiß!», und er wurde weiß; er sagte: «Stier!», und er wurde ein Stier; er sagte: «Im besten Alter!», und er war ein dreijähriger Stier. Daraufhin brüllte er, um mit seiner neuen Haut und deren Inhalt Bekanntschaft zu schließen. Dann begab er sich in leichtem Galopp die Hänge des Olymps hinab. Er beglückwünschte sich zu seiner neuen Verkleidung, und um sich der Verläßlichkeit seines Inkognitos zu versichern, beschloß er, wie immer nahe an Juno vorbeizugehen.

«Was für ein schön gewachsener Stier!» sagte sie.

«Oh! Du kannst überall hinschauen, wo du willst», dachte Jupiter bei sich, «du merkst doch nichts.»

Der Stier brüllte, und um zu beweisen, wie wohl er sich fühlte, pißte der Heuchler Juno sogar vor die Füße.

«Du bist ein nettes Tier», sagte sie. «Bei dir brauche ich mich wenigstens nicht zu sorgen. Ich weiß genau, daß Jupiter es nie wagen würde, sich in einen Stier zu verwandeln, seit ich selber einmal die Gestalt einer Färse angenommen habe. So respektlos ist mein Mann nun doch wieder nicht! Immerhin sollte man sich nie von seinem Bruder ehelichen lassen, nicht einmal wenn er Jupiter ist. Eine Schwester, zählt das überhaupt? Wir sind ja alle zusammen aufgewachsen, da braucht man sich keinen Zwang anzutun, nicht wahr, und kann sich ruhig gegenseitig betrügen.»

Die junge Europa spielte mit ein paar Freundinnen am Ufer. Der weiße Stier näherte sich ihr und stand dann sanft vor ihr still wie ein Denkmal für die Unschuld und die Schüchternheit. Das junge Mädchen trennte sich in höchster Verwunderung von seinen Gefährtinnen.

«Warum willst du mir vormachen, du seist ein Stier?» sagte sie zu ihm. «Das stimmt ja gar nicht. Ein Lamm bist du, jawohl. Und ich will es dir beweisen, indem ich auf dir reite.»

«Wie gut, wenn man sich nicht in die Karten schauen läßt», dachte Jupiter.

«Jetzt galoppiere mal ein bißchen.»

Der Stier ließ es sich nicht zweimal sagen und galoppierte das Ufer entlang. Das Glück verwirrte ihn so sehr unter seinem weißen Fell, daß er sich in der Stimmlage irrte und wieherte, anstatt zu brüllen. Aber das junge Mädchen war so fröhlich, daß es ihm überhaupt nicht auffiel.

In der Ferne vernahm man Juno auf ihrer morgendlichen Runde: «Treue! Treue!»

Jupiter war mit seiner neuen Gestalt, mit dieser vollkommenen Verwandlung zufrieden. Er gehörte nicht zu jenen unschlüssigen Göttern, die halb dies werden und halb das, Kentauren oder Austerlöwen. Wenn er indessen ein Stier bleiben sollte, so sagte er sich, wären sein beträchtliches Gewicht und die Unbeholfenheit seiner Bewegungen ein höchst störendes Hindernis, um der jungen Europa den Hof zu machen. Warum hatte er nur für diese erste Unterhaltung ein so schweres Tier gewählt? Wäre es nicht klüger gewesen, ein Lamm zu sein oder ein Schmetterling? «Und wenn ich bestialisch sein will, habe ich dann nicht alles Recht dazu?» – «Du hast es.» – «Und wenn ich sie unter dem Gewicht meines ganzen Stierkörpers zerdrücken will?» – «Das kannst du, aber es wäre nicht hübsch anzusehen.» – «Und wenn mir das Hübsche völlig egal ist?» – «Nimm dich in acht, du könntest dir sonst wohl dein Vergnügen verderben!»

«Das ist wieder typisch», sagte Juno, während sie die Hänge des Olymps hinaufstieg, «alle reden von diesem Stier. Und ich bin die einzige, die ihren Mann nicht erkannt hat.»

Voller Wut öffnete sie die Schleusen des Himmels, um alle Wolken hinauszulassen.

«So, so!» sagte Jupiter sich, «sie will meine Liebe wieder einmal verregnen lassen. Aber auch wenn ich als Stier daherkomme, will ich ihr zeigen, daß ich nicht wasserscheu bin.»

Als Europa sich unversehens im Meer befand, fing sie laut zu schreien an. Der Stier rollte und schlingerte gewaltig. Um dem jungen Mädchen Mut zu machen, setzte er nun seinem Stiernacken ein Menschenantlitz auf, doch das erschreckte sie nur noch mehr. Darum wurde er auch gleich wieder zum Stier, aber da sein Boot aus lebendigem Fleisch wirklich allzu stark schaukelte, ließ er sich an den Flanken kräftige Flossen wachsen und bewegte sich nunmehr ganz sanft über die Fluten.

Die geraubte Europa fand sich verrückt und doch wieder gar nicht verrückt, tollkühn und in vollkommener Sicherheit, abenteuerlich und unbeschreiblich sittsam, während der hochzeitliche Stier ernsthaft im Meer planschte, wo sein Geifer die Pracht des Schaumes noch vermehrte.

Unvermittelt hielt der falsche Wiederkäuer inne, um dem Gott zu weichen. Er umschlang das junge Mädchen lange Zeit.

«Bei Zeus», sagte Europa, «Ihr habt mich entehrt.»

«Bei Zeus», sagte der andere, «ich bin die Ehre in Person, ich entbinde von der Ehre. Bei mir kann Euch nichts entehren. Sogar Eure Scham bleibt heil. Ich bin die Erde und der Himmel, die Vergangenheit und die Zukunft, und außerdem liebe ich Euch.»

Gewiß, Jupiter schämte sich ein wenig, für seine Eroberungen so riesige Mittel einzusetzen, aber wie bei allen Göttern dauerte die Scham auch bei ihm nur kurz und wich sehr schnell einer majestätischen guten Laune, die über alle anderen Gefühle obsiegte.

«Und was habt Ihr jetzt mit mir vor?» fragte das junge Mädchen.

«Nicht mehr und nicht weniger, als Euch zu meiner Frau zu machen.»

Aber als sie sich von neuem umarmten, fühlte Jupiter sich plötzlich von der dreifachen Zacke irgendeines Dinges gestochen und gleichsam emporgehoben...

«Wer hat sich erfrecht?» brüllt der Gott des Olymps.

Es war Neptuns Dreizack.

«Konnte ich das etwa wissen?» sagt der König des Meeres. «Wie hätte ich ahnen sollen, daß die Erde und der Himmel nicht groß genug sind, um deine Liebesaffären zu verbergen? Du hättest mich auch vorher benachrichtigen können.»

In Wirklichkeit hatte Neptun seinen Bruder sehr wohl wiedererkannt. Dieses so schöne Mädchen, dieses große Schaumbett unweit von dieser Stierhaut, die noch ganz lebendig schien... Aber er hatte deutlich zu verstehen geben wollen, daß das Meer ihm gehörte.

«Er ist ein Langweiler, mit seinem flüssigen Element», sagte Jupiter nur und entfernte sich. «Europa, Ihr werdet meine Frau der Inseln sein. Dort sind wir daheim. Und wir lieben uns auf dem Trockenen.»

Europa wußte noch nicht recht, was er mit diesen Worten meinte, als sie sich schon an der Seite des Königs der Götter im Mittelpunkt eines kleinen, ganz neuen Archipels befand, der eben aus dem Meer aufgetaucht war. Es gab dort Palmen, Vögel, Haustiere und einen schönen, ganz weißen Wohnsitz, unter dessen Türe Sklaven lächelten. Alles troff noch von Meerwasser und wartete auf Befehle.

Jupiter wäre an jenem Tage sehr verspätet zum Abendbrot erschienen, wenn er die Sonne nicht zwei Stunden lang hinter den Wolken verborgen und festgehalten hätte. Dies war seine Art, die Uhr zurückzustellen. Und es war so einwandfrei gemacht, daß kein Astronom es merkte und keine Hausfrau. Auch die Bauern nicht. Es war gerade Zeit, das Heu einzubringen, und alle sagten sich: «Wir hätten nie gedacht, daß wir noch heute fertig werden. Wir haben aber auch wirklich geschuftet!»

Als der König der Götter zum Abendessen auf die Höhe des Olymps zurückkehrte, war er fest entschlossen, ganz knapp «göttliche Arbeiten» zu erwidern, falls seine Frau ihn fragen sollte, womit er seine Zeit zugebracht habe. Aber Juno war nicht da, um ihn zu empfangen, und der

König der Götter entnahm dem beharrlichen Schweigen seiner Dienerinnen, daß seine Hauptfrau genau über sein Abenteuer Bescheid wußte.

«Im Grunde sehe ich nicht ein, warum ich so rücksichtsvoll bin, zu Verwandlungen Zuflucht zu nehmen. Habe ich nicht alle Rechte?»

Indessen beschloß er, inskünftig listiger vorzugehen, und zunächst einmal sollte Juno mit den schneeweißen Füßen das Geschenk nicht bekommen, das er ihr mitgebracht hatte: einen ganz weißen Bettvorleger, seine eigene Stierhaut.

Das Vorbild der Ehegatten

Es war damals, als man noch nicht wußte, ob die Erde den Menschen gehören würde oder den Göttern. Die Dörfer entstanden und vertrieben die Gottheiten in die Wälder und Felder. Die Götter bedauerten dies nicht: sie liebten es, verborgen zu bleiben, und fühlten sich nur wohl, wenn sie von Bäumen, reinem Wasser und hohen Büscheln des Schweigens umgeben waren.

Aber schon trieben die Holzfäller in den Wäldern ihr Wesen. Da war besonders einer, der so gewaltige Axthiebe austeilte, daß der Baum sich, wie vom Blitz getroffen, sogleich geschlagen gab. Einmal, als er zur Arbeit ging, sah er voller Überraschung das Bein einer jungen Frau aus einem Baumstrunk hervorragen. Und je näher er kam, desto unbeweglicher schien das Bein. Er faßt es an der Fessel, betrachtet es prüfend und zieht es dann behutsam an sich. Es lebt, aber es rührt sich noch immer nicht. Da beschließt er, es mit seinen derben, von fünfzehn Jahren Axthieben schwielig gewordenen Händen zu streicheln und gleichzeitig festzuhalten. Und das Bein bleibt unentwegt leblos vor ihm. Er kann schließlich nicht ewig da so stehenbleiben, mit einem Baumnymphenbein in der Hand. Er läßt probeweise los. Sogleich verschwindet das Bein im Baum, nicht aber aus seinem Herzen.

Als er am nächsten Tag wieder dorthin kam, sah er das Bein in der gleichen Stellung wie am Vortag und mußte wohl oder übel zugeben, daß die Abdrücke seiner Finger sichtbar waren. Wie kräftig er zugepackt hatte! Und sogleich holte er Quellwasser in der hohlen Hand, um die Spuren auszulöschen. Bei der Berührung des kühlen Wassers steht die Göttin unvermittelt aufrecht vor ihm. Und der Holzfäller sucht diese zornigen Lippen mit einem Kuß zu beschwichtigen.

«Schämt Ihr Euch nicht!» sagte sie. «Und dazu noch im Beisein meines Baumes! Ihr gebt Euch nicht damit zufrieden, die Eichen zu fällen, jetzt wollt Ihr außerdem noch ihre Baumnymphen haben! Und Ihr bildet Euch ein, daß Ihr ungestraft so die Geheimnisse der Natur aufstören dürft.»

Der Holzfäller betrachtete den Baum wortlos, mit Kennerblicken, und versuchte viel beschützerische Sympathie in seinen Ausdruck zu legen.

«Ich weiß schon, daß mein Baum alt ist», sagte die Göttin, «und daß die anderen Baumnymphen sich über mich lustig machen. Einen jungen Baum, das haben sie gern! Sie spielen die Gattinnen und sagen ‹Liebling› zu Holz und Laub, diese armen Dinger, die zum Eingesperrtsein in der Faser verdammt sind, zur Waldeskeuschheit.»

«Du hast recht», sagte der Holzfäller, «komm in meine menschlichen Arme, das ist besser als Zweige.»

Und sosehr die Baumnymphe versicherte, es handle sich um ein Mißverständnis, erlebte der Holzfäller endlich, was eine Göttin war.

Plötzlich glaubte er ein leises, ersticktes, kreisrundes Lachen zu vernehmen, das ihm um so mehr auf die Nerven ging, als es überaus diskret war. Satyrn und Faune machten ihre Glossen zu diesem Ereignis.

Und das Paar verbarg sich, um den Bocksfüßen ungestörter zuzuhören.

«Ich begreife nicht», sagte einer, «wie eine Baumnymphe ihn anziehen kann. Man hat eine Gottheit schnell über. So viel Reinheit und Frische sind ein und dasselbe wie das ewige Eis. Schnell, schnell einen zu großen, aber dafür sterblichen Mund, fleischige Lippen, eine rote, aber menschliche Nase, zwei oder drei Pickel im Gesicht, vor Kälte blaue Hände, Augen, denen wir Liebestränen entlocken werden! Schnell, schnell eine Frau, die einen Schnupfen kriegt, rote Augen, Fieber! Wie soll man sich von einer Frau betören lassen, die nicht weiß, was der Tod ist, ja nicht einmal eine Erkältung? Ein Zuwenig, ein Zuviel, darin besteht das Leben! Die vergänglichen Frauen sollen hochleben, und zum Kuckuck mit ihren Männern, die an unsere Bärte Feuer legen, weil sie hoffen, uns impotent zu machen!»

Als der Holzfäller sich wieder einmal zur Baumnymphe begab, sah er nur noch das hervorlugende Bein, wie am Anfang ihrer Liebe. Und als er seine Hand ausstreckte, um es zu berühren, spürte er einen sehr heftigen Schmerz in einem seiner Beine, das Tausende von Insekten plötzlich mit ihren kleinen, eigenwilligen Mündern stechen zu wollen schienen. Und als er sich umdrehte, entdeckte er an sich einen Bocksfuß, der in eine gespaltene Klaue mündete. Das andere Bein hatte sich nicht verändert.

Der Holzfäller - aber war er es wirklich noch? - spürte, daß das neu angekommene Bein ungeduldig war, sich in Bewegung zu setzen. Das menschliche Bein machte seinerseits Einwände und schien in seinen stillen Überlegungen gar nicht aufs Gehen erpicht. Da es jetzt das einzige seiner Art war, trübsinnig und hilflos, kam es dem Holzfäller mindestens ebenso verdächtig und unerträglich vor wie das andere, und ausgerechnet ihm schienen nun die Fragen und der Spott der Natur zu gelten.

«Wie soll ich jetzt nur mit zweierlei Beinen nach Hause gehen», sagte sich der Holzfäller. «Meine Frau mag noch so einfältig sein...»

Es war ein schöner Morgen. In der Ferne vernahm man Axthiebe. Bäume wurden mitsamt ihren Baumnymphen gefällt... Plötzlich hörte er rufen: «Papa! Papa!» Eines seiner Kinder rief ihn. Der Holzfäller legte sich auf die Erde, verbarg sein Bocksbein unter dürrem Laub und ließ nur das andere, das unschuldige, sichtbar bleiben.

Wer war nur die Frau, die da auf ihn zu lief? Aber das war ja seine eigene! Und auch sie fing an zu rufen: «Papa!» Die ganze Familie war erschienen, und der am Boden liegende Holzfäller sputete sich, sein Bocksbein noch ein bißchen besser unter dem dürren Laub zu verstecken.

«Was ist ihm nur zugestoßen? Warum liegt er da? Und es riecht nach Bock!» sagte sie. Und ihre Nase führte sie zu dem verräterischen, unter den Blättern verborgenen Bein.

«Bleibt, wo ihr seid!» rief sie ihren Kindern zu, da sie dunkel ahnte, daß eine solche Geschichte nicht für ihr Alter war.

«Die haben mich behext», sagte der Holzfäller.

«Und deine Hörner, die dir gewachsen sind! Aber jetzt bist du ja in einen Halbgott verwandelt!» Und sie streichelte linkisch abwechselnd dieses Bein und diese Stirn, die beiden Komplizen.

Der Holzfäller zeigte trübselig sein menschliches Bein vor, und seine Frau wußte nicht, was sie sagen sollte, da ihre Gedanken von der einen ehelichen Extremität zur andern hin und her wanderten.

«Was willst du», sagte er, «das sind die kleinen Mißgeschicke des Handwerks.»

Trotz allem war die Frau von dieser, wenn auch nur teilweisen Verwandlung entzückt. In Ermangelung von etwas Besserem fand sie diesen halben Satyrn hinreißend. Sie gab ihrem Mann mit einer mehr als zur Hälfte triumphierenden Miene den Arm.

Sie war auf ihren Mann sehr stolz und sagte zu ihren Freundinnen: «Jetzt habe ich meinen Bock.»

Sie setzte große Hoffnungen auf den bocksfüßigen Neophyten. Aber sie wurde rasch enttäuscht und warf ihm seinen Mangel an Wildheit vor.

«Das hat sich wahrhaftig nicht gelohnt, ein solches Bein zu haben! Wenn du dir einbildest, es sei angenehm, mit einem halben Tier zu schlafen! Auf deine Hammelkeule hätte ich gut verzichten können.»

Im Dorf nahm man großen Anteil am Holzfäller, dessen Geschichte nun allen bekannt war. Eine alte Freundin der Familie, übrigens eine gottesfürchtige Frau, sagte eines Tages zu ihm: «Es ist noch Zeit für Sie, diese Baumnymphe zu vergessen. Es hängt ganz von Ihrem guten Willen ab, ob Sie Ihre beiden menschlichen Beine wiederbekommen. Noch ist nichts verloren. Es ist bloß eine Warnung des Himmels. Ich bete jeden Abend für Sie zu Jupiter.»

Der König des Olymps spitzte schließlich die Ohren. Er konnte halbfertige Arbeiten nicht ausstehen und hatte Mitleid mit diesem Invaliden der Metamorphose. Aber was dem Holzfäller vom Himmel herab zugesandt wurde, war ein zweites Bocksbein. Es war die moralische Lösung.

Nun er ein richtiger Bocksfuß geworden war, vergaß der Holzfäller alsbald seine Baumnymphe und fühlte sich immer heftiger von seiner menschlichen Frau angezogen, die für ihn sehr viel an Geheimnis gewonnen hatte. Man sah die beiden zärtlich Arm in Arm ausgehen. Er trug den grobwollenen Rock der Dorfbewohner; und nur seine Füße lugten darunter hervor: gespaltene Klauen.

Ja, nun waren sie das Vorbild der Ehegatten.

Vulkan

Die Göttin Hebe war es, die im olympischen Speisesaal bei Tisch bediente. Sie hatte so kleine Füße, daß alle Unsterblichen ihren Spaß daran hatten.

«Was ist denn mit meinen Füßen?» fragte sie.

«Erlaube uns doch, sie anzuschauen. Du bewegst sie die ganze Zeit. So kann man ja nie herausfinden, wie sie beschaffen sind.»

Ja, sie waren eine so kleine Nummer, daß Hebe einmal beim Bedienen umfiel und sich eine Verstauchung zuzog. Seit einiger Zeit war das Servierbrett aber auch unheimlich schwer geworden, da die Götter sich angewöhnt hatten, ganze Viertel von Ochsen und Schafen zu verzehren. Es ekelte sie schon längst vor der offiziellen Nahrung wie der Ambrosia, die «neunmal süßer ist als Honig», und dem Nektar, der keinen Alkohol enthält. Und so nahmen sie davon auch vor ihren üppigen Festmählern wie von einer Medizin nur eben die notwendige Dosis, um unsterblich zu bleiben. Sie zogen ihre Mahlzeiten um so lieber in die Länge, als es die einzigen Stunden waren, während deren sie sich vor den Gebeten in Sicherheit befanden. Die Porphyrwände und die goldenen Pforten des Speisesaales mit den stummen Edelsteinen hielten erbarmungslos die hochgehenden Wogen der menschlichen Bittgesuche auf: die Menschen wurden den Göttern immer gleichgültiger. In der Tat, wie sollten sie es allen recht machen, dem Ehemann und dem Geliebten, der rechtmäßigen Gattin und der Geliebten, den Eltern und den Kindern, wenn alle mit dem gleichen frommen Vertrauen ihre widersprechenden Wünsche an die Götter richteten?

Es war so viel bequemer, das Schicksal walten zu lassen, das sich nicht mit moralischen Erwägungen beschwerte und alles tat, was ihm gerade durch den Kopf ging – einen skrupellosen Kopf.

Wer sollte nun den Unsterblichen die Speisen reichen, bis Hebe wieder genesen war? Die Götter waren zwar bereit, Jupiter zu bedienen, aber warum sollten sie Leuten eine solche Ehre erweisen, die so wenig Achtung verdienten wie Merkur, der nicht zögerte, an der gemeinsamen Tafel das Lob des Diebstahls zu singen, oder Pluto, der immer unleidlich war, sobald er die Unterwelt verließ (er konnte nicht den geringsten Widerspruch dulden, war er doch an die makellose Wohlerzogenheit der Toten gewöhnt, die er als die einzig seriöse bezeichnete), oder Minerva, diese Intellektuelle, die so kalt war wie ihr Helm und unfähig, jemandem, der ihr einen Dienst erwies, ein Lächeln oder einen Blick zu schenken. Schließlich konnte man die Aufgabe, bei Tisch zu bedienen, doch nicht gut einer gewöhnlichen Sterblichen übertragen. Die Götter machten in ihren Tischgesprächen aus ihren Herzen keine Mördergrube, und sie wären in Gefahr geraten, den Ohren und der Einsicht der Menschen ihr Geheimnis nackt auszuliefern.

Jupiter dachte zwar daran, einen der Unsterblichen willkürlich zum Herumreichen der Schüsseln zu bestimmen, indessen zögerte er, Kollegen Befehle zu erteilen, die beinahe ebenso mächtig waren wie er. Um zum Beispiel nur Neptun zu erwähnen, den Kaiser der Gewässer, so herrschte er doch gleichermaßen unumschränkt über die mächtigsten Meere wie über die geringste Sardine (vorausgesetzt, daß sie lebte, andernfalls fiel sie Plutos Herrschaftsbereich zu).

Unterdessen wetteiferten sie darin, sich nicht zu erheben, um bei Tisch zu bedienen. Schließlich fand Vulkan sich dazu bereit. Dieser Schmied war der Gott der ausweglosen Situationen. War niemand da, um den Unsterblichen die Schüsseln zu reichen? Nun gut, er würde diesen Dienst übernehmen.

Zugegeben, nur dieser einfältige Auf-beiden-Füßen-Hinkende konnte sich für fähig halten, seine bezaubernde Schwester Hebe zu ersetzen, ohne die Boshaftigkeit und Grausamkeit der Olympier auf sich zu ziehen.

In der Tat, kaum näherte er sich mit dem großen Wasserkrug, als Jupiter auch schon schallend herauslachte: «Wenn Hebe eine Verstauchung hat, so siehst du mir ganz so aus, als hättest du deren zwei.»

Und das allgemeine Gelächter war so gewaltig, daß alle Ziegen des Olymps bis zum Meer hinunterkollerten.

Bis ins Mark gekränkt, ließ der Hinkfüßige den Krug alsbald stehen und zog sich in seine Schmiede zurück. Hatte er es etwa nötig, er, der Gebrechliche, der einzige Arbeiter des Olymps, sich all diesen unverbesserlichen Faulpelzen zur Schau zu stellen - diesen herzlosen Unsterblichen, die nichts anderes im Kopf hatten als ihre gute Figur und ihre eisige Harmonie, als würden sie im nächsten Augenblick zu Bronze, Marmor oder Granit.

«Das wird dich lehren, deine Schmiede zu verlassen, o du Auf-beiden-Füßen-Hinkender, o du mit deinem einen kürzeren Arm, o du Schieler, jawohl, denn du hinkst auch auf beiden Augen! Bei der Arbeit dient dein Hinken wenigstens dazu, dein Gewicht bald auf diesen, bald auf jenen Fuß zu verlagern, um deine Hammerschläge kräftiger auszuteilen. Zerschmettere ein für allemal auf dem Amboß das wenige Gute, was du noch von Jupiter und seinen Kumpanen denkst. So wirst du beweisen, daß du der männlichste aller Götter bist und so mannhaft, daß du stets die feigen Verwandlungen verschmäht hast. Jawohl, du gehörst nicht zu denen, die ihren Verantwortungen unter den Federn eines Schwans oder im Fell eines Stieres aus dem Wege gehen!»

Hebe, Vulkans Schwester, war die erste, die ungeachtet ihrer Verstauchung den Schmied aufsuchte.

«Ich bin traurig, weil ich an allem schuld bin», sagte sie.

«Wahrhaftig! Die haben gut lachen über einen Arbeiter und einen Gebrechlichen, diese Unsterblichen, die keiner beharrlichen Anstrengung fähig sind!»

«Sie lachten nicht über dich, die Sache kam ihnen einfach komisch vor.»

«Welche Sache?»

«Was weiß ich.»

Als Hebe die Schmiede verließ, verwandelte sie sich in eine Bergbewohnerin und stieg als einfache Frau, so gut sie konnte, die Hänge des Olymps hinab, um sich unter die Sterblichen zu mischen.

Und sie ging auf dem Marktplatz von einer Gruppe zur andern.

«Warum richten wir unsere Gebete eigentlich nicht häufiger an Vulkan?» fragte sie. «Laßt uns doch mit dem einzigen Gott lieb sein, der sich abmüht, mit jenem, der an unsere tägliche Last denkt, jenem, der uns am meisten gleicht. Auch er leidet: er ist einer der Unseren.»

Und noch am gleichen Tag wurden die Gebete der Menschen so aufdringlich und richteten sich so gebündelt auf die goldenen Pforten des göttlichen Speisesaales, daß sie alsbald durch sie hindurchdrangen.

«Jetzt kann man nicht einmal mehr während des Essens seine Ruhe haben!» brüllte Jupiter. «Das ist ja irr! Dabei hatte Vulkan uns versprochen, diese Türen würden von dem aufsteigenden Jammergeschrei nichts durchlassen.»

«O Unsterbliche», sagten die Gebete, «achtet den menschlichsten aller Götter.»

«Menschlich... menschlich... Was soll das schon heißen», brummte Jupiter immer gereizter. «Die dort unten sollten nachgerade wissen, daß *menschlich* für uns eine abschätzige Bedeutung hat wie für sie *bestialisch*.»

Indessen gingen die Gebete so listig vor, daß sie sich richtig in das Herz der Götter einschlichen. Und die Olympier wurden nachdenklich gestimmt. Sie mußten zugeben, daß dieser mißgestaltete Schmied, der allezeit unentgeltlich arbeitete und ihnen ebensogut einen Wagen herstellte wie eine Rüstung oder eine besonders zierliche Nippsache, einem jeden unter ihnen alle möglichen Gefälligkeiten erwiesen hatte. Und sie sahen ein, daß man ihm eine Wiedergutmachung schuldig war.

Merkur, der wie gewohnt den Ertrag seiner

Diebstähle loszuwerden suchte, schlug vor, ihm einen Schrank zu schenken, einen Ledermantel, eine goldene Handtasche, die er kürzlich einer vornehmen Dame entwendet hatte.

«Was soll er mit einer Damenhandtasche», sagte Venus. «Das hieße nur, ihm eine neue Beleidigung zufügen. Was er braucht, ist ein lebendiges Geschenk.»

«Ich habe einen prächtigen Affen», entgegnete Merkur, «den ich von den Afrikanern mitgebracht habe. Ich würde ihn auch ganz billig abgeben, weil es sich doch um ein gutes Werk handelt.»

«Dummkopf!» sagte die Göttin der Schönheit.

«Solltest etwa du selber dieses lebendige Geschenk sein?»

«Warum nicht?» sagte Venus schlicht. «Die Häßlichkeit des Schmieds fesselt mich immer mehr. Ich liebe sein Arbeitergesicht, in dem ständig etwas vor sich geht.»

Und als Vulkan seine Schmiede zu später Nachtstunde verlassen hatte, fand er in seinem Bett die schönste aller Göttinnen, die auf ihn wartete. Sie spürte alsogleich ganz eng an sich den stolzen Brand einer Liebe, die sich in aller Eile im Herzen des Gottes schmiedete, und auf ihrem Rücken den Druck einer riesigen Hand, der natürlichen Tochter von Hammer und Amboß.

Jünglinge, die ihr im Familienkreise von reinen und willigen Frauen träumt, zwanzigjährige Soldaten, die ihr es satt habt, in den Lagern und Kasernen, wo man euch einpfercht, nichts als Männer zu sehen, Gebrechliche, Schüchterne und Zweifler jeglichen Alters, die ihr angesichts der begehrten Körper spürt, wie eure Lippen liebevolle Worte aushauchen, o ihr alle, wer immer ihr sein mögt, denkt an Vulkan, den Häßlichen, der nachts in sein Zimmer zurückkehrte, das er leer wähnte, und vergeßt nicht, daß, auch wenn die Götter tot sind, die Zeit der unsterblichen Hoffnung niemals aufhört.

Die Erschaffung der Tiere

Die Tiere fielen eines nach dem andern vom Himmel, ohne sich weh zu tun. Die meisten waren ganz vollendet. Einzelne mußten noch ein wenig zuwarten, bis sie mit allen ihren Eigenschaften ausgestattet waren.

«Ich soll, scheint's, einen Rüssel erhalten», sagte der soeben angekommene Elefant. «Das Ding wird vom Kopf ausgehen und beinahe bis zum Boden hängen.»

«Ein bißchen viel für eine Nase», sagte der Fuchs.

«Genau was ich brauche», entgegnete der Elefant.

Kaum hatte er seinen Satz beendet, kam der Rüssel aus der Tiefe des Himmels und nahm den Platz ein, der ihm von nun an bei allen Elefanten bestimmt war.

«Soll ich bellen?» fragte sich der Hund, der schon seine volle Stimme besaß. «Nein, ich schweige lieber, das gehört sich so.»

Dem Pferd fehlten nur noch die Ohren; das merkte es aber nicht: es war zu sehr mit dem Versuch beschäftigt, sich galoppierend seines Schattens zu entledigen.

Die Ohren erwischten es mitten im Lauf; sie haben sich von ihrem Staunen noch nicht erholt und bewegen sich die ganze Zeit nach allen Seiten.

«Es verlautet gerüchtweise», sagte das Pferd, «daß mich im Lauf niemand einholen wird: ich weiß noch nicht recht, was das besagen will, aber ich ahne, daß ich sehr stolz darauf sein werde.»

Plötzlich fühlten alle sich unbehaglich. Der Esel hatte eben iaht. Er hatte seinen Lärm in aller Öffentlichkeit herausgeplärrt und schien damit zufrieden.

Der Schöpfer ging von einem Tier zum andern, fügte da und dort noch etwas hinzu, legte eine letzte Hand an. Er hatte eben dem Zebra seine Streifen gegeben, und das Zebra war begeistert und zeigte sie jedermann.

«Kein Grund, so stolz zu sein», sagte der Esel. «Alle diese Streifen, das ist überhaupt nichts.»

«Schon möglich, aber ich bin wenigstens nicht gezwungen, erst zu iahen, damit man mich zur Kenntnis nimmt.»

Das Nilpferd, das Rhinozeros, das Kamel, das Dromedar lebten zusammen in einer Gruppe. Die Kröte, die Eule und der Marabu folgten ihnen überallhin voller Zuneigung; man wußte nicht recht, warum.

Man erkannte erst sehr viel später, daß es aus ästhetischen Gründen geschah, und sagte es ihnen. Sie erwiderten, daß sie sich erst im Zustand des Entwurfs befänden, und wenn der Schöpfer sich einmal mit der Frage befaßt haben würde, werde man schon sehen.

Der Bär fragte sich, ob er wirklich vollendet sei, sagte aber keinem etwas davon. Er suchte da und dort eine Art wilde Marmelade. Er fand sie und nannte sie Honig.

Die Viper versicherte, ihre Füße würden ihr demnächst geliefert; sie erwartete sie jeden Augenblick.

«Ihr werdet etwas erleben, wenn ich erst mein

Gift von einem Ende der Welt ans andere galoppieren lassen kann.»

«Wollt ihr wohl schweigen», rief die laute Stimme hinter den Wolken. «Wer hat euch überhaupt gesagt, daß ihr Füße haben werdet?»

«Die Logik!» antwortete darauf kühn eine der Schlangen.

«Schön, ihr werdet des Giftes beraubt, und man wird euch Ringelnattern nennen. Das wird eure Strafe sein.»

Sie dauert noch heute an.

Eine Schlange von einer anderen Gattung, die geschwiegen hatte, behielt ihr Gift.

Die Ringelnatter erhob Einspruch gegen den göttlichen Beschluß und behauptete, sie habe nur protestiert, weil sie es noch nicht richtig verstand, sich der Ideen zu bedienen, die ihr im Kopf herumgingen.

«Taratata!» war alles, was die Stimme hinter den Wolken zur Antwort gab.

Oh! Man hatte keine Zeit, sich zu langweilen. Jeden Augenblick geschah irgend etwas Unverhofftes.

«Schaut doch nur das Ding an», sagte ein Vogel, «das höher ist als ein Elefant und, sobald der Wind weht, tausend kleine Dinger bewegt, die ganz leicht an seinen Zweigen befestigt sind.»

«Ich nenne das einen Baum», sagte die Stimme hinter den Wolken, «ihr könnt drüber verfügen.»

«Und was machen wir damit?» wollte der Affe wissen.

Die Stimme antwortete nicht, aber ein unsichtbarer und kräftiger Zeigefinger schob eine Kuh bis in den Schatten des Baumes, wo sie sich hinlegte. Und andere Tiere ahmten sie sogleich nach. Da es ein sehr heißer Tag war, begriffen alle.

Es gab auch mehr oder weniger überall Blumen. Die Tiere beäugten sie mißtrauisch. Sie sahen nicht ein, wozu sie dienten.

«Sie dienen zu nichts, aber es sieht hübsch aus», sagte die Stimme.

Hübsch. Man wußte nicht recht, was das heißen sollte. Aber nachdem man dem Wort lange genug Vertrauen geschenkt hatte, begriff man es schließlich.

Unvermittelt sah man sich einem Tier gegenüber, das einem zum Verwechseln ähnlich war: da man sich für das einzige Exemplar seiner Gattung hielt, war man dem andern zunächst böse. Man mißtraute einander, man mied sich, aber aus der Ferne beobachtete man sich.

«Nähert euch einander», sagte die Stimme hinter den Wolken. «Seid fruchtbar und mehret euch.»

«Ich sehe da den Zusammenhang nicht ein», sagte jemand, der sich für besonders intelligent hielt.

«Geht umeinander herum, bis ihr begriffen habt.»

Wie ein Lauffeuer verbreitete sich das Gerücht, daß es Männchen gebe und Weibchen und daß die verschiedenen Geschlechter sich gegenseitig gut gefielen.

Man fing an, Junge zu haben. Die Weibchen fanden das in bester Ordnung, aber die Männchen waren sich nicht im klaren, was sie von diesen winzigen Nachbildungen halten sollten, deren Notwendigkeit ihnen nicht erwiesen schien.

«Stimmt es, daß wir uns untereinander auffressen werden? Ich wüßte wahrhaftig nicht, wie ich das anstellen sollte», sagte der Wolf zum Lamm mit einer Stimme, die vor falscher Bescheidenheit überquoll, während er das kleine Wolltier mit einem Wohlwollen betrachtete, das viel eher aus seinem Magen stammte als aus seinem Herzen.

«Wirklich», sagte der Bär, «ich frage mich, was aus alledem noch werden soll. Aber wir wollen keine voreiligen Schlußfolgerungen ziehen.»

Eines schönen Tages scharten die Tiere sich um eines der Ihren – es war ein Hund –, das sich seit dem Vorabend tot stellte. Umsonst suchte man es zu berühren, an ihm zu knabbern, es zu beißen: es rührte sich nicht. Und die Hündin sagte: «Laßt ihn doch in Ruhe! Ihr wißt genau, daß er noch nie gerne früh aufgestanden ist.»

Am nächsten Tag begnügte der Hund sich nicht damit, keine Bewegung zu machen, sondern er fing zudem an, übel zu riechen – was allerdings auch eine Art war, sich zu rühren, wenigstens für den Geruchssinn.

Die Hündin versicherte, es gebe noch andere, wie etwa den Löwen, die viel durchdringender röchen, ohne daß jemand etwas dagegen einzuwenden hätte. Aber die Stimme hinter den Wolken (sie wurde so genannt, auch wenn schönes Wetter war) rief: «Kümmert euch nicht um diesen Hund. Er taugt zu nichts mehr. Ich nenne das ein Aas.»

«Entledigt man sich also auf diese Weise der Leute, die sich nichts haben zuschulden kommen lassen?» jammerte die Hündin. «Was soll das heißen! Dieses Tier, das noch vor kaum zwei Tagen allgemein geachtet war, zersetzt sich jetzt im

Gestank, und als einzigen Trost sagt man uns, wir sollen uns nicht mehr darum kümmern!»

«Seid fruchtbar und mehret euch», entgegnete die Stimme hinter den Wolken.

«Keine Lust!» erwiderten die Tiere einstimmig.

«Die Lust wird schon kommen!» sagte die Stimme.

Und man begann wieder, sich zu mehren, aber diesmal nicht ohne eine gewisse Schwermut.

Seit einiger Zeit war viel die Rede von einem künftigen Wesen, das mit seinen Vorderpfoten unglaublich geschickt und dessen Geist höchst erfinderisch sein sollte.

«Von dem wird seit so langer Zeit gemunkelt!» sagte der Bär. «Man möchte meinen, daß er nie kommen wird.»

Der Mensch wurde in der Blüte seiner Jugend mitten in die Versammlung der Tiere abgesetzt und begann sogleich sich umzublicken, als hätte er schon immer Augen gehabt.

Ohne sich auch nur die Mühe zu nehmen, die Anwesenden zu begrüßen, vollführte er mit den Armen und den Händen alle möglichen Bewegungen. Er sprang mit geschlossenen Füßen, lief weg, kehrte zurück, ohne sich umzudrehen, kniete nieder, richtete sich mit einem Satz wieder auf, fiel aus wie ein Fechter, pfiff und spuckte in die Hände.

«Ich esse ohne Hunger», sagte er, «ich trinke ohne Durst, ich weine ohne Kummer, und ich schlafe ohne Müdigkeit.»

Und sehr mit sich zufrieden, lachte er lauthals und wirbelte auf der Ferse herum.

Der Löwe faßte sich als erster.

«Armer Teufel», sagte er, «er ist schlau und geschickt, aber er macht es nicht länger als ein paar Tage. Und es wird für die Kälte des Winters ein Kinderspiel sein, mit ihren Frostpfeilen diese schutzlose Haut zu durchbohren.»

Man war erstaunt, daß der sonst doch besser beratene Schöpfer sich die Mühe genommen hatte, ein so schwaches und so wenig behaartes Wesen hervorzubringen. Wie zum Hohn riß ein Orang-Utan sich ein ordentliches Büschel aus und streckte es ihm hin.

Der Mensch nahm die Haare, blies sie in die Luft und lachte wieder schallend! Er las Steine auf und warf sie, alle streifend, doch ohne jemanden zu verletzen, weit weg; dann ahmte er nacheinander vortrefflich die Gebärden und die Stimme der Katze nach, des Hundes, des Pferdes, des Tigers, des Löwen, des Elefanten und zuletzt des Orang-Utans.

Dann pfiff er seinem Weibchen, das gemächlich herbeigetrottet kam, streichelte es, küßte es und begattete es. Daraufhin schliefen beide ein und schnarchten allen Tieren ins Gesicht.

Am folgenden Tag richtete er sich eine notdürftige Werkstatt her und begann eine Axt und ein Messer aus Kieselstein anzufertigen; er bedeckte sich mit Federn und Fellen und hängte sie auch seiner Frau um. Er sammelte erst kleines Holz, dann dickes, rieb zwei Steine aneinander und entfachte ein großes, von Rauch gekröntes Feuer. Dann klatschte er sich mit offenkundigem Vergnügen Beifall, fluchte und sang sehr laut.

Er war der erste Tenor, der erste Anzünder, der erste Kürschner, der erste Jongleur, der erste

Steinschneider, der erste Schamlose, der erste Lästerer.

Er tötete eine Viper unter dem Vorwand, daß sie giftig war, und eine Ringelnatter, weil sie nicht giftig war. Er handhabte den Tod ebensogut wie die Logik und das sentimentale Chanson. Das alles hatte zur Folge, daß die verwirrten Tiere darob die Sprache verloren, ohne jedoch gänzlich dieser Aphasie zu verfallen. Sie bewahrten, wie jedermann weiß, das Recht zu brüllen, zu schreien, zu bellen, zu wiehern und zu iahen, von dem sie bis auf den heutigen Tag fleißig Gebrauch machen.

Das Wäldchen

Man konnte ungestraft jahrelang durch diesen Wald spazieren, und dann, eines schönen Tages, wenn die Stunde gekommen war, wurde man ebenfalls zu einem Baum. Auch wenn einer im eigenen Bett gestorben war, sah man einen neuen Stamm in dem Wäldchen. Und jedermann erkannte ihn wieder. Ja, niemand zweifelte. Vor diesem Baum oder jenem dort waren alle Leute sich darin einig, daß er Tante Felizia war oder Onkel Hans. Das war an einer gewissen Ähnlichkeit zwischen Baum und Mensch schon von weitem erkennbar. Kein Kind hätte sich getäuscht. Und doch war es keine unmittelbare, sondern eine bedeutend feinere, eine wesentliche Ähnlichkeit. So war Tante Felizia zum Beispiel ein eher großes Frauenzimmer gewesen, eine Art Dragoner, und hatte im Sterben diesen verkrüppelten Baum entstehen lassen.

«Ist wirklich *sie* das?»

«Offenbar schon, da wir alle der gleichen Meinung sind.»

Wenn nun ein aus der Gegend stammender Mensch irgendwo in der Fremde starb, tauchte im gleichen Augenblick ein neuer Baum im Wäldchen auf. So geschah es auch mit einem Missionar, der in weiter Ferne gestorben war. Zunächst fragte man sich, wen dieser Baum wohl darstellen mochte. Er glich niemandem. Der Mönch, der keine Angehörigen besaß, war seit langer Zeit fortgezogen, und niemand erinnerte sich an ihn. Dann trafen Nachrichten aus

China ein, denen zufolge der Mönch am Geburtstag des neuen Baumes gestorben war.

Gewiß, der Wald sah haargenau gleich aus wie jeder andere. Keine Spur von der Traurigkeit der Friedhöfe: das sproß im Frühling und verlor sein Laub im Herbst wie alle kleinen Wälder Frankreichs...

Einmal gaben zwei junge Leute ihre Absicht bekannt, Selbstmord zu begehen, weil der Vater des jungen Mannes sich geweigert hatte, die Heirat zu billigen, und blieben verschwunden. Aber es gab keinen neuen Baum im Wäldchen, obschon die Gendarmerie des Ortes einen eingeschriebenen Brief erhalten hatte, der von den beiden Beteiligten, die sich umbringen wollten, unterzeichnet war.

Acht Tage vergingen, und kein Baum. Und die allgemeine Mißbilligung wurde so groß in der Gegend, daß es vor dem Hause des Vaters, der für seinen Starrsinn berüchtigt war, zu einem kleinen Aufruhr kam.

Wie war das bloß möglich? Während die unbedeutendsten Leute *ihren* Baum hatten, «wurden diese armen Kleinen darum gebracht, im Wäldchen einen Winkel für sich zu haben». Es war kaum zu glauben. Wie groß mußte die Härte des Vaters gewesen sein, um die jungen Leute so über den Tod hinaus in ihrem ganz natürlichen Verlangen nach Verwandlung zu lähmen!

Und es kam verschiedenen Leuten so seltsam vor, daß man anfing, am Tode der jungen Leute zu zweifeln.

«Solange wir nicht zwei neue Bäume sehen», sagte die Mutter des jungen Mädchens, «bewahre ich meine Hoffnung ungeschmälert.»

Und sie ging Tag und Nacht hin und zählte immer wieder die Stämme des Wäldchens und musterte sie einen nach dem andern. Oh! Jeglicher Irrtum war ausgeschlossen, die jungen Leute waren nicht da, das Wäldchen führte auf seine Art eine einwandfreie Buchhaltung aller Toten der Gegend. Es hatte sich noch nie getäuscht.

Und dann, eines Tages, mehr als eine Woche nach ihrem Verschwinden, sah man zwei neue Birken nahe nebeneinander. Und jedermann erkannte sie. Waren die jungen Leute vielleicht eine Zeitlang in der Gegend umhergeirrt, ohne sich dazu entschließen zu können, ihrem Leben ein Ende zu setzen?

Aber schon befand sich die Mutter des jungen Mädchens schluchzend bei einer der beiden Birken. Und sie streichelte sie und hielt ihre Tränen nicht mehr zurück, als wäre *sie* dort und sei eines anderen Lebens teilhaftig, vollkommen gleichgültig für alles, was sich außerhalb des Pflanzenreiches abspielte, ohne die Sprache der Menschen weiterhin zu verstehen und ohne darunter zu leiden, daß sie sie nicht mehr verstand, und ohne fortan der Liebe zu bedürfen oder irgendwelcher Dinge, die das Herz angehen. Ja, sie lebte das Leben der Bäume.

Tobias, Vater und Sohn

Tobias kann nicht hören, daß ein Jude im Elend gestorben ist, ohne hinzugehen und ihn zu bestatten. Wenn der Betreffende tagsüber stirbt, bewahrt er ihn in seinem Keller auf, bis jene dunklen Stunden kommen, da er ihn mit Erde bedecken kann, ohne von der Polizei des Königs Sanherib erwischt zu werden: er bestraft jeden mit dem Tode, der den Juden ein Begräbnis gibt.

So setzt Tobias sein Leben für das Heil seiner Mitmenschen aufs Spiel, auch wenn sie ihm unbekannt sind. Anna, seine Frau, hält dafür, daß dieser fromme Mann für zwei ehrlich ist, und zögert nicht, irgendeiner Nachbarin ein Zicklein oder ein Lamm zu stehlen und es am Familientisch zu verspeisen. Tobias weigert sich, an diesen Mahlzeiten teilzunehmen.

«Es wäre vernünftiger, Geld zu verdienen», sagt ihm Anna, «anstatt den freiwilligen Totengräber zu spielen. Ein Toter ist ein Toter und hat nichts mehr nötig.»

«Wer einen nackten Leichnam unter freiem Himmel läßt, versündigt sich gegen Gott.»

«Ach was, du würdest auch gescheiter an die Bedürfnisse deiner Frau denken, die eben nicht tot ist. Was würde aus uns, wenn unser Ältester uns nichts zu essen brächte?»

Einmal ist Tobias vom mehrstündigen, ununterbrochenen Graben in der Erde sehr ermüdet und schläft auf den Wällen ein. Eine Schwalbe läßt eine Ausscheidung ihres Körpers in seine Augen fallen, und der Unglückliche kommt unter fürchterlichen Schmerzen tastend nach Hause.

«Ich habe dir ja gesagt, du sollst die Toten in Ruhe lassen. Bewundere jetzt, was der Himmel dir zum Lohn geschickt hat: Schwalbendreck!»

«Ach, mein Gott! Sie schilt mich wieder aus, und dabei habe ich solche Schmerzen in den Augen!»

«Warum gibst du keine Antwort?» sagt Anna. «Gib doch zu, daß du die Juden eben nicht begraben solltest!»

Tobias aber bewahrt ein Schweigen, das nur hie und da kaum wahrnehmbar von schmerzbedingtem Schluchzen unterbrochen wird.

«Immer dieser Hochmut, der dir nicht erlaubt, dein Unrecht zuzugeben! Aber ich habe die Nase voll, in meinem eigenen Hause so erbärmlich zu leben. Hol mir meinen Mantel.»

Und Tobias steht auf, tastet mit beiden Händen durch die Luft und weiß nicht, wohin er sich wenden soll.

«Was machst du dich so wichtig, als ob du nicht sehen könntest?»

«Mein Gott, vergib ihr», dachte Tobias, «sie weiß nicht, daß ich blind bin.»

Und als Tobias das Zimmer verlassen will, stößt er sich an der Wand und hat nun ein blutiges Gesicht.

«Gott hat dich dafür bestraft, daß du dich mehr um die Toten kümmerst als um die Lebenden.»

«Mein Gott, vergib ihr, denn sie weiß nicht, was sie sagt», dachte Tobias und wischte sich das Blut mit dem Ärmel ab.

«Und natürlich muß ich nachher deinen Rock waschen. Was ist heute nur los mit dir?»

Sie näherte sich ihrem Mann und sah endlich, daß er blicklose Augen hatte.

«Und jetzt werde ich dir auch noch alle Dinge ganz nahe rücken müssen, da du nicht mehr zu ihnen gehen kannst. Hättest du nicht besser daran getan, die Toten in Ruhe zu lassen? Gib es zu, so gib es doch endlich einmal zu!»

Tobias schwieg.

«Wirst du es denn nie zugeben, du hoffärtiger Kerl?»

Tobias aber sagte nichts, weil er wußte, daß seine Reden so gut wie sein Schweigen ihm vom Herrn eingegeben waren, während seine Frau ihn mit beiden Händen schüttelte, als wollte sie seine Lippen zwingen, Worte fallenzulassen, die nicht daraus hervordringen wollten.

Am folgenden Morgen rief er seinen ältesten Sohn zu sich und sagte ihm: «Ich habe heute nacht im Traum gesehen - denn leider kann ich ja nicht anders sehen! -, daß für mich der Augenblick gekommen ist, mir die zehn Talente zurückzahlen zu lassen, die Gabelus von Rages mir schuldet. Da hast du die rechtsgültig ausgestellte Quittung dieses ehrenwerten Mannes. Aber Rages in Ekbatana ist weit weg, es liegt im Lande der Meder, und auf dieser langen Reise wird jemand dich begleiten müssen.»

«Die Väter sind gut», dachte Tobias. «Sie meinen, alles sei einfach und ich werde ohne weiteres jemanden finden, der mich ans andere Ende der Welt zu den Medern begleitet.»

Der Sohn Tobias glich seiner Mutter. Man hätte meinen können, ihr Blick entstamme ein und derselben Seele.

Und Anna begehrte auf: «Jetzt willst du mich noch von meinem geliebten Sohne trennen, dieses Geldes wegen, das er doch nicht wird eintreiben können! Wer sagt dir denn, daß Gabelus diese zwanzig Jahre alte Quittung anerkennen wird? Oh! Das ist eine typische Totengräberidee, diesen alten, wertlosen Wisch auszugraben!»

«Lassen wir das Ehegewitter vorbeigehen», dachte Tobias. «Ich sehe immer noch genug, um zu wissen, daß der Herr mir zur Seite steht.»

«Und was soll aus uns werden ohne unseren ältesten Sohn, der uns zu essen bringt?»

In diesem Augenblick ging die Türe auf, und Tobias' zweites und drittes Kind kamen mit einer Gazelle auf dem Rücken herein.

Sie waren zum erstenmal auf die Jagd gegangen.

Anna aber fuhr jetzt die beiden an: «Hättet ihr nicht ein bißchen warten können, bevor ihr mit eurem elenden Wild hereinkommt? Ihr seht offenbar nicht, daß eurem Vieh das Blut aus dem Maul tropft und daß ihr meine ganze Küche beschmutzt!»

Die Familie Tobias wohnte in einer verlassenen Straße, und der älteste Sohn, der sich alsbald auf den Weg machte, war nicht wenig erstaunt, einen jungen Mann zu sehen, der vor seiner Haustür auf und ab ging. Er war kräftig gebaut und ein wenig gebeugt.

«Vielleicht ist er von der Polizei und bespitzelt uns», sann der Reisende. Und er dachte gleichzeitig an die von seiner Mutter gestohlenen Zicklein und an die von seinem Vater bestatteten Juden.

«Sie suchen die Straße nach Rages in Ekbatana?» erkundigte sich der Unbekannte, der ihm entgegentrat.

«Die Straße nach Rages in Ekbatana?» war alles, was der verblüffte Tobias erwidern konnte.

«Ich könnte Euch den Weg zeigen. Ich habe zufällig bei Gabelus gewohnt.»

(«Oho! Wie weiß er das alles nur?» sagte sich der Sohn Tobias.)

«Ich möchte Euch aber nicht belästigen; Rages liegt hundert Meilen von hier», sagte er zu dem Unbekannten.

«Ihr belästigt mich in keiner Weise.»

Und Tobias fühlte sich augenblicklich von diesen einfachen Worten beeinflußt und hatte wirklich den Eindruck, daß er diesen Unbekannten *nicht belästigte*.

«Schön», sagte sich Tobias, «mein Vater hatte vielleicht nicht unrecht, auf die Zukunft zu vertrauen.» Und er stellte fest, daß der liebenswürdige junge Mann ausnehmend schön war und dies zu verbergen suchte.

(«Wie schade, daß er in seinem Alter schon gebeugt ist!»)

«Ihr tragt Euren Mantel sogar in der prallen Sonne. Euch muß wohl sehr leicht frieren!»

«Dies ist nicht der Grund.» Und der Unbekannte redete von etwas anderem.

Tobias merkte, daß er nicht in ihn dringen durfte, konnte aber nicht umhin, bei sich zu denken: «Warum zieht er nur bei einer solchen Hitze seinen Mantel nicht aus?»

Am nächsten Morgen erkundigte sich Asarja – so hieß der Fremde: «Hat dir letzte Nacht nicht geträumt?»

«Woher weißt du das? Ach! Welch eine wunderbare Frau! Noch nie habe ich eine schönere gesehen.»

«Möchtest du ihr begegnen?»

«Du weißt doch, daß ich nach Rages in Ekbatana gehen muß.»

«Und wenn diese Frau ausgerechnet in Rages lebte?»

«Oh! Das wäre zu schön!»

«Aber ich habe schon zuviel gesagt...»

«Oh! Sag mir noch ein bißchen mehr!» bettelte Tobias, der in seinen Traum verliebt war. «Stimmt es, daß sie Sara heißt?»

«Es stimmt.»

«Ist sie ein junges Mädchen?»

«Nein. Sie war mehrmals verheiratet, aber das ist nicht ihre Schuld.»

Was meinte er damit? Gleichviel. Und Tobias fand ebenfalls, es sei «nicht ihre Schuld». Alles, was dieser Unbekannte sagte, gewann Glanz, sobald es über seine Lippen trat. Man spürte gewissermaßen eine Aufrichtigkeit, die aus der Tiefe des Raumes und der Wahrheit kam.

Am folgenden Morgen in der Herberge betritt Tobias, der es eilig hat aufzubrechen, plötzlich das Zimmer seines Gefährten. Er sieht, wie er dabei ist, seinc Flügel zu glätten.

«Oh! Ich bitte vielmals um Entschuldigung!» sagt Tobias und zieht sich zurück.

Bis dahin hatte er nicht an Gott geglaubt, aber wie sollte man nicht von der Gnade angerührt werden, wenn ein Engel, dessen Flügel man gesehen hat, sich dazu herbeiläßt, einen zu Fuß zu begleiten, um nicht aufzufallen, und seinen Mantel anzubehalten, so unerträglich heiß es auch sein mag?

Sie machen sich wieder auf den Weg. Nach einem kleinen Weilchen kann Tobias eine Frage nicht mehr unterdrücken: «Geschieht es häufig, daß Engel zu den Menschen kommen, ohne sich zu erkennen zu geben?»

Der Engel legt einen Finger auf den Mund. Und beide setzen ihre Reise nach Rages fort.

Tobias fühlte sich tief bewegt und ein wenig beunruhigt beim Gedanken, daß er da ein Wesen neben sich hatte, das bereits alles wußte, was ihm zustoßen würde, während er selber wie so viele andere Menschen bemüht war, nichts zu wissen und einfach sein möglichstes zu tun.

«Ich reise an der Seite eines Engels. Was steht mir noch alles bevor? Was wird man von mir fordern? Ohne Zweifel sehr schwierige, ja vielleicht schreckliche Dinge.»

Als sie sich anschickten, einen Fluß zu überqueren, wollte ein riesiger Fisch, der lärmend außerhalb des Wassers atmete, ihnen den Weg versperren. Er wandte sich abwechselnd gegen den einen oder den andern. Ja, es sah so aus, als wäre er ihnen persönlich feind.

Und Tobias warf einen Blick auf den Engel, der zu besagen schien: «Wäre es nicht klüger von mir gewesen, zu Hause zu bleiben?» Aber augenblicklich wurde dieser Blick durch einen anderen verdrängt, der besagte: «Ich bin mit allen Folgen meiner Reise einverstanden!»

Es stimmt allerdings, daß der Engel das Ungeheuer bereits angriff und tötete. Und nachdem er ihm ungesäumt ein Stück Leber und etwas Galle ausgerissen hatte, sagte er zu Tobias: «Bewahre das sorgfältig auf, es kann dir einmal nützlich sein.»

«Ich möchte gerne wissen, wozu», dachte Tobias unwillkürlich; aber er bewunderte den Engel zu sehr, als daß er sich den Anschein geben wollte, im geringsten an seinen Worten zu zweifeln.

Als sie ihren Weg fortsetzten, erkundigte sich Tobias: «Wie oft war die Frau, die ich im Traum gesehen habe, schon verheiratet?»

«Sechsmal.»

«Oh! Das ist viel!» dachte Tobias. Dann verbesserte er sich: «Vielmehr sollte es eigentlich viel sein, aber da mein Weggefährte das ganz selbstverständlich zu finden scheint, muß ich mich wohl täuschen.»

«Sie ist eine fromme Frau», sagte der Engel, der die Besorgnis seines Gefährten erriet.

«Wenn schon, deswegen hat sie doch sechs Männer gehabt», seufzte Tobias. «Nun gut, wir werden ja sehen.» Es war das erste Mal, daß die Antwort des Engels Tobias nicht restlos befriedigte.

«Ist sie gerade verheiratet oder verwitwet?»

«Sie ist verheiratet.»

«Was habe *ich* dann in der ganzen Geschichte zu suchen?» mußte Tobias mit einem letzten Rest der von seiner Mutter geerbten Ungeduld ausrufen.

Der Engel begnügte sich damit, wiederum den Zeigefinger auf seine Lippen zu legen. Aber die Antwort ließ nicht auf sich warten. Sie wurde durch einen Leichenzug gegeben. Als die beiden Reisenden eben nach Rages gelangten, wurde ein Toter zum Friedhof gebracht.

«Wer ist das?» fragte Tobias den Engel.

«Saras siebter Mann.»

«O mein Gott! Was wird mir zustoßen?» sagte sich Tobias. Aber er merkte wohl, daß er nicht mehr umkehren konnte. Der Finger eines Engels schob ihn immer weiter vorwärts.

«Und wie kommt es, daß alle ihre Männer einer nach dem andern sterben? Sollte der Herr ihr nicht ihren Mann erhalten, da sie doch eine fromme Frau ist?»

Der Engel jedoch begnügte sich damit, seinem Freund zuzulächeln, und dieses Lächeln war von so offenkundiger Freimütigkeit, daß Tobias ebenfalls lächelte. Aber er hätte dennoch lieber ein bißchen genauer Bescheid gewußt.

Kaum in Rages angekommen, begab Tobias sich zu Raguel, Saras Vater.

«Aber der ist ja seinem Vater, meinem Vetter Tobias, wie aus dem Gesicht geschnitten! Und ich habe nie einen tugendhafteren Mann gekannt.»

Seitdem Tobias mit dem Engel Asarja Umgang pflog, hatte er angefangen, seinem Vater zu gleichen. Diese Ähnlichkeit, die sich während der Reise nach und nach herausgebildet hatte, brach jetzt im Antlitz des jungen Mannes auf wie ein wortloses Glaubensbekenntnis.

«Mit solchen Augen», sagte Raguel, «kannst du nur ein rechtschaffener Mensch sein. Mögest du glücklich werden!»

Als Tobias Sara kennenlernte, stellte er fest, daß sie tatsächlich die Frau seines Traumes war. Sie fand ihn ebenfalls sehr nach ihrem Geschmack, aber sie dachte an das Schicksal ihrer sieben Männer und wandte den Blick ab. Indessen konnten ihre unschuldigen Augen es sich aber nicht versagen, wiederum jenen des Neuankömmlings zu begegnen. Doch sie dachte nur um so inniger: «Bleibt mir fern, junger Mann, ich bin der Tod in Person, und ich töte wider Willen. Ich schwöre bei Gott, daß ich keinem meiner Männer etwas Böses wünschte, und doch liegen sie jetzt alle sieben da unter ihrem schweren Mantel aus Erde.»

Tobias aber beginnt Saras Vater prüfend anzublicken, unverwandt und voller Sanftheit, wie wenn einer sich anschickt, jemandem eine Bitte vorzutragen, die ihm Freude bereiten wird.

«Lieber Onkel Raguel, ich würde es mir zur Ehre anrechnen, wenn du mir die Hand deiner Tochter gewähren wolltest.»

«Unseliger Tobias, was sagst du da? Habe ich dir nicht erklärt, daß ich dir nur Gutes wünsche? Weißt du denn nicht, daß ihre sieben Männer kaum ein paar Tage nach der Hochzeit in ihren Armen verstorben sind?»

«Ich wußte es, aber ich habe Vertrauen.»

«Die andern hatten ebenfalls Vertrauen, sonst hätten sie sie nicht geheiratet. Armer junger Mann, warum muß deine Ankunft, die mich mit so großer Freude erfüllte, sich so schnell in einen Grund zur Verzweiflung verwandeln!»

Sara ergriff nun ihrerseits das Wort.

«Auch ich habe Vertrauen», sagte sie.

«Das ist die Höhe!» versetzte der Vater.

«Es wird nicht sein wie die anderen Male.»

«Wenn es nur einen oder zwei Tote gegeben hätte – aber sieben! Ihr Unglückskinder, wo nehmt ihr bloß eure Zuversicht her?»

«Ich vertraue auf meinen Traum», sagte Tobias.

«Und ich auf seinen Traum», sagte Sara.

Am Tage nach der Hochzeit dachte Raguel: «Ich will ihm für alle Fälle sein Grab schaufeln. Das hat noch niemanden umgebracht. Aber sein Vater wäre untröstlich, wenn er erführe, daß Tobias nicht bestattet worden ist, denn in diesem Punkt ist er sehr heikel.»

Saras Eltern und auch die Dienerschaft wandten sich nur mit einem zutiefst mitleidigen Blick an Tobias und nutzten jede Gelegenheit, ihm einen Dienst zu erweisen wie einem Menschen, der bald sterben wird.

«Wie geht es Euch?» erkundigte sich sein Schwiegervater mehrmals am Tag und legte ein wenig zuviel Nachdruck in die Frage.

«Oh! Sehr gut!»

«Ihr müßt es uns sofort sagen, wenn Ihr das geringste Unwohlsein verspürt, damit wir den Arzt holen.»

Und wenn Tobias sich bei seiner Frau befand, mochte es vorkommen, daß Saras Vater den schweren Vorhang lüftete, der das Gemach abschloß, und feststellte: «Er geht durch das Zimmer, er spricht sanft mit seiner Frau, meiner Treu, er sieht wirklich aus wie ein Lebender.»

Einmal fürchtet er sich sehr. Um zehn Uhr vormittags ist Tobias noch nicht aufgestanden. Er schickt eine Dienerin ins Zimmer, um ihn in Augenschein zu nehmen.

«Er scheint einfach zu schlafen», meldet sie.

«Hast du ihn am Ohr gezupft?»

«Ich habe mich nicht getraut.»

«Ich befehle dir, es zu tun. Sonst wissen wir wieder nicht, woran wir sind.»

Als die Dienerin zurückkam, sagte sie: «Monsieur war gar nicht zufrieden, er hat mich sogar beinahe in den Finger gebissen, dabei ist er sonst so liebenswürdig!»

«Welch ein Glück!» rief Raguel. «Ich kann also seine Grube zuschaufeln. Oder vielleicht warten wir damit lieber noch ein bißchen.»

Nach drei Monaten mußte man wohl zugeben, daß Tobias eher dicker geworden war als magerer. Und wenn keine Ursache mehr bestand, sich um seine Gesundheit zu sorgen, so war dies ganz einfach dem Umstand zu verdanken, daß Tobias, auf den Rat des Engels, vor seinem Zimmer ein wenig von der Leber jenes Fisches verbrannt hatte, dcn sie auf der Reise getötet hatten. Der fürchterliche Gestank dieses verfaulten Fleisches hatte den Dämon Asmodi in dem Augenblick zurückweichen lassen, da er sich anschickte, in das Hochzeitsgemach einzudringen. Und der Engel, der nur auf diesen Augenblick wartete, um einzugreifen, rief aus: «Jetzt wollen wir beide abrechnen!» Und mit dem Blick stieß er Asmodi wie ein Schwein, das zur Schlachtbank geführt wird, gerade vor sich her bis in die Wüste von Oberägypten. Dort fesselte er ihm Arme und Beine und überließ ihn dann seinem traurigen Schicksal.

Saras Vater, der kluge Raguel, beschloß, daß Tobias zu seinem Vater zurückkehren sollte, um ihm die zehn Talente zu überbringen, die Gabelus ihm ohne jegliche Schwierigkeit zurückerstattet hatte.

Unterdessen jammerte Anna die ganze Zeit: «Wie erklärt sich nur diese ungeheure Verspätung meines Sohnes? Stimmt es, daß er eine Menschenfresserin geheiratet hat, die schon sieben Männer auf ihrem fürchterlichen Lager in den Tod schickte? Warum hat dein immer so schlecht beratener Vater dich nur so weit in die Fremde gesandt, dich, das einzige meiner Kinder, dessen Gesicht mir in meinem elenden Dasein Gesellschaft zu leisten verstand?»

Als Tobias sich anschickte, mit Asarja heimzukehren, sagte dieser zu ihm: «Nimm doch ein bißchen von der Galle des Fisches mit, den wir gemeinsam getötet haben. Es kann immer nützlich sein.»

«Natürlich», dachte Tobias, vom Gedanken des Engels erleichtert, «wie konnte ich nur einfach so ohne Fischgalle aufbrechen!» Als müßte jeder vernünftige Reisende, der nach Hause zurückkehren will, sich notwendig mit dieser Ware ausrüsten. In Wirklichkeit hatte er keine Ahnung, wozu er sie würde gebrauchen können, aber als er wieder vor seinem Vater stand, hörte er sich unvermittelt sagen – und der Klang seiner Stimme überraschte ihn ebensosehr wie seine eigenen Worte: «Lieber Vater, erlaube mir doch, ein wenig von dieser Galle auf die weißen Flekken deiner Augen zu legen.»

Und der Vater ließ ihn gewähren, und als er das Augenlicht wiedererlangt hatte, rief Tobias, auf Asarja weisend: «Er hat die Idee gehabt, und *ihm* mußt du danken!»

«Wer immer Ihr sein mögt», sagte Tobias, «ich schenke Euch die Hälfte meiner Habe.»

Da entgegnete Asarja tief betrübt, weil er sich zu erkennen geben mußte, und gleichsam entschuldigend: «Spart Euch diese Mühe, denn ich brauche kein Geld. Ich bin der Engel Raphael, einer der sieben, die sich stets im Angesicht Gottes befinden.» Und um die Verwirrung seines Gastgebers zu vermeiden, verschwand er.

Und während Vater und Sohn in ihrer großen Gemütsbewegung keines Wortes mächtig waren, sahen sie Tobias' Mutter plötzlich ins Zimmer treten.

«Gott sei gelobt!» sagte sie. «Derjenige, der mir gleicht, ist endlich heimgekehrt!»

Sie hatte als einzige nicht bemerkt, daß ihr Sohn nicht mehr das Gesicht besaß, dessen Ausdruck sie ein für allemal in ihrem Herzen festgelegt hatte.

Und der Vater Tobias sagte zu seiner Frau: «Und du weißt noch nicht alles! Ihm verdanke ich es, daß meine Augen geheilt sind.»

Aber seine Frau, die nie hinhörte, rief aus: «Deine Augen! Du redest immer nur von deinen Augen, du Egoist! Kannst du denn keinen Moment vergessen, daß du blind bist, nicht einmal an dem Tag, da dein Sohn zu uns heimkehrt, nachdem er den größten Gefahren ausgesetzt war!»

Und zu ihrem Sohne gewendet: «Komm, mein herzlieber Junge, erzähle mir jetzt ein bißchen von deiner Frau Sara.»

Nachwort

In einem der bedeutenden Romane unserer Tage sagt ein Mann zum anderen: «Glaube mir: Die Poesie ist das Salz des Lebens», und fährt später fort: «Dabei kann ich dir nicht sagen, Bindschädler, was Poesie ist. Ich kann dir nicht einmal sagen, was Salz ist.» An diese Worte mag man sich beim Lesen von Supervielles Geschichten erinnern; auch sie haben mit Poesie zu tun, mit jener Poesie, von der sich nicht sagen läßt, was sie sei, und die auch in keiner Weise an eine Gattung gebunden ist.

Gewiß, Supervielle ist vor allem als Lyriker in die Literaturgeschichte eingegangen: ein Lyriker, von dem kein Geringerer als Marcel Raymond schrieb, er sei so ganz unersetzlich, daß man schon heute (1947) ermessen könne, was alles der Nachkriegslyrik fehlte, wenn er nicht wäre. Wenn nun aber des Autors Romane und Theaterstücke meist erst in zweiter Linie erwähnt werden, so hat er doch *eine* Prosaform gefunden, die ihm tief gemäß und den Gedichten ebenbürtig ist: die Erzählungen, die er zwischen 1931 und 1950 in drei Bänden herausgab.

Wer war Supervielle? 1884 wurde er in Montevideo als Kind französischer Eltern geboren und lebte in Uruguay bis zum zehnten Lebensjahr: in der Vertrautheit mit dem Ozean, mit den weiten Horizonten, dem immensen Himmel der Pampa und in der Zärtlichkeit, mit welcher eine wohlhabende Sippe den früh Verwaisten umgab. Die Streifzüge durch die Pampa, der Gaucho, die

Herden, das Pferd, die Schafe, die Strauße, das Gras: das alles hat seine Kindheit so tief geprägt, daß es in seinem Herzen und seiner Dichtung eine emblematische Bedeutung annahm. Und so konnte auch Paris für den kleinen Barbaren zunächst nur eine Enttäuschung sein; als eine Art gigantischen Lunapark hatte er es sich vorgestellt, statt dessen bot ihm die Stadt nur die verkleckstenBänke des Lycée Janson. Auch wenn er von nun an vorwiegend in Frankreich leben wird, kehrt er immer wieder in die Heimat seiner Kindheit zurück, heiratet 1907 eine Südamerikanerin, wird bei einem späteren Aufenthalt (1939) vom Krieg überrascht und zu jahrelangem Bleiben veranlaßt. Nach der Rückkehr ins Pariser Domizil beginnt die Epoche der großen französischen und internationalen Literaturpreise für den Autor, der sich seit vielen Jahren nur noch dem Schreiben hingegeben hatte. 1960, einen Monat vor seinem Tod, wird er auf Anregung der «Nouvelles Littéraires» zum «Prince des Poètes» erkoren; Jean Cocteau widmet dem Anlaß eine besonders grazile Zeichnung, die wie ein Echo auf die zarte und präzise Leichtigkeit von Supervielles eigener Kunst anmutet. Auch die Photos des Dichters zeigen einen grazilen, großgewachsenen, schmalen Mann, und die Sage geht, er habe sein Leben lang mit einer überzarten Konstitution zu kämpfen gehabt; funktionelle Störungen des Herzens quälten ihn, und wenn wir seinem Freund Claude Roy glauben wollen, so hat dieses Herz, das mit seinem Aussetzen die bange Aufmerksamkeit des Dichters immer wieder auf den Körper lenkte, viel mit seinem Schreiben zu tun. Sicher ist jedenfalls, daß «le cœur» eine Grundvokabel des Autors ist, daß seine so unpathetische Lyrik immer wieder von den beklemmenden Rhythmen der Todesnähe unterwandert wird. So bedeuten auch die Bilder und Vorstellungen in unseren Erzählungen nie reine Erfindungen des Geistes oder bloße Wortlaunen; sie sind im Blut, im Körper, im Konkreten verankert; und der tiefe Schmerz der Toten ist es, keinen Körper mehr zu haben.

Supervielle gehörte also zwei Kulturen und zwei Kontinenten an, diesseits und jenseits des Ozeans, den er so oft überquerte, und dabei immer sozusagen in seiner Heimat blieb, während er andererseits doch wieder nirgends ganz verwurzelt war. Und vielleicht entsprang gar nicht zuletzt aus dieser Lebenssituation seine so besondere Witterung für die Zwischenreiche, seine visionäre Begabung, sich seltsame Doppelwesen vorzustellen und von ihnen betroffen zu sein; betroffen vom ohnmächtigen Leiden der Figuren, die, mit einem menschlichen Wissen und Fühlen begabt, in Gestalt eines Hundes, eines Pferdes, eines Baums oder, wie der Indiohäuptling Rani, eines Menschen ohne Menschengesicht ihr Dasein fristen müssen. Wer sonst hat je so teilnehmende Worte für das Minotaurus genannte Monstrum gefunden wie er? «...man sah endlich ein, wie großes Unrecht man diesem zwiegeteilten Geschöpf zugefügt hatte, das die Natur zu einem Unzugehörigen, einem Ungeliebten und einem Unverantwortlichen gemacht hatte.»

Nicht zuletzt wohl aus dieser Zwischenstellung zwischen alter und neuer Welt läßt sich dieser Dichter des Fernwehs, der Übergänge, Umschlagplätze und Metamorphosen auch in keiner

«Schule» einreihen. Man hat ihn - unter anderem - einen verspäteten Symbolisten genannt oder auch am Rand des Surrealismus angesiedelt. Aber derlei Bezüge vermögen sein Wesen kaum aufzuschließen, um so weniger, als es sich dabei viel eher um Koinzidenzen denn um Abhängigkeiten handelt. Wer sich jemals in Südamerika aufhielt, weiß, daß dort das Surreale - in der Landschaft genau wie in der kulturellen Tradition - eine Dimension der Realität selber ist; und so geht denn auch in Superviellles Dichtung das Wunderbare, das rational Unfaßbare mit einer unverkrampften Selbstverständlichkeit einher, wie sie keinem Surrealisten jemals gelang. Und andererseits: wer die Entwicklung dieser Lyrik aus der Nähe verfolgt, der sieht, daß Supervielle zwar in seinen Anfängen die Formen von Parnaß und Symbolismus parodiert, doch geschieht dies vorwiegend, um im Schutze der Nachahmung um so bestimmter sich selbst zu finden.

«Mehr als dreißig Jahre suchte ich mich
Immer mir selbst im Wege stehend,
Gestern endlich sah ich mich kommen»

sagt ein Gedicht. Der symbolhafte Ausdruck des reifen Dichters indessen - jenes bildhafte Sagen, worin Sein und Sinn zusammenfallen - ist nicht mehr an eine Lyriktradition gebunden, sondern wurde auf einem eigenständigen Schaffensweg als eine allmähliche Durchdringung von Erscheinungswelt und Idee, von geistigen Vorgängen und Weltdingen erarbeitet.

Das alles will nicht besagen, daß Supervielle

fremd, ein *poète à l'écart,* in seiner Epoche stand. Das Klima der französischen Kriegs- und Nachkriegszeit ist intensiv zugegen, und der Dichter hat an jener so entscheidenden Erneuerung des künstlerischen Gestaltens, welche die ersten Jahrzehnte unseres Jahrhunderts kennzeichnet, ganz zentral teil. So ergeben sich auch selbstverständliche Verbindungen zu den führenden Autoren der Epoche, zu Giraudoux, Max Jacob, Apollinaire, Cocteau, Jules Romain, dem späteren Claudel und manchen anderen.

Erst als Supervielle schon vier Lyrikbände veröffentlicht hatte, wurden seine ersten «Contes» gedruckt. Und das ist kein Zufall; obwohl es sich dabei in keiner Weise um sogenannte lyrische Prosa handelt, scheinen diese Erzählungen doch auf einem direkten Weg aus der Lyrik hervorgewachsen zu sein. Ein solches organisches Wachstum indessen ist wohl erst möglich, wenn der Dichter aus dem Potpourri der Stimmen, die in den Anfängen mittönten, und insbesondere aus dem Spiel mit dem preziösen, dämmrigen Vokabular der Symbolisten, seinen eigenen Ton gefunden hat - und wie lang dies in seinen eigenen Augen dauerte, hörten wir schon.

Öfter ist es sogar das gleiche Thema oder dessen Umkehrung, was er mit einer Geschichte wieder aufgreift und ausführt: fast so, als ginge es darum, die Motive eines Gedichtes oder eines Zyklus auf die Probe zu stellen. Zwar sind seine Erzählungen alles andere als *action-stories* und gleichen viel eher einem - anmutigen oder auch schrecklichen - *moment musical,* der in einer Variationsfolge abgewandelt wird. Jedoch auch ein solches Erzählen ist auf den Weg angewiesen, auf dem sich eines aus dem andern ergibt, und das eben erfordert eine sichtbarere Verbindlichkeit, macht die Geschichten überprüfbarer als das Gedicht.

«Das Kind vom hohen Meer», also die Geschichte, die Supervielle an den Anfang des ersten Erzählbandes stellte und die zugleich eine seiner schönsten ist, zeigt uns ein Mädchen, das auf Ewigkeit dazu verurteilt ist, in einer völlig realistisch geschilderten und doch immateriellen Stadt inmitten des Ozeans zu wohnen. Mit der ganzen menschlichen Empfindsamkeit begabt, vermag sie in diesem schwimmenden Zwischenreich weder zu leben noch zu sterben und leidet doch, wie wenn sie von allen Gefahren und Nöten des Menschendaseins bedroht wäre.

Der Ursprung dieser tragischen Existenz indessen liegt in der Obsession eines einzelnen Menschen: ein Matrose hatte im hohen Meer seine verstorbene kleine Tochter in einem so intensiven Wachtraum heraufbeschworen, daß sie nun nie mehr zur Ruhe kommen kann.

Das ist ein Schlüsselmotiv von Superviełles ganzer Kunst; er kennt die furchtbare Macht der Träume, die einer subjektiven Phantasie entspringen. Der Geist eines Einzelnen, seine leidenschaftliche Phantasie, kann die Naturgesetze zwar überspielen, ja selbst die Existenz des Universums entmachten; aber die Wege solcher Willkür führen meist in unabsehbares Leiden.

Oder einfach in die Verzweiflung. Wie hatte sich doch die Unbekannte der Seine gefreut, dem offenen Meer entgegenzutreiben, und als sie dort war, welche Enttäuschung! Bald bleibt nur eine einzige Sehnsucht: aus diesem Zwischenreich zu fliehen und ganz tot zu sein. Nicht nur, weil die anderen ihr das Kleid - diesen Fetzen geretteter Gegenständlichkeit - neiden; die eigentliche Not steht wieder in Verbindung mit der unseren Autor so sehr ängstigenden Willkür: «Und wenn die Dinge paarweise zu mir kommen, *dann passen sie nicht zusammen.* Hier sehe ich eine Kirsche, welche im Wasser eines Sees schwimmt. Und was soll ich mit dieser Möwe in einem Bett anfangen, mit dieser Schnepfe auf dem Glas dieser großen blakenden Lampe? *Ich kenne nichts Ärgeres.*»

Die Verzweiflung gilt den Dingen, die der *bloße Zufall* zusammenwürfelte zu einem Arrangement der Absurdität. Eine Gedichtstelle sagt dies so:

«Vor lauter Sterben und darüber Schweigen
Brachtet ihr eines Tags
Ohne es zu denken und mitten im Winter
Einen großen Apfelbaum voll Blüten zur Welt.»

Der Blütenbaum als Folge des Sterbens, der Gedankenlosigkeit? Man mag erstaunt sein, wenn man ihn sich vor seinem Winterfenster vorstellt. Dem Reiz des Nur-Schönen aber will der Autor nicht erliegen; der Baum außerhalb der Zeit, der Baum, der nie Früchte tragen wird, steht so verloren in seinem Winter wie jenes Kind in der weglosen Immensität des Meeres.

Die Surrealisten, freilich, hätten solche Vorstellungen mit umgekehrtem Vorzeichen versehen. Für sie, man weiß es, bedeutete gerade das Absurde, der *contre-sens,* eine neue Dimension des Geistes. Aus der Willkür der Phantasie, welche die unvereinbaren Dinge zusammenkoppelte – den Regenschirm und die Nähmaschine –, hofften sie überraschende und explosive Kräfte freizusetzen: das, was sie *le miraculeux*, das Wunderbare, nannten.

Indessen, ist denn nicht die ganze Dichtung Supervielles aus Erfindungen gemacht, die sich über die Faktizität unserer täglichen Erfahrung spielend hinwegsetzen? Bei welchem Autor fänden sich denn so viele Züge des Wunderbaren, der Seltsamkeiten, die wir mit unseren gewöhnlichen Augen nicht sehen, wie gerade bei ihm?

Nun, François Mauriac, der gläubige Christ, hat einmal gesagt, er wisse nicht, ob Gott spreche, aber falls er es täte, dann würde er so sprechen, wie Supervielle ihn sprechen läßt. Das könnte man auf die ganze Welt des Dichters ausweiten; seine Poesie vermittelt uns ein ahnungshaftes Gefühl, daß die völlig irrationalen Erfindungen einfach stimmen: auch die Tiere, könnten sie es, sie würden so sprechen, wie sie es hier tun.

Es ist nicht sicher, daß ein Toter jemals in Hundegestalt zu seiner Frau zurückkehren kann, träfe es aber zu, es würde ihm um kein Haar anders ergehen als dem braven Chemin (in «Die wiedergefundene Frau»). Und es besteht gar kein Zweifel, daß der sendungsbewußte Noah mit dem Riesenfaultier genau den Dialog geführt hat, den man in seiner Geschichte lesen kann und in welchem beide Partner zudem ihr Quentchen Ironie hinnehmen müssen. (Hier sei in Klammern überhaupt einmal auf die Kunst des Dialogs hingewiesen, wo sich das Talent des Theaterautors Supervielle so subtil manifestiert;

Beispiele finden sich überall, und eines der reizvollsten ist gewiß die Zwiesprache zwischen Maria und Joseph auf der Flucht nach Ägypten, die so tönt, wie es in der Stube ganz gewöhnlicher, hausbackener Ehepaare zugeht.)

Das hat, wie könnte es anders sein, viel mit der Gestaltungskraft von des Dichters so raffiniert einfachen Sprache zu tun. Eine Sprache, in der Scharfblick und Zärtlichkeit, das Lächeln und der tiefe Ernst ständig ineinandergreifen. Da findet sich insbesondere eine leise Melodie des Ironischen, das unsere möglichen Zweifel immer zuvor schon entkräftet. Da sind die luzid berechneten Treuherzigkeiten, mit denen das Sagen uns dauernd seiner Unschuld versichert. Zum Beispiel, wenn es uns erklärt, der Kopf des Bürgermeisters sei kahl geworden vor lauter Fragenstellen an den Himmel; oder, die Freude der Tiere bleibe meist unsichtbar, ihres dichten Felles wegen.

Ja, es sind überhaupt derart ganz präzis hingesetzte Details, mit denen uns diese Sprache gleichsam auf den ersten Blick für sich einnimmt. Man denke etwa an jenen deliziösen Umzug der Tiere, die dem Kind in der Krippe ihre Reverenz erweisen wollen, und all die nekkisch beschriebenen winzigen Pannen und Organisationsschwierigkeiten, welche dieser rührende Eifer mit sich bringt. Oder sei es die Unbekannte der Seine auf ihrer dem Meer entgegentreibenden Reise, an der die Sterne und die höchsten Wellen teilhaben: mit einem Mal ein kleiner, spielhafter Einfall – die Knitterfalten eines Strumpfes unter dem Knie machten sie nervös. Und schließlich noch Jupiter, der Große, der, in einen Stier verwandelt, aus Versehen wiehert statt zu brüllen.

Solches hat nur selten einen bloß anmutigen Eigenwert. Mit dem Auftauchen des vertrauten Einzelzuges in der Weite eines kosmischen oder mythischen Dekors erschafft Supervielle eine Art Schockeffekt, der die Vorstellungen ins geläufig Menschliche zurückholt; das übernatürliche Geschehen wird in einem alltäglichen Kontext geerdet und erhält so die Züge des ganz Natürlichen, Plausiblen. Indessen ist auch dies ambivalent, fällt doch aus der Spannung, aus dem verwegenen Zusammenspiel der Gegensätze, auch ein besonders intensives Licht auf die andere Dimension: wir spüren etwas von jener besonderen Weite des Himmels, der Erde, des Meeres, die der «montevideische Odysseus» aus seiner Kindheit in die französische Literatur mitbrachte.

So vermag diese Sprache immer wieder noch den abenteuerlichsten Visionen eine schwer zu widerlegende Evidenz zu verleihen. Was immer hier erzählt wird, scheint einer inneren Logik, einer heimlichen und sicheren Schwerkraft zu gehorchen; es ist, als hätte hier der «Verlust der Mitte» noch nicht stattgefunden – Mitte der menschlichen Existenz, aus der dem Autor die vielen mythisch anmutenden Bilder seiner Lyrik gelingen und aus der überhaupt die Mythen entstanden: diese kollektiven Träume der Menschheit, die älter sind als deren Geschichte und die doch alle Geschichte überdauern.

Mythische Themen sind denn auch ein Hauptanliegen dieser Erzählungen, sei es nun, daß sie eigene erfinden oder daß sie sich der bestehenden annehmen: Noah, Tobias, die Weihnachtsgeschichte und namentlich *das Personal der antiken Sagen*. Die Götter, jene Grenzgänger zwischen Diesseits und Jenseits, die Zwitterwesen aus Mensch und Tier, Mensch und Gott, die ständigen Metamorphosen, das alles steht Supervielles eigener Vorstellungswelt so nahe, daß es ein Wunder wäre, würden sie ihn nicht verlokken.

Er ist dabei nicht allein in seiner Zeit; Giraudoux, Cocteau, Anouilh und andere griffen Themen der Antike auf, um in solcher Verfremdung einer Problematik ihrer Epoche eine besonders plastische Anschauung zu geben. Keiner aber bewegte sich so heimisch und selbstverständlich in dieser Sagenwelt wie Supervielle. Immer wieder findet er neue Töne, um deren Pathos im Flimmerlicht der Ironie aufzulösen; man denke nur etwa an die maliziösen Porträts, die er - in «Vulkan» - von den zum Mahl versammelten Olympbewohnern zeichnet - wobei er, spielhaft und kritisch, zugleich jedem noch eins auswischt. Was wir aus dem Schulbuch summarisch und als feststehende Überlieferung kennen, verändert und belebt sich unter seinem Blick, wird differenziert von innen her neu befragt und auch menschlicher bewertet. Wenn, wie wir sahen, dem armen Minotaurus endlich Gerechtigkeit widerfährt, so ist das nur ein einzelnes Beispiel.

Dabei gibt sich die Sprache meist so, als würde sie mündlich Überliefertes weitergeben und - sieht man von ein paar gewagten Details ab - als wären Kinder ihre Zuhörer; oder jedenfalls Menschen, die es glauben, wenn sie beteuert, nichts auf der Welt würde so stinken wie ein Minotauerhorn, wenn es zu rauchen beginnt.

Daß Supervielle der Dichter des Kindes und der Tiere ist, wurde oft gesagt, und wie sollte das anders sein, da diese doch dem Ursprung der Schöpfung - jener Mitte, von der hier schon die Rede war - und deren Wahrheit so viel näher stehen. Das Tier, der Spielgefährte der montevideischen Kindheit, wird zum steten Begleiter; der Leser dieser Fabeln begegnet ihm auf Schritt und Tritt, so daß es sich gewiß erübrigt, eigens ein Bestiarium der Lieblingstiere aufzustellen. Daß aber zudem zu den inneren Dunkelheiten des Menschen, zu den Träumen auch, Verbindungen gehen, das belegen schon kleinste Sprachfragmente wie etwa «die Sperlinge des Todes», «das Dromedar des Schlafes» oder der Hinweis, die Vögel würden in der Morgendämmerung den letzten Alptraum des Gaucho zerpicken.

Supervielles Geschichten zeigen uns übrigens nur einen einzigen Gaucho, und dieser allerdings verspottet gründlich unsere romantische Vorstellung vom verwegenen Reiter auf wildem Pferd in weiten Horizonten. Nein, ein Gaucho, der mißmutig in Hof und Stube hockt, seine Umwelt tyrannisiert, einen fahrenden Händler meuchlings umbringt und sich damit tief an der Ordnung des Daseins vergeht. Gerade hier erwahrt sich nun eine der zentralen Bedeutungen des Tiers. Der Hund war Zeuge des Verbrechens, das die ganze Umgebung des Gaucho verstecken hilft; und wenn auch die Pointe mit den Ordnungshütern und dem Hund in der sonst so schönen Geschichte «Der Pfad und der Weiher» ziemlich konstruiert anmutet, wird doch nicht weniger deutlich, was gemeint sei: das Tier als das Wesen, das als einziges die Vertuschung der Wahrheit nicht zulassen kann und dem aufgetragen ist, die verletzte Ordnung wieder herzustellen.

Allerdings ist auch diese Ordnung wohl keineswegs eine so unproblematische Sache. Vielleicht ist sie nur scheinbar etwas selbstverständlich Gegebenes; vielleicht steht es mit ihr genau wie mit der Einfachheit des Dichters, die so natürlich klingt und in Wahrheit doch erst auf vielen und langen Umwegen erschaffen wurde. Man nehme sich bloß einmal die Mühe, zu verfolgen, mit wie vielen bewußten kleinen Kunstgriffen diese Einfachheit orchestriert ist; wie viele Nöte, Einsamkeiten und Gefährdungen sich unterhalb verbergen. «Ich bemühe mich, so wenig dunkel zu sein wie möglich», sagt der Autor. Und wenn das durchsichtige Sprechen ihm schließlich gelingt, gleicht es dann nicht dem endlichen Glück jener wieder vereinten Familie, nachdem das halbwüchsige Mädchen, durch viele Nöte des Chaos hindurchgegangen, auf dem Umweg über die Fremde erneut ins Haus zurückgekehrt ist?

In Wahrheit bedeutet das Chaotische, dieses total «Befremdliche, das in uns wohnt und nur danach verlangt, sich über die Welt auszubreiten», eine ständige Bedrohung des Menschendaseins. Wir hörten es: ein Augenblick des Sichgehenlassens, der Zerstreuung, und schon steht, verloren in der Kälte des Winters, ein Blütenbaum. Und die junge Frau in der Seine, die am Schauspiel der unvereinbaren Dinge verzweifelt, sagte es noch direkter: «Sie (die Dinge) kommen oft zu mir, eines nach dem andern, und *ohne jede Ordnung, was mich sehr unglücklich macht.»*

Die Ordnung, oder sei es das, was wir die Mitte nannten, das ist doch wohl nur ein Sehnsuchtsbild. Eines der schönsten Gedichte gilt einem Kind im Augenblick der Geburt. Bevor es Abschied nimmt von den Farben, den Millionen Lichtern und noch mehr Dunkelheiten seiner Präexistenz und ins Leben tritt, beteuert es:

«Ich muß noch Ordnung bringen
Unter all diese Sterne,
Die ich zurücklassen werde.»

Nicht einmal dort, also am Ursprung, ist sie einfach da, auch dort muß Ordnung je von neuem erschaffen werden.

Wie aber geht das zu, wie läßt sich ein Maß ins Chaos der Sterne bringen? Wenn in «Der Pfad und der Weiher» die jungen Schäflein nach ihrer Mutter suchen, lesen wir: «...und ringsum, von der Erde bis zum Himmel, ist alles nur ein einziges Blöken, darin hie und da ein Stern oder ein Leuchtkäfer funkelt.» Es geschieht offenbar, indem der Mensch mit seiner Einbildungskraft den Sternen einen Bezug öffnet zu den täglichen Dingen der Erde; beispielsweise eben zu den Schäflein und den Leuchtkäfern.

Wir sehen jetzt deutlicher, was die vielen Metaphern in Supervielles Geschichten bedeuten mögen. Diese bildhaften Einfälle, die so oft eine Liebenswürdigkeit, eine Anmut herbeizaubern, sind nicht nur ein poetischer Dekor; hinter jedem verbirgt sich auch der Wunsch, eine Sekunde der Übereinstimmung ins Gewimmel der

Lichter und Dunkelheiten unserer inneren und äußeren Welt zu bringen, das Unvereinbare, an dem die Unbekannte zu leiden hatte, in einem Augenblick des *Gleichgewichtes* zu versöhnen.

Und ferner noch: Der unendlichen Weite gilt – wir sahen es – eine große Sehnsucht des Dichters; aber selbst diese Weite ist der Sinnlosigkeit, der totalen Fremdheit preisgegeben, wenn keine lebendige Kreatur ihr mehr *ein Maß mitgibt:* «Wenn niemand es anschaut, ist das Meer nicht das Meer», sagt ein Gedicht. Auf den schöpferischen Blick des Menschen, demnach, ist das Universum angewiesen, um zu sich selbst, zu seiner Identität zu gelangen. Identität indessen heißt *Übereinstimmung*, heißt, daß die Erscheinung des Meeres mit seinem Sein im *Einklang* stehe.

So ist endlich auch jede Metapher ein kleiner Zeuge für jenen schöpferischen Blick auf die Welt, ein Beweis, daß das Anschauen, das das Meer wie die Sterne brauchen, um zu sich selbst zu gelangen, versucht worden ist. Und auch jede unserer Fabeln, dieser Schmuggelgeschichten zwischen Hier und Dort, dem Großen und dem Kleinen, dem Innern und dem Äußern, steht für einen gleichen Versuch.

Vielleicht aber hat das Unerklärbare, das wir Poesie nennen, immer irgendwie damit zu tun; ist vielleicht nichts als das abenteuerliche Unterfangen, einen irrationalen, einen vielleicht ganz wahnwitzigen Augenblick des Gleichklangs zu schaffen. Damit die Welt, die ohne die verwandelnde Kraft des schöpferischen Blickes fremd und chaotisch bleibt, uns ein wenig vertrauter gemacht werde.

Gerda Zeltner

Quellennachweis und Übersetzer der Erzählungen

Aus: L'Enfant de la Haute Mer

Das Kind vom hohen Meer (Übersetzung: Friedhelm Kemp); Der Ochs und der Esel im Stall zu Bethlehem (Guido Meister); Die Unbekannte der Seine (Friedhelm Kemp); Die Hinkenden des Himmels (Guido Meister); Rani (Friedhelm Kemp); Das Mädchen mit der Geigenstimme (Friedhelm Kemp); Die Folgen eines Rennens (Guido Meister); Der Pfad und der Weiher (Friedhelm Kemp)

Aus: L'Arche de Noé

Die Arche Noah; Die Flucht nach Ägypten (beide Federico Hindermann); Antonius aus der Wüste (diese Erzählung und alle folgenden: Guido Meister); Die Halbwüchsige; Der Napf Milch; Die Wachspuppen; Die wiedergefundene Frau

Aus: Premiers pas de l'Univers

Orpheus; Der Minotaurus; Der Raub der Europa; Das Vorbild der Ehegatten; Vulkan; Die Erschaffung der Tiere; Das Wäldchen; Tobias, Vater und Sohn